U0845942

Xiron Poetry Club
磨铁读诗会

中国先锋诗歌年鉴

2017卷

磨铁读诗会 编

ANTHOLOGY OF PIONEERING CHINESE POETRY

中国青年出版社

出版序言

2017年春天，“磨铁读诗会”评选了2016年度中国十佳诗人、2016中国年度诗人和2016年度中国最佳诗歌100首，并举办了颁奖朗诵会，配合“磨铁读诗会”微信公众号和微博的宣传，引发了广泛影响。这可以看作“磨铁读诗会”为当代汉语诗歌做年度成果梳理的初步尝试，也构成了我们要编选《中国先锋诗歌年鉴》的一个雏形。

2017年一整年，“磨铁读诗会”更加有意识地关注中国当代先锋诗歌写作的全景。除了日常的诗歌出版工作之外，针对我们能关注到的，尤其是我们认为值得关注的汉语诗人的写作，“磨铁读诗会”微信平台始终保持在场，全年无休地反复展示了我们阅读到的优秀诗作，从不同审美向度推荐了不同风格、不同年龄段诗人的诸多好诗。特别是每月发布的“月度好诗”专栏，主持人沈浩波在大量阅读诗人们当月的作品后，每个月都会选出约一百首诗人们的新作，这种即时的月度选诗为我们积累了大量田野调查式的诗歌资料，每个月，“磨铁读诗会”的诗歌资料库都在不断扩大。这个资料库的逐渐充盈和丰满，促成我们开始编选《中国先锋诗歌年鉴》。

2017年，“磨铁读诗会”一共出版了将近二十本诗集，其中包括五卷本《伊沙诗集》、《中国先锋诗歌地图 · 第一辑》（五本）、《中国桂冠诗丛 · 第二辑》（五本）等，借着这些诗集的出版，我们举办了几场诗歌研讨会和朗诵会。其中在《中国先锋诗歌地图 · 第一辑》出版之际，我们做了一个有趣又严肃的调查问卷，即“关于什么是先锋，以及为什么要先锋”的十个问题，很多诗人都回答了这份问卷，他们从自身写作经验、文学世界观与生命感受出发，给出了自己对于“先锋”的理解。之后我们又做了一场同一主题的研讨会，与会诗人进行了将近四个小时的深入交流。这些问答和研讨构成了近几年来罕见的一次关于先锋诗歌和诗歌先锋性的大讨论，也让中国最前沿的这部分诗人集体向诗界彰显了他们的先锋理想和决绝之志。先锋，成为2017年的重要诗歌主题词，我们期待看到“先锋”这个词，在汉语诗歌中永远闪烁光芒，期待一代代汉语诗人，用自己的创作反复擦亮这个词，赋予这个词新的意义。

2018年初，我们继续评选出2017年度中国最佳诗歌100首、2017年度中国十佳诗人和2017中国年度诗人，再结合这些评选工作中选拔出的写作于2017年的汉语先锋诗歌佳作，结合诗人伊沙主持的《新世纪诗典》的每日选出的好诗，以及磨铁读诗会每月100多首当月汉语诗人诗歌新作的遴选基础，最终定稿而成这本厚达七百多页的《中国先锋诗歌年鉴 · 2017卷》。

我们希望能将《中国先锋诗歌年鉴》当作一个长期出版工程，持续且有立场和态度地观察、编选和呈现当代中国先锋诗歌，为汉语先锋诗歌提供一种自由的交流语境，为先锋诗人们的写作和发表打造一个可靠平台，为敢于破旧立新、保持探索创新精神的诗人们提供一块坚固的基石。

磨铁读诗会　里所

2018|04|03

目录

2017中国年度诗人

2017年度中国十佳诗人

2017年度中国最佳诗歌100首

2017年度中国先锋诗歌年选

辑一　光影列车

辑二　酒鬼之夜

辑三　有机爱情

辑四　盛情难却

2017年度中国青年诗人年选

2017年度“中国桂冠诗丛”入选诗人年选

2017年中国先锋诗歌资料小集

Xiron Poetry Club
磨铁读诗会

2017中国
年度诗人

磨铁读诗会

二〇一七中国年度诗人

马非

马非，70后口语诗人，著有《一行乘三》《宝贝》《青海湖》《我不是来睡觉的》等，部分作品被译成英语、德语、西班牙语、韩语、日语。曾获“新世纪诗典·金诗奖”“长安诗歌节现代诗成就大奖”，现居西宁，任青海人民出版社总编辑。

“磨铁诗歌奖·2017中国年度诗人大奖”授奖词

首先，我想在此宣布，将“磨铁读诗会”的年度诗歌奖项设置，从今天开始，统称为“磨铁诗歌奖”，包括“年度中国十佳诗人奖”和“年度诗人大奖”。

“磨铁诗歌奖·2017中国年度诗人大奖”的评选遇到了巨大的困难，非常难以决断。在“磨铁诗歌奖·中国年度十佳诗人”中最后选出一位年度诗人，既要看诗人在2017年度整体诗歌创作的表现，也要看有没有特别突出的单首杰作，更要结合“磨铁读诗会”设立这一奖项的初衷和立意：推举新锐的诗歌精神、坚定先锋的诗歌立场、鼓励新的诗歌美学。

在2016年度，这一选择因为女诗人苇欢的惊艳表现而变得简单：年轻、新锐、先锋，顺理成章。但在2017年度，这一选择变得艰难，一是年轻一代的诗人在角逐十佳诗人的过程中，全面输给了资深诗人，在十佳诗人中，90后当选诗人为零，80后也只有里所一位当选，70后诗人占据了六席，60后诗人占据了三席。缺乏脱颖而出并且表现足够惊人的新锐诗人，这让年度诗人的选择，只能从资深诗人们中PK产生。

最终，我们把选择面聚焦到了侯马、阿吾、轩辕轼轲和马非这四位诗人身上，年度诗人将在这四位诗人中产生，正好是两位60后，两位70后。这是一个特别艰难的选择。

从2017年度的整体创作而言，表现最为强健而又高度稳定的当属诗人侯马，而且这一年，他还写出了《逻辑》这样的当代诗歌杰作！把“年度诗人大奖”的殊荣颁发给诗人侯马，似乎是最没有争议的，足以构成这一奖项的完美收官！但颁发给一位毫无争议的诗人，颁发给一位正在趋近大师式写作的诗人，这真的能代表“磨铁诗歌奖”的内在态度和追求吗？

与侯马同样表现卓越的是更资深的诗人阿吾，他在这一年也写出了《一个人的编年史：1989年》这样的重要杰作！有杰作傍身，《一个人的编年史》系列组诗又构成了阿吾在这一年的整体重量，他写作内部的活跃性也构成了独特的美学。要不，发给阿吾？好像也是个妥当的选择。但阿吾在这一年最集中的表现就是《一个人的编年史》这一主题组诗啊，虽然这是一组重要的诗歌，但这种几乎事先预设了美学指向的主题化写作，真的是“磨铁诗歌奖 · 年度诗人大奖”所应该特别推崇的吗？难道我们不应该更为看中在更为日常的写作中所实现的诗歌精神吗？

那么两位70后呢？轩辕轼轲和马非，更年轻一些，在2017年的写作中他们都有了更上一层楼的突破。轩辕轼轲在保持自己语言的生命活力的基础上，增加了更自觉于先锋的诗歌现代性，佳作迭出，他本来也是当代中国最有特点的诗人之一。但是好像缺一首与侯马和阿吾的杰作同等量级的单首作品。而且我对轩辕轼轲始终还有腹诽：你日常写作的成功率还是有点低，写得多没问题，但写得多的情况下，你的平均水平在哪里？最差的诗能差到哪里去？底线在哪里？写作终究不可能只看一个诗人最冒尖的作品，我以为也要看底线，底线意味着一个诗人最内在的美学自觉。我觉得轩辕轼轲还应该对自己日常写作的美学自觉有更高的要求。

马非又何尝不是缺少最强大的单首诗作呢！在这一年，我看到了一个写作态度越来越坚决的马非，世界观坚定，内在美学意志坚定，内在人文立场坚定，而且在口语的语言成熟度上也显得越发精纯。他几乎已经把自己写成了中国当代整体感最强的诗人之一。但2017年，他始终还是缺一首更厉害些的杰作啊。而且我对马非，也还有一种微词：我不喜欢他不少诗歌中用某种近乎二元对立的方式表达出来的世界观，我觉得建立在二元对立基础上的世界观往往简陋、肤浅。口语不会给诗人做遮羞布，你心灵的一切都会袒露出来，当然也包括简陋和肤浅。

我就这样陷入了巨大的选择困境，在这四位当代重要诗人中，选谁呢？选谁呢？一拖再拖，拖到不能再拖了，总要有个决断！

我决定听从我内心的声音。这四位诗人中，谁是最坚决并且也是最自觉于口语诗最内在的先锋意志的？而且我觉得他的整体写作确实正在构成一种新的美学意志。一个名字脱口而出：马非。

祝贺马非，获得“磨铁诗歌奖 · 2017年度诗人大奖”。

磨铁读诗会　沈浩波

2018|04|17

一个人

有这样一个人
对我十分关心
搞得我不胜其烦

他关心的
只是我的痛苦
对我的幸福
从来视而不见

童话

我结婚的时候
没有自己的房子
是租用的一所
废弃技校的
一间办公室
吃喝拉撒
全在里面
冬天的早上
先要破除水缸
里的一层薄冰
才有洗脸水

我讲给单位里的
年轻人听
他们纷纷表示
这是童话故事
我没有反对
多么美好
亲爱的老婆
我们都成
童话人物了

我在锡林塔拉草原上看到的

一行南归雁
就是天空
这位少女
长裙上的拉链
正在为我
缓缓打开

我的眼神都直了

英雄

我没有经历过战争
但以中学生的身份
聆听过由战场上
撤下来的解放军
所做的事迹报告
流过不少眼泪
震动深入骨髓
我目击的英雄
不是缺胳膊少腿
就是眼睛瞎了
耳朵听不见了

伟大的战争

我所知道的
堪称伟大的战争
不是特洛伊战争
不是苏联的卫国战争
不是吾国的八年抗战
而是发生在不久前
中印边境摩擦引发的
以小孩子过家家的方式
互掷石块摔上几跤之后
就不了了之的战争
双方的伤亡为零

暴雨将至

乌云正从北边压过来
我们单位的保洁员
手持水管加紧工作
她要赶在大雨瓢泼之前
把院子里还没有浇到的
最后那块草坪浇完

Xiron Poetry Club
磨铁读诗会

2017年度
中国
十佳诗人

磨铁读诗会

二〇一七年度中国十佳诗人

梅花驿

梅花驿，原名秦学昌，生于1965年，现居河南平顶山。1987年毕业于安阳师专中文系，著有诗集《孤独的火车》。

河南诗人梅花驿，身居诗歌现代性贫弱的中原大地，却能独自在现代诗的道路上秉烛前行，孤军深入；身为出生于1965年前的资深诗人，算得上是老诗人了，其诗歌在与年龄俱增地越写越厚实、结实、丰富的前提下，又同样能越写越现代，越写越有内在的生机勃勃，甚至越写越清新，越写越有锐气！

2017年，梅花驿既写出了《夜来风雨声》《草原拔河》《故居》这样融细腻的生命感觉、精致的生活诗意和清新脱俗俊逸精确的语言推进于一体的纯诗杰作，为口语纯诗开出新的生面；在其一贯的平民主义视角上，亦有《最后的父亲》《一辆旧自行车》《忆芳华》《二泉映月》这样的佳作，其中《最后的父亲》在本年度中国诗人众多以父亲为题材的好诗中，仍能以其精致、细腻、轻灵而又洋溢着生命的温度脱颖而出。

《夜来风雨声》《草原拔河》《最后的父亲》均被选入“磨铁读诗会·2017年度中国最佳诗歌一百首”！梅花驿是六位以满额三首入选的诗人之一。这说明梅花驿在2017最拔尖的单首诗歌较量中表现卓越。

一人独扛河南现代诗大旗，诗艺越发精湛，诗心越发纯粹，诗歌充满平民主义的内心温度。在美学探索上，其2017年的创作，不但令其个人诗歌创作走向丰富，还再次拓展了口语纯诗的艺术品质。为此，我们评选梅花驿先生为“磨铁读诗会·2017年度中国十佳诗人”。

磨铁读诗会

夜来风雨声

来城里三十年了

这个习惯

他一直未变

每次下雨后

他都要去花坛

折一枯枝

蹲在地上

挖花草下的土

看看雨下了多深

二指，三指

还是下透了

草原拔河

草原上
正在进行拔河比赛
这是一场真正的拔河比赛
两拨人马
男女搭配着
站在小河两边的
青青草地上
紧握粗麻绳
向着相反的方向
使着吃奶劲
其中一方
坚持不住了
向小河挪动
纷纷落水
河水清且浅
仅淹到脚脖处
然而，浪花
和欢笑声
溅满了他们全身
胜利的一方
跌倒在岸边
被太阳镀上一层金色

最后的父亲

病床上父亲喘着气
痛苦地说
“真想找个人
替我出气儿
转而一想
这可不成
让别人替着出气儿
自己不就死了”
最后父亲自己
把自己说笑了
这是我见到的
父亲最后的一笑

一辆旧自行车

它是一辆旧自行车
来源于废品收购站
有一定历史了
永久牌或飞鸽牌的
它陪伴了我三年时光
也许更长
我骑着它撞过人
也被人撞过
风里来雨里去
一直到昨天
三年前的那个昨天
我去医院探视病人
把它胡乱地放在草地边
从病房出来
我惊诧地发现：
它已经不在原地
当我确认它
已经走失的时候

我的内心

反而有了小小的安慰

甚至是高兴

因为这个世界上

还有人比我穷

还有人比我更喜欢它

一辆旧自行车

故居

他们分居两地
在上海滩重逢
植物茂盛的小院
她放下行李
他迎上前去
手紧握在一起
他压低声音
喊了一声“同志”

夜幕降临
他们坐在床边
看着对方明亮的眼睛
同时喊出“爱人”
他笨拙地
从她的背后
扯下粉红的乳罩
灯光一点点转暗

当阳光再次照亮室内
他们的身影
一闪就不见了

床上被褥

叠得整整齐齐

表面上很干净

游人如织

仍闻到了重重的霉味

二泉映月

你说阿炳是得了花柳病
致盲的
若真如你所说
那又怎么样
难道你认为
阿炳从早到晚
坐在二泉边
抱一把二胡
拉着断肠曲
才应该是他全部人生
最后我还想说
去你妈的
谁还没有点私生活

磨铁读诗会

二〇一七年度中国十佳诗人

轩辕轼轲

轩辕轼轲，1971年1月生于山东临沂，1999年和友人创办民刊《中间》，2000年参与“下半身”诗歌运动，获2012年度人民文学奖、北京文艺网第三届国际华文诗歌奖等奖项，参加2017俄罗斯第十届国际“莫斯科诗人双年展”。著有诗集《广陵散》《享不尽的荣华富贵》《俄罗斯狂奔》等。

轩辕轼轲正在经历一场蜕变。这场蜕变将有可能使得轩辕轼轲真正迈入中国当代顶级诗人的行列。“山东王”或者“山东最好的诗人”已经满足不了他的胃口，他已经看到了自己在顶级诗人中的那把座椅，他需要做的是，用更多的，更扎实的杰作，将那把座椅彻底抢到自己的屁股底下！

在2017年的诗歌创作中，轩辕轼轲日渐摆脱了对口腔快感的依赖，摆脱了对其语言才华的空转式挥霍。他的才华如同靴子落了地，他重新成了一个在大地上行走的诗人。当轩辕轼轲的语言才华拥有真正的生命心智，他的聪明、幽默和俏皮终于变成了一种具有生命质量的风格和美德，而不仅仅是特点；他的语言敏感才真正变成了一种高级的诗歌敏感。

现在，我们读到的轩辕轼轲是这样一种诗人，既能沉静深厚，又能轻盈跳脱；既有动若脱兔的敏锐心灵，又有结实矫健的诗歌身体；既有日常之生活经验，又有了人文的重量。其诗歌中既有追问和批判（如《杀人不过头点地》《五四青年口占》），又有同情和关切（如《解体之后》《空气中该弥漫什么气息》《回答》）！《空气中该弥漫什么气息》，写得本质极了、敏感极了，而其写法和语言，竟是如此朴素。多么庆幸，当轩辕轼轲拥有了朴素。

磨铁读诗会

杀人不过头点地

是谁用噼噼啪啪
掉下的头颅
敲打着大地这只键盘
在天空的显示屏上
写《史记》

解体以后

解体之后
很多人失业了
很多存在银行的钱消失了
寒冷的街头
躺着很多借酒浇愁的人
高楼下面
躺着很多粉身碎骨的人
尤莉娅的父亲也失业了
全家从彼得堡
搬到了莫斯科郊外的小镇
在那里他们和俄罗斯众多家庭一样
开始白手起家
重新生活
等解体的阵痛过去
等金融危机过去
等石油天然气价格回升
等大学毕业后挣钱补贴家用
在呼啸的地铁上
我问她当时是不是
很多苏联人后悔解体
她说“是的
但现在不了”

空气中该弥漫什么气息

手持电锯的园林工
站在起重机上
不断砍斫
下面躺着一堆
已被肢解的树干
路过砚池街时
我闻到一股
青草的气息
仿佛置身森林
可对于其他
伸长脖子的法桐来说
这是血腥

回答

他们没有孩子
财产都在各自的卡里
她的书少
两个纸箱子
就撤出了他的书架
两个人填协议时
还有说有笑
办理手续的大姐说
“你俩这么般配
不可惜吗？”
一滴泪珠
滚出了她眼眶
他抬手给她擦掉
然后一起回答
“不可惜。”

甭急，我们都会成为航天员的

坟头

就是砸进地里

拔不出来的

返回舱

磨铁读诗会

二〇一七年度中国十佳诗人

黄海兮

黄海兮，原名黄海，1977年生于湖北黄石。著有长诗集《余哀》，短诗集《穿花裙子的小佳》，曾获第七届“李白诗歌文化奖”等。

他不是叫黄海的吗？什么时候把名字改成“黄海兮”了？这个老牌的70后诗人，心中不是住着一个感伤的少年，擅长写一些怀旧般的小镇抒情诗的吗？怎么一夜之间写得如此现代，甚至是高级的现代？这中间到底发生了什么？

改名之后的黄海，其诗歌的段位岂止上升，简直是蹿升，是如同冲天炮似的爆炸。这个长安诗歌节诸君中最低调沉默、最无显山露水之气象的男人，突然在人到中年之际，露出了大峥嵘。其2017年写出的好诗，如有神助，令人惊艳。以三首诗满额入选“2017年度中国最佳诗歌一百首”。

他写出了《我们村子》这样如同羚羊挂角般的精妙短诗，更写出了《物》这样一首充满当代感和后现代先锋感的杰作，写法独特而高级，整首诗堪称完美！而在现代口语诗最擅长的题材上，黄海兮亦有佳作，《我们都有强奸犯的想法》，拷问荒诞，追问历史；《记王一亮》，直戳人性，而又暗含关怀，既体现了黄海兮处理现实题材的能力和娴熟的口语技艺，更重要的是，体现了一个诗人最根本的，有重量和有温度的诗心！

既有对现实的关怀与追问，又能贡献具备独特性和新鲜度的，带有美学意义的纯诗文本，并且在不同的向度上，都能写得现代而高级。为此，我们评选黄海兮先生为“磨铁读诗会 ·2017 年度中国十佳诗人”。

磨铁读诗会

宠物狗

宠物狗
从城市流落乡间
他的大名从马克西姆·高尔基
被人叫成了卷毛

我们村子

西边的那棵树生长密不透风的叶子

我父亲砍掉了那棵树

于是，东边那棵树上就有了一个鸟巢

物

他的办公室墙上挂着

四个大字：

眼前无物

这四个大字下的

办公桌上

杂乱不堪地摆着：

玻璃烟灰缸、许多本书、塑料笔筒、音响改装套件

塑胶花、电脑、键盘、眼镜、三支钢笔、安神胶囊

印泥、卫生纸、几个人的名片、工作牌、笔记本

烟和打火机、剪刀、路由器、充电器、茶叶

毛笔、石头工艺品、某会集体合影照、若干发票

一本荣誉证书、一瓶没有喝完的色素饮料

4920元去年年终奖签字表

他对面的沙发上

一位和他谈工作的妇女

好几次问他：

要不要我帮你清理一下

记王一亮

十多年前，我和王一亮。
从电视塔坐公共汽车。
去大学城。见他女朋友。
这哥们跟我借过三次钱。
一次是没钱吃饭。
我借。
二次是给他女友堕胎。
我又借。
三次是他毕业后找工作。
我还借。

这三次借钱。一次比一次多。
那时我们都还纯真。
但世界每天都是旧的。
隔段时间，他女友却是新的。

王一亮，我不打算问你什么时候还钱。
王一亮，我想起那些年我们一起牛哄哄。
你借我的钱就不用还了。
我只想知道你曾经的女朋友过得怎样。
那些钱不知够不够她们堕胎。

买东西

朋友想在城里买个别墅

最后他还是决定在农村买了个墓地

西娃

磨铁读诗会

二〇一七年度中国十佳诗人

西娃，70后著名诗人，生于西藏，长于李白故里，现居北京，玄学爱好者。著有《我把自己分成碎片发给你》《过了天堂是上海》《情人在前》，作品被译为德语、日语、英语等。

对一个诗人来说，什么样的年份是其写作中最重要的年份？崭露头角之年？才华井喷之年？声名鹊起之年？西娃显然已经走过了这些过程。2017年，看起来是她的风平浪静之年！但是且慢，因为一首《我隐蔽我的丑陋》，这一年对于西娃来说就是重要的一年！一首杰作可以改变这个年份对于诗人的意义。在选择“2017年度中国最佳诗歌一百首”时，我暗暗将入选诗歌分为非常好的诗、杰作和重要的杰作三档！而《我隐蔽我的丑陋》就是我心目中极少数重要杰作之一！这是一首非常现代的诗，不仅在美学上现代，在精神内核上也现代，以敏锐的身体感，抵达了人性的反省和文明之重！这是一首有强大内核的诗，是身体与文明碰撞的诗，是一首大诗，是一首重要的诗！

西娃在2017年的好诗，可以分为三个档位，《我隐蔽我的丑陋》，独立标高，自成第一档；《童年教育》，将那个时代的疼痛，个人的疼痛形象地凸显，写得高级，内核也够硬，也是杰作，自称第二档；而《就这么完了吗？》《我正从你的身体里，一点点撤出来》《我无力地爱着你》《他在为我们看不见的东西，哭》等作品，则依然保持着西娃式抒情诗的高水准，是西娃诗歌中最能让泛诗坛满意的作品，写得很好、很西娃，其中的女性感也有诗学意义，可为第三档。以第三档好诗为基石，又能有二档之杰作，一档之重要杰作！这一年对于西娃来说，不但功德圆满，更有奇峰崛起之挺拔！

试想一下，如果西娃能将其基石性作品的格局和格调提升至第二档的水平，那又将是一个怎样的西娃？又将是一个多么重要的诗人！

怀抱着对中国当代诗歌中重要杰作的敬意，我们评选西娃女士为“磨铁读诗会·2017年度中国十佳诗人”。

磨铁读诗会

我隐蔽我的丑陋

我提着两袋蔬菜
从奥柯勒超市出来
不小心与一个棕色皮肤的男人
撞了一个满怀

我说对不起之后
他邀请我喝一杯

我的第一个反应
喝完之后
他要求我与他上床怎么办?

尽管，他有深邃的眼睛和高鼻梁
身上的岩兰草味道
也是我最爱

如果他是黄色或白色人种
我确定不会这么果决地
拒绝他

我以为自己已经过了
“种族歧视关”

是的，那是我没有具体设想

与他们上床

之前

他在为我们看不见的东西，哭

我们正在吃饭
在阳光下的院子里
五岁的侄儿突然大哭
指着前方喊着：
爷爷，那是爷爷
顺着他所指的方向
我们仅仅看到一望无际的阳光

这是父亲去世的第七天
按家乡的说法
是灵魂最后一次回家的日子
而我们除了看见一望无际的阳光
什么也没看见

就这么完了吗?

他们把他从冰柜里拉出来
腹部上还插着塑料管子
垂肩的波浪黑发紧贴在耳部旁

他僵直躺着，我僵直站着
我们有一模一样的苍白面孔
这个被我同学误以为
是我情人的男人，这个在西藏高原
把自己晒得黝黑，把我的奶名
取为西娃的男人，这个被我的班花闺蜜暗恋的男人
不少妇女想偷情一把，却被母亲收光零花钱的男人
他就这么躺着，在一层薄冰里

我机械取下脖子上的护身符——玉质弥勒佛
挂在他的脖子上
我能闪出的念头：如果真有地狱，让我去
如果他活过来，我要为他找很多女人
我不会介意他与母亲离婚，不会介意我们破碎
却还像个家庭的家庭，更不会在意
他曾把我举过头顶，扔进麦田的情形

而这一切，都破碎在

他挣扎着从手术台上

弹起来又倒下去的那一声——

“就这么完了吗”的哀叹中

我正在从你的身体里，一点点撤出来

你手里提着一袋肉蔬
放下书包进入厨房
和面，切肉切菜，开始包饺子
这些，我从来没教过你

你拒绝了我的帮忙

你说：妈咪，我再也不会
让你操心了。二月
你陪着我一圈圈散步
开导我，每天给我做饭
伴着我一夜一夜失眠
配置精油抚慰我
失恋的身体，这半年
我都能感觉到
你沉默的手
在我背上，抖
热一阵，冷一阵

是的，那时我恨不得整个自己
完全驻扎进你的身体里

磨铁读诗会

二〇一七年度中国十佳诗人

马非

马非，70后口语诗人，著有《一行乘三》《宝贝》《青海湖》《我不是来睡觉的》等，部分作品被译成英语、德语、西班牙语、韩语、日语。曾获“新世纪诗典·金诗奖”“长安诗歌节现代诗成就大奖”，现居西宁，任青海人民出版社总编辑。

关于口语诗的语言问题，马非的诗提供了一种重要的答案。口语诗已成为中国诗歌实现当代性和后现代性最具体也是最有效的解决方案，为难以为继的现代派诗歌拓出了一个新世界。对于越来越多使用口语写作的诗人来说，都不得不面临一个问题，如何使得口语不仅仅作为一种先天意义上的语言形态被使用，而是实现其个人诗歌在诗学意义上的语言结果！口语诗需要在语言意义、文体意义上结出更丰硕的成果。而马非正是结出了这一硕果的诗人。

马非的口语诗语言越发纯熟、劲道、老练！其近年来的佳作，大巧若拙，浑然无杂质，有语言锻造后形成的力量，能在凝练结实如雕塑的语言中形成诗的迂回曲折，对语感和语气的拿捏得心应手，是千锤百炼才形成的结果。马非是极少数获得了语言成就和文体成就的口语诗人之一！这源自于马非是一位口语鹰派诗人，是一位唯口语诗人，是一位坚定秉持平民主义世界观的诗人。一条道走到黑的坚定令他变得纯粹而无畏。近年来更可看出，其写作的功利心几乎被洗褪干净，他在中年之后越来越成为一个单纯的诗人。

2017年，马非诗歌中我最喜欢的是《一幅图片》，当下的现实场景与马非的口语语言融为一炉，经过一句内心小声嘀咕的发酵，在不可能处凭空实现了诗意——现实的诗意、人的诗意。而《一个人》中所包含的洞察，《童话》中的人生温度，《我在锡林塔拉草原上看到的》传达的美好，《英雄》和《伟大的战争》体现的平民主义态度，展现了马非在这一年的创作中多维度的成就！为此，我们评选马非先生为“磨铁读诗会·2017年度中国十佳诗人”。

磨铁读诗会

里所

磨铁读诗会

二〇一七年度中国十佳诗人

里所，诗人、插画师、译者。1986年出生于安徽，在新疆喀什度过了整个中学时期。先后毕业于西安外国语大学和北京师范大学，获文学硕士学位，现生活工作于北京。

举贤不避亲。如果“2017年度中国十佳诗人”的入选者中没有里所，那反倒太不正常了。

里所坚持并且越来越形成风格于一种当代汉语诗歌的稀缺写法——纯正的、具备内心立场的、带有明确诗核的现代意象抒情诗。这种诗歌的语言肌理建立于现代主义以降世界诗歌的主流一脉：以意象承载并固化情感和诗意；情感体系则建立于传统的趋向崇高的诗人式精神立场。里所的写作准确地实现了克罗齐所说的：没有意象的情感是盲目的情感，没有情感的意象是空洞的意象。

这本来应该是一种最为正宗和典型的现代派诗歌，但在中国当代竟然变成了一种稀缺的写作。越来越多的学院派年轻诗人把意象偷换成庸俗的修辞学，把诗歌偷换成油腻的造句游戏！越来越多官方推崇的轻浮男诗人把抒情变成小文人和伪知识分子式的咏叹感怀，变成中老年式的伤春悲秋，中国诗人的抒情终于变得自古以来前所未有的猥琐!

是否具备一个真正的诗人所应该具备的精神和情感，这甚至是一种天赋，足以用来区别真伪诗人。里所的诗歌正是建立在一种正派的、健康的精神和情感基础之上！ 她在2017年创作的《喀什》《太阳的魔术》和《岩兰草》均属此列!

《喀什》正渐成当代名作，她写出了一座城！在《喀什》和《太阳的魔术》中，里所展现了她对于意象和场景的选择、描写，以及呈现的能力，意象之精准，场景之具体，呈现之结实有力，推进之绵密而富有弹性和节奏，这一切又完全建立、对应和融化在她内心的精神与情感中。我还想提醒大家注意《蓖麻》，对于写法相对传统的里所来说，《蓖麻》是一首激进而先锋的诗歌，充满了身体感，身体在尖叫。这为里所的写作，提供了一种更尖锐的可能。

磨铁读诗会

喀什

牌楼下几个卖旧货的
维吾尔族老人
揣着手蹲坐成一排
黑帽白髯
像几只歇脚的大鸟
尚在隆冬
老城的天空通透如冰块
散射着白色的寒光
不远处的铜匠铺叮当作响
那些挥手嬉戏的小孩
从风中飞落到屋顶的鸽子
猛地回过头来咩叫的
短尾绵羊
都按着某种神秘的旨意
铺排在巴扎之上
喀什的天空是一个巨型放大镜
这座被太阳和月亮
共同搅拌的城市
一直在飘浮着上升
如那些老者呼出的热气
如必定受难的灵魂

蓖麻

我记得有一种植物的叶子
像一个个摊开的手掌
每一片都长着九根手指
我想了好久也没记起它的名字
在快要被砍头的时候
我大声喊出
蓖麻蓖麻

我记得他说
想从阴道钻进我的子宫
他希望我怀上他
然后我就能生下他
如此我便会像爱一个孩子那样
无条件而永远地爱他
我记得我没有接话
我嗡嗡叫着
好像嘴里嚼碎了一把种子
蓖麻蓖麻

太阳的魔术

在圣彼得堡郊外
雪花挂坠森林
冷杉、松树和桦树
透发着银白的暗光
稍远处平阔的雪原
飞过几只黑鸟
素缎般的寂静铺满临近极夜的天空
太阳突然睁开被云层包裹的眼睛
从两片眼皮中
挤出一股强烈的光芒
刹那间树梢都被黄金点燃
火线迅速蔓延
从一棵树传染给另一棵树
直到森林上下
金色和银色相互亲吻
草飞驰而过
乌鸟的翅膀镀上亮边
太阳一路吐着火扑进海湾
金色构成了世界的麻药

得逞

街边站着翘臀白腿的女人
被风鼓起的伞才会有
那种饱满和细细的柄
或者一节嫩藕
出水的时候还带着
湿答答的泥渍
要有多大的欲望
才有勇气当街掀起
她的裙子
必将得到一声尖叫
大喊变态
可是为了看一眼
她的粉色内裤
就一眼
就着火一样冲进树林

东福寺

灌木团团
像圆脑袋的小沙弥
蹲在雨中
青苔闪着绿光
绿色是会咬人的吸盘

细密的雨珠
从天宇飘落
树木的香味涨开
在桥与桥之间蒸腾
挂在松针针尖的水
亮如盏盏星星

我在此时回头
身后寺院的屋顶
端坐小叶枫林中
层层叠叠充满我的眼睛
我感到身处宋朝的震颤
眼泪忍不住涌出

墓园

冷风吹落树上的黑鸟
积雪覆盖了花、树枝、碑文
寂静的墓园访客稀少
我们在里面来回兜转
为了找到通向玛雅可夫斯基
契诃夫和果戈里的秘密入口
而我的胃翻腾在新圣女公墓
腹部的舞蹈带动身体的颤动
风穿过我
寒气穿过
那么在死亡与新生交汇的
那个片刻
亡灵也可以穿过
我饥饿的、受孕的胃
我怀着一颗心跳的胃

岩兰草

她拿出数十种精油
植物内部的力量在萃取之后
抵达我们的手心

有一种来自热带沙漠腹地
植株的根必须扎进沙土深处
才能获得生长所需
那些蔓长的根须一寸一寸
一年一年汲取的大地能量
奉献出此刻这些琥珀色的液体

她滴了几滴在我胸口
以手掌的柔力缓缓按抚我的乳房
微微的热在那里腾起
一种低沉而深厚的气息随之化开
我看见她的面容
有慈爱者的光芒
我想起她说过
岩兰草的气息
是那么多精油中唯一令她闻之
默默流泪的气息
而此时
大地的爱和一种类似母亲的爱
被我轻易地感知

阿吾

磨铁读诗会

二〇一七年度中国十佳诗人

阿吾，诗人，思想者。1985年7月毕业于北京大学地理系，获理学士学位。1988年7月毕业于中国社会科学院研究生院哲学系，获哲学硕士学位。曾参加第六届“青春诗会”。

阿吾在2017年完成的组诗《一个人的编年史》当然是这一年汉语诗歌的一大收获，从他出生的1965年一直写到2016年，每年一首诗，构成编年体。从形式、创意和个人与历史形成撞击与互文的文学史野心来讲，都显得有重要意义。另外，《一九六八年》《一九七一年》《一九七九年》《一九八八年》等众多关于1960年代、1970年代、1980年代的编年诗，也都完美地实现了以纯正的诗歌方式切进时代和时间的细节纵深。但在进入1990年代和新世纪之后，由于时间的晚近和时代线索的越发复杂与暧昧难明，阿吾在编年诗歌的实践中至少未能获得前三个十年的那种清晰感。

阿吾的诗歌，有着如同羚羊奔跑般矫健敏捷的推进能力和通过叙述的推进在写作过程中构成诗意的强大能力。当他哒哒哒的推进节奏，绷绷绷的语言弹性，和美妙的想象力融为一体时，就会构成一种奇特的诗歌活力。这种活力，来自于阿吾的生命感觉，他是一个生命感觉很好的诗人，并将这种生命感觉外化和活跃成了他的语言和形式。为此，我们评选阿吾先生为“磨铁读诗会·2017年度中国十佳诗人”。

磨铁读诗会

许多药名都有诗意

许多药名都有诗意
这是我连续服药
十四年以后才有的顿悟
此时
三种意境的药片
正从我的食道滑向胃
我已经习惯
吃药的时候默念它们的大名
文迪雅、格华止、维格列汀
这种感觉很像
一个久违的梦境
在双螺旋的时间通道中
我飞驰而去
完全处于失重状态
对于一个慢性病人来说
通过美化服药的过程
期待可以收到神奇的效果
就像传说中的阿司匹林
先是镇痛解热
后来用于预防血栓
最近几年
我甚至怀疑
有些药片就是诗神的化身

我常常听见远方的声音

最近我常常听见
远方的声音
很轻
但能唤醒我的肉体和心灵
向两只耳朵靠拢
我斜靠在破旧的沙发上
微闭双眼
想象声音的行程
它源起于海面之巅
流走的云朵
横跨岸边的悬崖
翻越大小山岭
拂过宽阔的田畴
溪涧、河流、湖泊
到达四川盆地
从朝天门进入重庆
沿高层建筑的轮廓
分散于大街小巷
最后剩下微弱的气息
被我吸收
死在我的幻觉里

躺在地板上仰望夜空

躺在地板上
仰望夜空
拉近了
我与两颗星星的距离
也让我的思绪反向生长
先有飞行器
后有云层之上的航路
先有人类
后有日月和星辰
先有苹果
后有苹果树的开花结果
子宫中的婴孩
正是外星人的祖宗

一个人的编年史：一九六八年

天开始阴下来
妈妈动手准备晚饭
我兴奋地喊爸爸回来啰
他却没像往常那样
笑着叫我幺儿
他的后面
跟着两位叔叔
脸都像天一样阴
爸爸跟妈妈
站着说了几句话
然后带上
铺盖、脸盆、毛巾
和一包衣服
从回来的那条路
离开了家
他身后
一直跟着两位叔叔
我和妈妈
站在门前
目送他们消失在夜色中

一个人的编年史：一九七一年

那是一个秋天
我去老街耍
突然传来
阵阵哭天抢地的声音
一辆解放牌卡车
停在路旁
三位穿军装
不带帽徽的民兵
把徐伯伯家的大姐姐
使劲往卡车上拖
她拼命挣脱
他们不让她跑
叫她上车
说她的行李装在车上
现在走
明天就到了贵州
我好多年都不明白
他们抓大姐姐干什么
后来长大了
才知道那叫上山下乡

一个人的编年史：一九七九年

一九七九年
学习的氛围很浓
最大的变化
在美术课
以前画美国大兵
被地雷炸飞
只剩下两条腿
一颗头
大鼻子，戴钢盔
从此
改为画越南兵
被解放军的手榴弹
炸得粉身碎骨
只剩下两条腿
一颗头，酒糟鼻子
木质头盔

一个人的编年史：一九八八年

一九八八年
我研究生毕业
参加工作
每月工资97元
这份收入
是工人阶级中的高薪
我偷着笑了三个月
便在物价飞涨中欲哭无泪
这年底
人们用洗脸盆抢醋
用水缸抢酱油
抽屉里装满了味精
我的父亲
在水泄不通的人群中
抢回家30块肥皂
三年前整理他的遗物
还剩有两块半

磨铁读诗会

二〇一七年度中国十佳诗人

张明宇

张明宇，出生于1979年6月，口语诗人、高中教师，现居山西永济。

从去年以来，张明宇就一直处于某种兴奋的状态。写作兴奋，发言也兴奋。发言的兴奋当然是由于写作的兴奋，尤其是其2017年的写作得到了圈内诸多肯定。对于一个出生于20世纪70年代末期，出道晚，成名晚，写作趋近成熟状态也晚的诗人来说，张明宇在2017的爆发与其说是一种苦心人天不负的奖励，不如说是其真正的平民日常主义写作的正当其时和瓜熟蒂落！

随着口语诗歌运动在中国的进一步推进和深入，很多口语诗人开始自觉地建立和建设平民主义的文学价值观！但我以为，作为世界观的平民主义，和落实到日常写作以及写作的日常性之间，依然有一道理论和实践的沟壑。很多诗人是世界观意义上的平民主义者，但并非写作实践上的平民主义者。真正从内到外并且还能贡献出色文本的平民主义诗人其实并不多，而2017年的张明宇，恰恰是这个方向上的最佼佼者。他的写作从整体上完全来自生活日常，完全落实在平民视角，并且贡献出了诸如《关怀》这样的一系列杰出文本。

张明宇在2017年的写作井喷起源于其父亲病重，他几乎用诗歌记录了父亲病重到去世以及父亲去世之后他家庭的所有状态。他在大量的诗歌写作中，呈现出了极其生动的父亲和母亲的形象。如果我将他这一系列诗歌视为一套组诗的话，那就是2017年最成功的组诗！但张明宇在2017年的最高单首诗歌成就却偏偏并非出自这一组诗，他有两首诗被选入磨铁读诗会·2017年度中国最佳诗歌一百首，一首是《关怀》，写得漂亮极了！另一首是《婆媳》，写得生动极了！这两首都堪称平民主义诗歌的杰作。

为此，我们评选张明宇先生为“磨铁读诗会·2017年度中国十佳诗人”。这当然会让他更加兴奋，但愿不要影响到他的写作，有时写作需要沉潜一些。

磨铁读诗会

关怀

当我受到

来自外部的伤害

妻子总会

巧妙地

安排一次性爱

（即使我们还在冷战）

给我

内部的关怀

婆媳

奶奶年轻时

不饶人

时刻把媳妇攥手心

如今老了

眯起眼

装糊涂

母亲说:

你奶可聪明了

现在只看碗

不看脸

佛陀

如果寺庙里
需要一位虔诚的
二十四小时
喃喃低语
超度别人
的佛陀
我毫不犹豫
举荐我
的父亲
何况他
刚理了个
大光头

遗照

爸爸请人
给爷爷和奶奶
拍了遗照
一起挂在
南屋墙上
如今
爷爷故去
快二十年了
奶奶
迈着小脚
在自个的遗照下
走来
走去

诗意

深夜

女儿说

窗外

有个人

在锯什么

我仔细聆听

哦

那是空调滴水

打在了

知了的叫声上

南人

磨铁读诗会

二〇一七年度中国十佳诗人

南人，江苏泰州人，北京师范大学中文系毕业，2000年创办诗江湖网站。作品入选《中国先锋诗歌档案》《新世纪诗典》《当代诗经》《中国新诗年鉴》《中国诗典》等，出版有诗集《最后一炮》《黑白真相》《致L》。现居北京。

一直以来，南人都更多地以一个风格化或者说类型化的诗人形象为人所知。机智、幽默、好玩、谐趣、荒诞，这些现代诗歌中难能可贵的品质构成了其诗歌的基本底色。

其早期诗歌中因为被下半身诗歌运动注入了部分身体感和野蛮感而显得更为强健，近年的诗歌中，又因为注入了更多人生积淀和生命感受，而有时会有一些沉郁的味道。但总的来说，在2017年以前，人们还是更多地将南人看成一位机智、好玩和略带荒诞感的类型诗人。如果南人就在这一路上自觉而坚定地往极致处前行，那将是一件非常了不起的事情，类型走到极致就是大诗人，是能为中国当代诗歌廓开生面的。问题是，南人的这种写法和风格一直更像是本色出演，并没有构成坚定的诗歌世界观和自觉的后现代主义美学追求，不够极致使得他的重要性一直在打折扣。他甚至在很多时候都没有做到自觉于基本的诗歌现代性，会时不时在朋友圈大力推广一些带有陈旧抒情气息的诗歌。

或者说，南人始终是处在自觉与不自觉之间的一位诗人。当他自觉时，他是一位优秀的风格鲜明的后现代主义先锋诗人。当他不自觉时，又会沉沦于自己的混沌不清！但其2017年的写作，既没有往更自觉的极致个性发展，也没有被其身上的不自觉一面过多干扰，而是形成了一种新的诗歌气象，这一诗歌气象，令其2017年的诗歌写作，变得有了另外的重量！而形成这一状况的原因是，南人在其后现代的机智荒诞风格，和其传统的抒情欲望这并存的两种方向上，同时形成了内收，内收进漫长的时间积淀在一个男人身上形成的生命沉潜的力量里去了。

比如《我一直是那个只差一步就到终点却突然选择回头的人》，就是一首典型的在南人式诗歌风格基础上内收并沉浸入生命感受所形成的杰作，这甚至是一首抵达了沉默的杰作！而在《任洪渊老师》《公园》乃至《秦腔》，则都是典型的将抒情内收进生命感受后形成的沉郁之作！尤其是《任洪渊老师》，写得真挚、贴近、生动，这哪里是梦境啊，这就是现实！

而在其最擅长的风格上，南人也继续贡献着诸如《酒鬼》《有些真相说出来并不美好》《一车浑蛋》这样的精妙之作！

我们永远无法从一个诗人的任何一个阶段的写作或写作风格中判断一个诗人未来的写作走向。我并不失望于南人没有往其风格的极致处写作，甚至惊讶于其在2017年从两个向度同时内收后形成的新的气象！就如同南人永远不知道自己哪首诗写得好、哪首诗写得不好一样，我们也不会知道南人未来会写向何处？但其天生的机智和内心的混沌单纯所形成的合力，一定会在漫长的人生中与其生命产生化学反应，构筑成一个最终将呈现重要性的诗人。为此，我们评选南人先生为“磨铁读诗会·2017年度中国十佳诗人”。

磨铁读诗会

酒鬼

前面踉踉跄跄

飘来一个酒鬼

我手起刀落

定睛一看

鬼跑了

酒洒了一地

剩下一个肉坛子

不知是谁的

任洪渊老师

任洪渊老师
参加完上午的磨铁诗会
就被安排送回师大

一路上任老师直流老泪
下午的活动浩波让我不再参加了
要把机会留给那些年轻的徒弟
浩波这话说得真的很不对呀
诗人只有老诗人新诗人
诗歌只有好诗坏诗
诗歌圈哪里来的师父和徒弟呀
这不跟我前段时间说过的
写诗也要讲逻辑
一样荒诞吗

请不要误解
请浩波不必介意
以上内容只是我昨夜的一个梦
觉得很有意思
而且记得深切
所以记了下来

我一直是那个只差一步就到终点却选择突然回头的人

三十多年

我一直是一个

只差一步就到终点

却选择突然回头的人

相比前功尽弃

我更怕吵

秦腔

在北京打工的咸阳女子说
她们村里秦腔唱得最好的
这几年全都死了
有的出车祸
有的上吊
因为他们唱的全是死人
唱的时间长了阴气缠身
到头来一个都没有剩下
现在村里再没人敢唱了

我说
是不是他们唱得太好了
人爱听
鬼也爱听

她使劲点头
并且不停地惋惜
唱得最好的那个女子
是全村最最漂亮的女子
常常听到她家里吵架
最后也给唱死了
她唱是真唱
她流泪是真的流泪

一车浑蛋

我在高铁上大喊——

“长这么大，谁没有被别人骂过浑蛋？”

一车的浑蛋默不作声

公园

人群中间
每天都会有
压抑得承受不了的
走出队列
哭着
号着
傻着
笑着
疯着
癫着
大声叫喊
放声歌唱
面无表情
独自垂泪
把悲催的经历
在这里公演

孤独症患者
站在人群中间
远远望着他们
表情如路边的花草

磨铁读诗会

二〇一七年度中国十佳诗人

侯马

侯马，1967年生于山西曲沃。1985至1989年就读于北京师范大学中文系，文学学士。出版个人诗集有《哀歌·金别针》《顺便吻一下》《精神病院的花园》《他手记》等。曾获天问诗歌奖、《十月》新锐人物奖等。

2017年，侯马继续稳定地进行他的写作，从容不迫地建构和夯实着他的大诗人形象！

依然有杰作，这对侯马来说不是什么新鲜的事。但作为一个非常成熟的诗人，侯马新的杰作依然能持续不断给哪怕非常熟悉他的读者带来新鲜感、带来震撼感。这就真的是了不起，一个成熟诗人持续不断的了不起！

2017年，他的《逻辑》和《在雨中醒来》，前者令人读来震撼，是一首无可挑剔的重要的杰作，在心灵敏感的悸动和收紧中，完成了这首诗。后者写得真是敏感、纤细和新鲜啊，构成了一种仅仅属于诗意的追问，这追问，有着美和心灵的重量！

当然还有《饺子》，一首重新定义了人的“伟大”的杰作。侯马对于“人”的重新发现、呈现乃至塑造，构成了其诗歌中的一种内在的文明、内在的人文。

侯马是一个敏感于“人”，敏感于爱和文明的诗人，是我们时代的珍宝。关于侯马，我已言说太多。我唯一还想在此感喟的是，在北京师范大学西南楼，有那么一间20世纪80年代曾作为学生宿舍的房间，它未来必将成为人类诗歌史上一处熠熠生辉的遗迹，即使那栋楼被推倒、被炸掉，也不会改变这一点。

我们评选侯马先生为“磨铁读诗会·2017年度中国十佳诗人”。

磨铁读诗会

在涿州

我在涿州当过老师

带全班去周口店

看山顶洞人

骑自行车回去路上

我唱了一首歌

张楚的《黄土地》

唱毕

同学们举双手

鼓掌

结果在公路上

摔倒一大片

不能当老师啊

孩子的心太纯真

饺子

我见到了伟大的狱警
他在除夕给囚犯端去饺子
我也见到了伟大的囚犯
他放着不吃说是没有醋

逻辑

我在读一本传记
人们终于走出了
三年困难时期
公共食堂不办了
一些牲畜、农具、果树退赔了
各村基本上都
恢复了供销社
女人怀上了娃
一个七千人的大会开了
四清的过火行为
不时得到纠正
北大乱了一阵
但属于好人犯了错误
从六二年开始
六三年
六四年、六五年
十分艰难
但似乎往好的方向发展
我却越来越不敢
往下看了
再过一年坝就要溃了
多灾的人民
将迎来滔天的洪水

在侯马

暮色里

我跟一个沉默的人摔跤

他是我的好友

但越摔越陌生

越摔越像敌人

我有十足的把握

能将他摔倒

但我无论如何努力

他依然站立

缠斗不止

观众走光了

天色越来越黑

我俩互相掐住肩膀

势均力敌真是难搞

在雨声中醒来

不敢问夏尔
听没听见过雨声
从房顶瓦片上汇集成流
又在屋檐尽头凌空落下
一滴追逐一滴
次第绽放的雨声
我怕一问
他会感到人生
原来还有残缺
或者听到答案后
我会认为古中国
超越空虚的那点意义
台阶下已接不到了

我赞成保留死刑

女孩大学毕业
从工厂浴室回出租房途中
遇害
随身衣物
被扔弃在几十米的范围
路边
沾泥的
雪白的
一只袜子
侦查员读了她的日记
每一篇
写的都是一个男生
她大学时代的男朋友

救救老人

我去看望

住院的妈妈

听见隔壁病房

一位老人

有力的喊声

大夫救救我吧

我不能死啊

我一年六万啊

Xiron Poetry Club
磨铁读诗会

2017年度
中国最佳
诗歌100首

瘤

摆丢

去年初秋
在老家报纸的电子版上
看到一则图片新闻
我的两个堂弟
走在五六个人的最前面
正从邻县的机场出来
图片下有文字——
××县外出打工青年回乡参加入伍体检
我发微信问堂弟
堂弟说：“没有啊，谁说的
我和弟弟飞回家
是看望病重的老爸”
昨天
在外打工的堂弟发来微信
说他的肺部长了个瘤
时不时隐痛
我想起那则新闻
要是真的就好了

知果法师

从容

她从大悲殿迈出来
身后跟着一只猫
穿过光影深长的回廊

她坐在阳光下
隔着寺庙的木桌
回答一位香客的问题

我和猫在偷看她
手机响了
她拿起
锁屏上写着四个字：

“爱人有罪”

对上帝说

陈桥

如果我再做十个俯卧撑
他就会来找我
我们一起走回家

如果雨下到明早
最后那道题
就在这十道题里

如果这颗蛋可以立住
她就不死
如果立不住
她就再陪我十年

如果我不落下一天
把旧约读完
她就在天上
不在地下

上帝，好多年了
我没什么要说的

冲撞

春树

我发现我喜欢的
还都是少年
是高中生
初中生
是还未彻底成熟之前的生命
是还没到终点的
还有许多可能性的
是不管不顾的
是自以为是的
是热爱运动的
是强健的
是带着天真的残忍的
这残忍只是因为太相信自己
直到很久以后
我才学会谨慎地喜欢上
一两个成年人
我会被那无私的
笃定的
有较高的艺术审美的
愿意花钱的
同样爱运动的人
所吸引

有时候甚至会带着仰慕

直到今天下午

我在操场上

见到一个独自打篮球的金发少年

所有关于成年人的想象土崩瓦解

所有青春记忆重新涌现

像喝了一大桶可乐

躁动不安

大昭寺前的两个藏族孩子

大友

剪刀石头布

三局两胜

谁输谁买冰棒

输了的一个耍赖

另一个追赶他

跑了几圈

两个孩子

突然停下来

双手举过头顶

对着金身佛

匍匐

跪拜

芳名

冈居木

1969年，诗人何其芳被下放
到河南干校喂猪
造反派认为他不配用这个好听的名字
开批斗会，让他自报家门
他报：“何其芳”
立即受到斥责：“你怎么能叫何其芳！
你反动透顶遗臭万年
‘芳’在哪里！”
他不得不马上改口：
“何其臭，何其臭！”

真来劲

寒玉

那美妙的一瞬

电击般

我战栗酥麻

抱紧些再抱紧些

从水库

赤身裸体

我紧紧抱着

一条鲤鱼

往岸上走

它越挣扎

我越兴奋

二十多年后他们给我讲的故事

何止

八十年代末期
刘富才同志正和
王秀丽同志闹离婚
在拖车厂家属院门口
他们敞开胸怀迎风而立
互相问候着操你妈
王秀丽说，刘富才
你他妈个没良心的玩意儿
老娘给你们家当牛做马
任劳任怨了大半辈子
你们家有给过我什么吗
刘富才说，王秀丽
你少他妈睁着眼睛说瞎话
当年你生老大的时候
我妈不是给了你
二斤油吗

燕山林场

霍俊明

当我从积重难返的中年期抬起头来
燕山的天空，这清脆冷冷的杯盘
空旷的林场，伐木后的大地木屑纷纷

那年冬天，我来到田野深处的树林
确切说面对的是一个个巨大的树桩
我和父亲坐在冷硬的地上，屁股硌得生疼
生锈的锯子在嘎吱的声响中也发出少有的亮光

河

吉尔

我们这儿
每年都有人跳河
报纸里说
女性偏多
统计依据是
捞上的高跟鞋

我学的语文有时没有用

姜馨贺

在路过沙漠的
火车上
我加了一个
维吾尔族哥哥的微信
回到深圳互相问候
结果我不懂维文
他不懂汉文
语音也听不懂
就只好发表情
所有能用的表情
都从头用过一遍
现在
第二遍
又开始了

浸水压秤

君儿

把割下的草浸在水中
就会增重
过秤时多出一倍的重量
十岁以前，和父亲
姐姐打草
用的都是这种办法
背到生产队
按重量计工分
只有父亲知道
姐姐知道
我知道
个子比筐还矮的我
背着浸了水的草
是怎么连滚带爬
死挨到秤砣前的

一生中，每个人都会被闪电击中七次

李宏伟

每一次都没有预期，没有防备
你在遛狗，开车，喝酒，打牌，闲聊
或者，正坐在竹林，等待竹笋拱破陈旧的土地
闪电就劈了下来，击中你身体的不同地方
这足够的场景，足够你老来坐在摇椅上细数
也有那么几个人，当他们终于入了土
自以为万事大吉，闪电又劈进来
击中他们的额头，凑够一生中必要的数

有个男生

林火火

他是我们隔壁班的
家里有了结婚的对象
还是被度假村的女人
勾引，那女人怎么也不肯分手
还说怀了他孩子，要嫁给他
他怎么会上当呢
约了女人去江边解决问题
带了汽油和刀
都用上了

李桂与陈香香

刘傲夫

为婚宴准备的
一场水库炸鱼
李桂炸飞了
自己左臂
也炸跑了
陈香香这个人

陈香香嫁到外地
李桂没有哭
他用毛笔
将“李桂”和“陈香香”
工工整整地
写在了两家
并排的电表上

人为什么会那么坏

刘一君

托伊的家人都已被赶往镇上的广场
他躲开了党卫军　在小巷间拼命跑
这时他看见了同学雅内克
托伊大喊　雅内克　救救我
雅内克说　快藏到我家的谷仓里
说着领托伊藏到谷仓　告诉他别动
镇子里不时传来枪声
托伊的爸妈在卡车上四望
但不断被赶来的人里没有他们的儿子
这时谷仓的门开了
雅内克带着一个党卫军走进来
指着托伊说　这就是那个小犹太人
托伊被党卫军带走　他张着嘴
怔望着雅内克
雅内克说　再见了托伊
下次见面的时候　你就会变成
杂货店里的一块肥皂

生计

马金山

天蒙蒙亮

包子店的老板

把包子坐上锅

就打着手电筒

去山上的庙里

换零钱去了

春雨

蛮蛮

八十九岁的姥爷
耳聋得厉害
和他说话
得大喊大叫
即便如此
他也听不清楚
下午两点多的时候
坐在沙发上闭目养神的姥爷
突然抬起头
对我说
“下雨了”
我赶紧放下手机
跑进院子
收起姥姥的外套
细雨打在罩柴胡的油纸上
啵啵
啵啵

过年

梅冬陈

四五个男人套上胶鞋　跳进猪圈
把它扑倒在屎泥里

磨蹭到傍晚　终于捆好四蹄
担进蒸汽缭绕的灶间

一张磨得油亮的细长条凳
就绑了这个一百公斤的家伙

老少都来围着它
馒头面发好了　年糕蒸齐了
就差这肉了

它被男人们全力摁住
朝天仰着嗷嗷叫
叫得好!
真有点过年的样子了

药瓶

木桦

儿子六岁
到了识文断字的年龄
他总是翻出妻子的药瓶
研究标签上的药名
妻子怕儿子知道她生了病，就把
标签扯下来
再贴上白色医用胶布，为方便辨认
她用黑笔在四个药瓶上分别标下：
1、2、3、4
几天之后，妻子发现
每个药瓶的胶布上都多出了一个
歪歪扭扭的字：
1糖、2糖、3糖、4糖

我曾纵容了一个坏人

潘洗尘

由于十一年前我没有报案
冉茂文　现在我只能叫你失联员工

五十一万五千　我知道你拿走这些钱
一定有你的苦衷　我更知道
如果当时我报案　你关机和逃得再远也没用
但一想到你会因此妻离子散坐牢很多年
我还是选择了沉默
尽管那时我也并不富足

然而　12个年过去了
你消失得无影无踪　连一声对不起都没有
此刻我写下这些文字
仍不是报案　更不想追债
我只是想告诉这个世界
我曾纵容了一个坏人
如果在这十二年里　他每再害一个人
都应该是我的错
在此我留下他的姓名　身份证
还有他当年的忏悔书
以供世间辨认

一大碗蓝天

庞华

在华山道观

向一位道长讨水喝

他递来一大碗白开水

我接过的时候

看见水中的蓝天

我一饮而尽

自由

彭晓杨

因为战争
主人公饱受各种羞辱
和饥饿的折磨
当他踉踉跄跄
躲进一片废墟里的时候
使我心酸的是一条弹幕
“坚持住
还有三十五分钟
你就自由了”

夜读布考斯基

商震

我在台灯下看书
台灯的光
只比篮球大一圈
光里仅能放一本书
和我的眼睛

这是一本布考斯基的诗集
满纸细碎的生活
和美国人对现实的态度
文字在我眼里很明亮
灯光依然是个不滚动的球
球体之外
就是黑黢黢的悬崖

矿区的母女

盛兴

女儿20岁，希望她嫁给矿长18岁的儿子

女儿25岁，目标转向技术员小李

女儿30岁，盯上了生产科大龄男冯科长

女儿40岁，托人撮合46岁的装备处大老黄

女儿44岁，心里惦记着刚刚丧偶的老矿长

女儿50岁，她73岁，病重在床

迟迟不肯咽气

害怕死后

女儿跑到外面

自己偷偷找了人

静物

石蛋蛋

店面
清静
朝门的
墙上
登山鞋
自己
爬
上了墙

角色

双子

往前走了几步
才发现父亲没跟上来
转过头
他已站在
路旁的绿化带里
我听见拉链
被解开的声音
接着是硬邦邦的土
被砸响的声音
就不能憋一会
回家解决吗
要是我
起码会躲到
那棵树的后面
真没辙
我四下打量一番
朝父亲挪了过去
顶替了
那棵树的角色

万物生长

宋雨

玉贤嫂子只穿白汗衫
凸着乳
两点前一片奶渍
追小牛犊
那天的阳光白花花的
我的书包带子
变成了单肩背
依旧在为小小的起伏为难
那天的嫂子
让我有多眼热
追着小牛犊一颤
一颤
她说噢
她又说驾

听力

宋壮壮

一阵风吹过

坐在天桥下坡

眼窝深陷

抱着三弦琴的盲老头

把手伸进面前的

锈铁小桶里

取出刚落进去的树叶

扔到身后

无题

苏不归

金边的小僧侣
走在红色高棉时期
遗留的人骨废墟中
手机互拍

广岛的年轻人
约在原子弹爆炸后
烧焦的土地上
打棒球

重庆的老市民
聚在日本大轰炸时期
救命的防空洞里
吃火锅

新义州的中学生
坐在锈蚀的摩天轮下
面朝鸭绿江对岸的蓝天
写生

给年轻的父和它们

唐果

我亲爱的孩子
与它们和你相比
我是要老得多
尽管在梦中
我曾称你为：年轻的父

屋子里的你，十九岁
墙壁，十岁
沙发，两岁
薄被，十八岁
清道夫，八岁
壁虎，半岁
蟑螂，才两个月大

屋外的花草树木
最年轻的要数那含苞的花
它还在娘胎里
头顶的树叶，三个月
杨桃树，七岁
就是不知那炫目的太阳
贵庚几何
看上去跟你一样
是个热力四射的小伙

中用不中看

王林燕

产假归来的她抱怨道
奶水严重不足
看着她胸前的一对足球
想起哺乳期的自己
只要脑海浮现出孩子
或听到孩子的啼哭
即便是别人家孩子的哭声
胸前那两口小碗
也会决堤般胀裂
将衣服打湿一大片

1960

王清让

父亲抓住了
两个玉米贼

一对年轻夫妻，跪倒在地：
“实在没办法啊！
孩子饿得成夜成夜哭
家里没有一粒粮食了……”

父亲摆摆手
放他们走了
突然，想到了什么
又把他们唤了回来
把掰掉的玉米棒子
捡几穗塞给了他们

梦中的死海

吴雨伦

离开死海前
为了留作纪念
我打算装走一点死海水
碰巧没有别的容器
只好用一个可乐瓶

在梦中
我再次回到死海
高大的浅黄色岩石山
布满白色盐块的海岸
气泡冲上碧蓝色的海水
阳光下
泛着淡淡可乐味的清香

唯一

苇欢

没有人
演得好
狄金森
演得好
那样一个
十几年
足不出户
只在一个夜里
悄然出行
借着月光
去看一座
新教堂
的人

夜晚海边

巫昂

我终于可以跟你讲述我的那次婚姻

我终于在过程中流出了仓促的泪水

在慌乱中走过的路

没有车辙没有尖厉的嗓音

发抖是有形的

失去恰恰相反

妈妈整天坐在公园的石头上

湘莲子

午饭时间到了
弟弟从手机定位上看到母亲
已来到楼下
踱了几个来回
掉头又走了
她走过菜市场
老年俱乐部
卫生所
公园
上坡下坡
来到她和父亲住了几十年的家
在没有铺盖的床上坐了一会
又回到公园的大石头上
弟弟问
您怎么还不回家吃饭
怎么到楼下了又走开了呀
母亲不承认
我哪里都没去呀
我一直坐在这块石头上

李大叔逸事

夏西

1968年，批斗会现场
轮到批斗李大叔的父亲时
被逼着和父亲
划清了界限的李大叔
冲到人群前
举起拳头就喊：
“打倒我爹！”
群情激昂的人们
纷纷举着拳头
跟着高喊：
“打倒我爹！”
喊第二遍时
有人发现了不对
但还是跟着高喊：
“打倒我爹！”
多年后说起这事
李大叔就特别骄傲：
“那阵势，谁敢不喊？
妈的，谁也不敢！”

菊花

叶臻

父亲手术出院
将医院配给的
塑料尿壶、痰盂、脸盆
都拎回了家
尿壶还做尿壶
痰盂还做痰盂
脸盆刚开始还用来洗脸
后因出现裂纹
就被父亲添了些泥土
用来养花养草
父亲去世时
尿壶还在床底
痰盂还在床侧
已成花盆的脸盆
在窗台上
开出了几朵
黄白的菊花

虚构

张小白

我看见她提着行李
从半路的公交车上
一边问路
一边走下来
在不到十岁的某个黄昏
去看守所
还是精神病院
还是一个农场
我不记得了
去找她的母亲
这唯一的亲人
啊，该死
母亲让她回去
让她一个人回去
她一直哀求一直哭

在凌晨两点
我被这莫名其妙的记忆
搞得心神不宁
我一直看见她站在
门外一边哀求
一边哭

我必须虚构了

我必须虚构出白天

至少是白天吧

我还要虚构出一个善良的看守

我不能

让她在多年以后

还停留在那样的夜晚

一个人发抖

凤莲传

赵思运

赵凤莲
生于1957年
郓城县王营村人
三岁前没见过馒头
吃的全是地瓜叶槐树叶蒌蒌芽
最好吃的是嫩麦苗
饿急了就哭着要苗苗
她娘不知道在哪里找来一条长虫
缠在腰里
用力把它捋死
偷偷拿到大队食堂里
烤熟后
一缕黄黄的香气搭在凤莲的肩膀上
回到家里
三口人
一人一截
大快朵颐

大海告诉我

周瑟瑟

没有人告诉我
去朝鲜半岛还有多远
海豚何时冒出水面
它哭泣时嘴唇
露出弯弯的微笑
大海的婴儿
何时来与我相见
1989年8月黄岛
大火之后
我坐着轮渡登上岛
听见海豚的叫声
像海着火了
大海告诉我
它有深深的伤口

寻人启事

庄凌

墙角与电线杆上贴的寻人启事
路人都要多看一眼
每次看到我就慌张
丢人
我们的脸都丢光了
儿童不是被要传种的古人拐走了
就是成了街头的乞讨的流民
老人多半是忘了家也忘了故乡
今天的地址和环境全变了

那些寻人启事的照片似乎都面熟
像我的老乡与亲戚
上个月在济南经十路
我不小心上了一辆出租黑车
和很多少女一样，至今下落不明

孤僻

左秦

是太过于孤僻了，

我作为半个聋子，

都能听到，地球另一面的雨声

和一只蜗牛

抬起头用两万颗牙齿

咀嚼草叶的声音。

优秀快递员

陈放平

她之所以能成为
快递店里
最优秀的员工
是因为她
长了一口
好门牙
打包寄件时
她粘胶带的速度
最快

嫁给煤矿工的女人

陈放平

镇上的男人
都在煤矿挖煤
家里的女人
都在麻将桌上打牌
矿井里
不定期传来噩耗
死者的家属
会得到一笔
几十万的赔款
女人抱着钱
大哭一场
又嫁给了
另一个煤矿工
重新回到麻将桌
我经过那个小镇
拉煤的小火车依然在开

古寺

二月蓝

庙门紧闭
远方的灯笼红得寂寥
逶迤而来
立在月光和虫声中
一枝桂花
让我的右手高高扬起
掌上的五个指头
仿佛五位
瘦削的僧人

摩围山

二月蓝

翻身的乌江
露出柔软的肚皮

云顶寺的钟声
雪一样化了

学电的

简天平

她是我们班的学习委员
毕业后我们又成了供电局的同事
某年开重要会议期间她
拉错了一个闸
漆黑了一整条街
恰巧领导的车队正通过
作为反面教材
失去了晋升机会

上个月她病逝
才四十多岁
是我们班里走得最早的那个
很后悔
该鼓励她辞职的
那样
她或许已经开了
一家美甲店

站立的牛

简天平

牛眼里被塞了一片辣椒

痛让牛无法躺下

一直保持站立的姿势

这样卡车上就塞进了更多的牛

集体站上三到四天

到达终点

一个叫作屠宰场的地方

时间

蒋雪峰

他种下一棵树
下山去背水
回来时
树已参天
寺院
改了名字

我出生在福田寺

蒋雪峰

我出生在福田寺
并不是说　一生下来
就出家了
福田寺是福田坝
一座宋代寺庙
1965年　我出生那年
和尚被轰出去还俗
无家可归的果满
重新回来
只能为学生敲钟
不再敲木鱼
福田寺成福田小学
我的母亲是校长
大雄宝殿变成教室
外面一块庙产
成了学校的麦地
六一儿童节
每人两个黑麸面馒头
我就生在进寺右边
斋堂隔出来的宿舍里
记忆里窗外是菜地
四季豆　黄瓜　茄子

长势都没有我良好

前年我回去

一个老者在喊我小名

姓雷　当年的村书记

这个把千年桂花树

大卸八块的人

女儿喝了农药

妻子疯了

他现在做了居士

我出生在福田寺

也是这个世界　唯一

给它写诗的人

耿耿于怀的是

到现在也没能够把

那棵桂花树

写活

愿望

李柳杨

找一个新的地球住下吧
那个地方不举行葬礼
我们像草一样躺下
又像月亮一样升起

飘扬

莫沫

生活在这个舞台
天突然变蓝变黑变灰
天空的光芒和温度
与城市的街道
被任意地调戏
时而开放
时而凋落
本可以欢喜的蓝天
像个恶作剧
我忘掉幕后一切
把情书用荧光笔写在
西服外套
假设哪天禁止
谈情说爱
宽敞的马路被雾霾
抹掉
你还能
辨认出
思念你
的我仍然在
这里

时差

莫沫

此时秋雨
下个不停
暮夜跟随着
晚你六个时辰
的日落和
即将降临
的黄昏
下了一宿
的秋雨
沙沙的
响声
抹不掉
噩梦中
醒来时
你不在我身边的
恐惧
我离你何止八千多公里
浓黑浓黑的
夜晚与你的相似
但窗外的美景
挂在窗外
二十余年仍未

遭强拆

公路边一所

田园别墅挂了卖房的

招牌

一平米一千五欧

今晚做梦住进

那所公路边的

田园房

死了也是最美的

庞琼珍

离得近些
就埋在屋旁的竹林
她用竹根下的井水洗澡
洗了三十七年
风摇动竹叶
水声哗哗
大哥喊：吕素清——
大嫂答：庞明先——
再拎一桶水来！

食色性也

庞琼珍

丈夫床技越来越差

厨艺越来越好

我俩就像老牛肉

要一起煨烂了

三个档次

沙凯歌

早年离婚的齐老师
初级职称，工资很低，得了胃癌

于老师，全家老小只靠他一人挣钱
为给父母治病，债台高筑

没了老伴的郑老师，精神有点失常
一个孩子病死了，一个孩子自杀了

杨老师，妻子没有工作
儿子刚上大学，自己患有尿毒症
……

刚上任的离退休处处长
需要在这些老教师中
明确一般困难、很困难、特别困难
好在慰问金上
分出200、500、800三个档次

乳香

沙凯歌

先后和三个女人
合租过
只有小黛
即使我下班晚了
也会等我一起吃饭
有次我病了
她说如果夜里还不舒服
就给她打电话
半夜我拨通了手机
她穿着睡衣跑到我房间
倒开水，冲热水袋
靠在床头陪我说话
她一向温柔
她的胸散发出
诱人的芳香
那绝对不是
来自沐浴液、洗发水的味道
迷幻、销魂，缘自她的体内
引人堕落
后来我有了男友
当那个男人贪婪地咬着我的胸
我忍不住问：

有味道吗

“没有，刚洗了澡

怎么会有味道呢”

巨大的失望向我袭来

如跌入深渊

陪伴母亲的下午

唐欣

陪伴母亲的下午　长久默默
无言的房间　试图让空气流动
他想到　还从来没有给母亲
唱过歌呢　于是就哼唱起来
蹩脚的歌手　倒还有些存货
先是样板戏　临行喝妈一碗酒
母亲点头　李玉和再来一首
早也盼晚也盼　母亲说李勇奇
继续　我为祖国献石油　克拉玛依
之歌　送别草原之夜　远飞的大雁
母亲无力地表示　听过的接着
他又唱了三套车　喀秋莎还有
莫斯科郊外的晚上　母亲说
过去爸爸也爱唱这些　儿子问
爸爸唱得怎么样　母亲微笑着
当然比你唱得好多了

采购员与香烟

唐欣

1972年　在一列火车上
有位采购员看见为外宾
准备的临时柜台　他好奇地
打听其中一种香烟的价格
旁边有个外国人笑了一下
大概是猜测他买不起吧
又或许是同情　谁知道呢
这个人的心被深深刺痛了
谁也不能小瞧中国人　不能
他毫不犹豫地掏钱买了一包
用的是相当于他几个月的工资
（正好他带着公款　先挪用了）
但他和他的家庭　接下来的日子
该怎么过呀　他含着泪点着烟
满车厢飘起莫名的香味儿

这事没准你也遇过

天狼

一个女人
从街那头走来
看身形步态
他断定
是自己的妻子
就在原地上等
她没走几步
他就乐了
这才认出来
那竟是岳母
不知什么时候
这娘俩长到
可以混淆的地步
他这么想着
那女人已经走近
这回他愕然了
那个女人
就是他妻子

撤不了了怎么办

天狼

他本想搞笑一下
卷了一支喇叭筒的烟
写上“中华”
点燃
照片发在群里
有人说
你是想烧掉中华吗?
后面人跟着起哄
老实交代
是何居心
他慌了
一连串地说
撤不了了怎么办
撤不了了怎么办

没多久
他退群了

黄昏前说起天才

徐江

和诗人李伟
聊电影《天才捕手》
里面三位伟大的小说家
我们都更喜欢
海明威的那个形象
他聊文学的口吻
像我们日常聊诗
当然这也不影响
我们对酒鬼菲茨杰拉德
和现代诗意的缔造者
托马斯·沃尔夫的敬意
后者两米左右的个头儿
比扮演者裘德·洛高了不少
美国邪恶版的普鲁斯特
把熟人真名也写进了小说
气得家乡人和他打官司
这个年轻俊朗的巨人
找不到适合的桌子
只好伏在冰箱上写
死后找不到适合的棺材
被人把两条腿折断
塞进小一号的棺材
可是你看
大风过后的天空多蓝
我们抽剩下的半支烟

寒衣节的前两天

徐江

他们早早就在各个路口

点燃冥币和装裱

一簇簇旺火

夜色下沿路排去

像电影里机场停电后

迎接降落的跑道

有人弯下腰

拨弄地下的火团

那时又像极了灾区的居民

在避难所颠锅

炒一道火锅肉

南京大屠杀

杨黎

今天是南京大屠杀
八十周年纪念日
在三年前一个非常
寒冷的冬天
我就去过南京南城
也就是大屠杀的
主要发生地：我哀叹
这真是一个惨无人道的日子
在惨无人道的过去
这样惨无人道的杀戮还有很多
如扬州十日（那次死的人
比南京大屠杀还多五十万）

爸爸告诉我

紫气

美国摩西奶奶
一百岁出了名
她说她总记得
小时候
她爸告诉她
走路要看清
脚下的路
有个诗人在诗中说
他爸告诉他　磷火
是狐狸在炼丹
我想起我爸到死
什么话都没告诉（我）
我只记得有天
我爸牵着我
去公园遛弯
在拐角遇到一个
身穿长衫手举鸟笼
摸着山羊胡的老人
高大的老爸居然
对他深深鞠了一躬
说了声：“老师好。”

酷

紫气

我拿着相机
要弟弟摆出
胜利手势
他竖起两指
来个傻笑
突然发现
那中指
是弯的
病重爸爸
操劳的妈
被人暴打的他
手痛
低烧
我猛地大声笑：
妈的，你太酷了

孤独的炸弹

伊沙

西昌国际诗歌周
昭觉活动中心
主题发言场
晴朗李寒在发言中
讲到阿赫玛托娃的
苦难命运
讲到她的第一任丈夫
古米廖夫以“反革命罪”
被枪毙的事
随后
一位着装现代的
彝族中学生
跳上台去
站姿扭曲
怒目圆睁
一腔怒火
喷泄而下:
“你们这些
面对人民的苦难
不能秉笔直书
伸张正义的
狗屁诗人

跑到小地方来
讲什么反革命……”
我们全都傻了
不知所措
不知发生了什么
后来
当我们的中巴车
穿过县城离开时
看见那个中学生
独自一人
走在街头
余怒未消
直喘粗气
像一颗孤独的
行走的炸弹

消失的诗

沈浩波

就在刚才
我看到了一首诗
一首好诗
但它的作者并不知道它是一首好诗
甚至不知道它是一首诗
他是个平庸的诗人
现在不知道
以后也不会知道
自己曾经写过这么一首诗
一首比他一生所有其他诗都好的诗
这只是他在微信朋友圈里
说的一段话
并不是一首诗
但我看到了一首诗
一个字都不用改
分一下行就是一首诗
但他对此懵然无知
我并不打算告诉他
我觉得他不配拥有这首诗

在雍和宫

沈浩波

在金色巨人般高耸入殿顶的佛祖像前
一个肥硕的
穿白汗衫挂大金链子的壮汉
啪一声
把自己砸在大殿坚硬的地砖上
看得我心惊肉跳
再站起来
再啪一声
……
二百来斤的肥肉
啪啪啪往地上砸
每一下都是
标准的藏传佛教磕长头的姿势
我原本还想磕头祈祷的兴致
一下子就没了
再怎么虔诚
也干不过这家伙像面粉袋子一样把自己往地上啪啪砸呀

衣冠冢前祭李白

沈浩波

汝是何人?
汝从何处来?
碎叶、巴蜀还是陇西?
谁能证明你姓李?
谁知你是何处之野人,
谁家之杂种?
你想干什么?
为何拔剑四顾心茫然?
为何好为大言?
为何飞扬跋扈?

汝,一州笑你为狂客
你多牛啊。
汝,我本楚狂人,凤歌笑孔丘
你太牛了。
汝,俱怀逸兴壮思飞,欲上青天揽明月
你吹牛吹到天上去了。
汝,三千年第一狂徒也。
不见李生久,佯狂真可哀
杜甫懂你吗?杜甫不懂你。

汝想十步杀一人,千里不留行;

汝想汝想封侯拜相，汝想荣华富贵；
汝想深藏功与名，事了拂衣去；
汝想成仙，汝想长生不老；
汝想囊括大块，汝想与宇宙一体；
汝啥都敢想，汝把天上地下宇宙间的好事儿想绝了。
汝就是想飞起来，小小寰球，如何装得下你的心？
装不下，怎么办？
我歌月徘徊，
我舞影凌乱。

汝想荣华富贵，
奈何飘零二十年。
汝想仰天大笑，
转眼就被驱赶。
汝想求仙得道，
奈何老天不收。
汝想东山再起，
奈何放逐夜郎。
汝想济世安邦，
奈何世人欲杀。
汝所热望的一切，
全都得不到。
富贵与神仙，
蹉跎成两失。

汝，无来历，无身份。

汝，再也回不去故乡，永远回不去故乡，因何回不去故乡？

汝，何处之野人？谁家的杂种？

汝，无家可归，无枝可栖，上天入地皆无门。

汝，永在天地间飘荡的野人。

汝，家在酒中，魂在月上。

汝，大鹏一日同风起，你哪里是大鹏？你是宇宙中，一只无足鸟。

汝，欲砸碎黄鹤楼乎？

我来陪你砸

去他的仙之人纷纷其来下。

汝，欲推倒鹦鹉洲否？

我来陪你推

这狗屁的不称人意的山水。

汝，想往鲁儒脸上吐痰否？

我来陪你吐

腐儒岂知狂客心

我来陪你笑孔丘

汝可愿掀了那谢安石的坟？

汝可敢拔了那鲁仲连的舌？

人间英雄事

与你有何干

鲁仲连，谢安石

安能与你光耀万古的诗篇相比肩？

人生在世不称意，

明朝散发弄偏舟，

可也。

汝是三千年未有之大天真人，

天真即诗。

汝是三千年未有之大活泼人，

活泼即诗。

汝是三千年未有之大浪漫人，

浪漫即诗。

汝是三千年未有之大单纯人，

单纯即诗。

汝即诗。

北冥有鱼，其名为鲲。

鲲之大，不知其几千里也。

化而为鸟，其名为鹏。

汝非人间之鹏

汝乃吾中华世代诗人之鲲鹏。

魂来枫叶青

魂返边塞寒

我其实知你

更爱这人间

Xiron Poetry Club
磨铁读诗会

2017年度
中国先锋
诗歌年选

辑一　光影列车

梦（1142）

伊沙

医院里
抽血处
医生给我抽血
我震惊地看见
她抽出了一管黑血
我着了慌：
“咋回事儿？”
“你是不是练书法？”
“对呀！”
“那就对了，练书法的人
血都是黑的……”
我走出医院大楼
惊魂未定
掏出手机
拨通书友江湖海：
“老江，你的血
是啥颜色？”
“黑的呀！”
“那就对了！”

创新之狗

伊沙

这个坛子主流的堕落
是从力捧朦胧诗的
那个老诗评家
不无抱怨地公开讲：
“这些年
创新像狗一样
追着我们……”开始的
从此他就忙于
给女文青写序去了
我想问的是
到底追了多少年
并且是在哪里追

哦，谢天谢地
创新之狗追我三十载
一直追到血管里
我的血管
万狗奔腾

出院

伊沙

西京医院停车场
一位美丽的
伶牙俐齿的少妇
在说一位不美丽的
愁眉苦脸的老妪：
“瞧你那个样子
出院还不如入院
治好了还不如不治
不就是花了点钱嘛
又不是你的钱……”
站在一旁的我想的是：
“这一定是女儿
而非儿媳……”

蜻蜓

伊沙

从童年开始
有一只蜻蜓
在我头脑中飞行
像立体的
晶莹剔透的草叶
一样漂亮
它一直飞着
一直飞到
我长大成人
进入中年
开始焦虑
它是一条命
怎么还不
飞出去

国际诗歌朗诵会

沈浩波

从不同国家来的那些诗人
在灯光下的舞台上坐成一排
——像一串
蚱蜢
他们挨个上去朗诵诗歌
——像被提审的
犯人
我听不懂他们在念什么
听声音就觉得
这是一群温顺得像……
像某种宠物狗
的诗人
我坐在
他们中间
我和他们的区别在于
——嗓门儿
更大
没想到台上真的来了几个犯人
主办方为了体现人文关怀以及
显示诗歌对心灵的救赎
真的喊来了几个犯人
从监狱里来的

警察押着

他们也要上来

和我们这帮诗人一起

朗诵

诗

他们自己

写的诗

那么来吧

罪犯们

尤其是中间那个

充满蓝领气息

胳臂上有结实的肌肉

有点儿摇滚范儿

也有股子

狠劲儿

但表情却

小姑娘般

腼腆

希望他念的

不是催人泪下的

监狱抒情诗

轮到他了

他在念

他自己写的诗:

“我在坐牢

比这更伤心的是

我的爱人也在坐牢

……”

我的眼眶

潮湿了

白雪撒在托尔斯泰身上

沈浩波

汽车碾过莫斯科街道的雪泥
我们经过了普希金的铜像
马雅可夫斯基的铜像
以及高尔基的铜像
现在，在我们右前方
白雪正撒在托尔斯泰身上
谁能征服这样一座城市呢？
拿破仑不能
希特勒不能
斯大林也不能
谁能毁灭这样一座城市呢？
——就算是俄罗斯人自己
也不能

寻人启事

沈浩波

男，名字我忘了
江苏省泰兴市古溪镇人
个子不高，一米六八左右
年龄在四十五到四十八岁之间
人民大学毕业，一九九六年在文化部上班
那年我在北京师范大学读大一
他以老乡的身份，跑到学校找我
他是怎么知道我在北师大上学的？
我当年应该问过，但不记得了
这个陌生人，热情地请我吃饭
我一头雾水地看着他，不明所以
吃了一会儿饭，他对我说
“我爸年轻时追求过你伯母
听说你考到了北京，我来看看你”

我的光棍二叔

沈浩波

有一阵子
谁说二叔是光棍
二叔就会辩解：
其实我在外面有女人
我在徐州
宿迁
盐城
和常州
都有女人
又过了一阵子
他甚至告诉大家
他在徐州
宿迁
盐城
和常州的女人
都给他生了孩子
但自从他打不动工
回到村里
一直到他病死
也没有一个孩子
上门来叫爹

一代人

徐江

新一代的艺人们
在电视上耍弄嘴皮子
他们说的绕口令
依然是三十年
甚至五十年之前的
有的甚至可能还沾着
那么一点儿血腥
但他们无知无觉地耍着
观众无知无觉地
听着笑着鼓着掌
包括那些用生命和血泪
献祭过的老年观众

我

徐江

梦见自己游泳
四周都是冰块儿
一样的汉字

光影列车

徐江

回想自己第一次
注意霾之类的东西
是在20世纪80年代的北京火车站
阳光从候车大厅的高窗
一道道照进来
光柱映衬出明暗处
那些比灰尘还小的颗粒
翻滚舞蹈
上下漂浮
动作慢得
像是在水中沉浮
我穿着一件砖红色棉服
候在检票口的人丛中
再过一刻钟
那列通往命运
下一个节点的慢车
就要往里放人了

环卫科

商震

头疼

去医院看病

主要症状是头重脚轻

医生：

是不是接触的人很多

我：是

医生：是不是常开会

我：是

医生到走廊里喊了一声

一个穿黄马甲

手拿铁锹扫帚的人来了

医生说：你这病

不归心脑科

归他们环卫科

那人把我带到一个地方

用简单的工具

几分钟

从我耳朵里掏出几吨废话

痛苦是独立的

商震

两个痛苦的人
相约喝酒
碰杯时
耳朵里只有
自己酒杯的声音
他们喝各自的哀叹
看各自的星星
骂各自的人

他们话不投机
酒照喝
喝醉后分头倒下
两只空酒杯
绝不互相安慰

蝴蝶

商震

我在草坪散步
看到了今年第一只蝴蝶
灰白的身体
带着几颗黄斑

它抖动翅膀灿烂地飞
自由自在地飞
它一定觉得
这是太平盛世

我紧张地站着不动
怕惊扰它的惬意
更怕让它认为
人是有害的

它旁若无人地落在花心上
我更加紧张
左顾右看
深怕有人发现蝴蝶
这一大胆的行为

未遂

商震

第三次遇见这个女青年
在地铁的车厢里
我的脸与她的脸只有
三寸的距离
我嗅到了特别的香气
看清了她脸上的光泽
眉毛的黑度与唇膏的色彩

后来我去商场
特意到化妆品柜台
闻了几个名牌产品的气味
了解了她使用的品牌
并为这些名牌化妆品
挤在地铁里抱屈

一直想第四次遇见她
想感谢她
让我知道了那么多
化妆品的知识
而终未能如愿

荡秋千

商震

我的生活
一直像在吊床上
吊床的一端系着太阳
另一端拴着月亮
日升月落
月升日落
我就被日月
没完没了地忽悠着
更多的时候
是被日月反复地推搡
让我的生活
像荡秋千

绿乳房

图雅

想起母亲做的菠菜
总是留根儿
有甜味的根儿
就耐着性子去洗根儿
水开了
拿菠菜去焯
水盆里的菠菜活了
我一惊:
粉色的乳头
绿色的乳房啊!
今晚我独自享受

灵魂小

图雅

车过徐州

有一块田地

建了很多很小的别墅

颜色过于花

我看出来了

是墓地

它教育我

灵魂是小的

就像小人国的人

那么大

保镖

图雅

他每天早晨要去山上练功
我就悄悄看着
怕他练功时有人来害他

现已是老板娘的她告诉我
三十年前的事

一个多月前我和她夫妇
在千佛山
她老公走一步她就走一步
他打电话
她就不走了
眼睛始终看着他

她对老公的爱拓展了我的视野
一个女人完全可以用眼睛
保护她的男人

中秋望月

图雅

今晚你在做什么

我想月亮看见很多人的脸朝着她

就像

栖霞寺岩壁里的佛看着我

撒旦自述

图雅

我的灵魂是一片黑森林
从远处，高空，飞机上看
也许很美
走进去会迷路
里面有狮子，老虎
都是吃人的兽
我自己都要绕着它走

不要走进我
不要走进我的灵魂
所谓灵魂的伴侣
只是跟你开的一个玩笑
给你这样的灵魂
你敢要吗

和所有人一样

巫昂

有些事，写都不会写

连自己都瞒着

掉一滴眼泪不过是虚伪做作

一闪念算是欺负了它

我要把它当作从未挖掘的宝藏

深藏不露，不告诉任何人确切位置

如果你远道而来

带着铁锹

我只会给你倒杯水

连凳子都不会让你坐一坐

原罪

巫昂

那是我最后一次做爱的奴隶

提一桶水洗所有的边边角角

不畏惧寒冷，也不畏惧冷漠

那年的雪天

增加了出门去吃一碗热乎乎的面条的必要性

作为救赎，你埋了单

世界如湖泊般平静

盛兴

群山巍巍倒映在湖面上
城市的楼群倒映在湖面上
鸽子与野鸟倒映在湖面上
飞的和不飞的
街道与花园倒映在湖面上
吵架的小夫妻倒映在湖面上
这生活吵吵闹闹的多么静谧
一个拿着刀追着砍的人倒映在湖面上
阿弥陀佛
拥堵的车辆倒映在湖面上
不久将会疏通，只须静心等待
只有救护车浮出湖面
它拉着响笛拐上人行道
救人要紧

我想长跪不起

盛兴

在学校门口，两个中年妇女
在追赶一个清秀的女人
我担心着不要把她摁倒在地
她终于被摁倒在地了
我担心着不要撕烂她的粉裙子
她的粉裙子终于被撕烂了
我担心着不要扯她的头发
她的头发被扯下了一缕一缕
我担心着不要扇她的耳光
没有扇她的耳光
是用脚踹她的脸
嘴角泛出血沫
她把头埋进土里
脊背颤抖不已
现在我没有什么可担心的了
艳阳高照
这人间地狱
道德的钟声响起
孩子们放学了
围观的人群散去

生活与浪费

盛兴

中午，我妹妹在我妈家洗碗
我对妹妹说
“今晚，你带着小凯和大才到我家吃饭吧
我和大才喝点”
她说“算了，小凯感冒了，别传染给其他孩子”
我又对妹妹说
“今晚，我本想你带着小凯和大才到我家吃饭来着
我和大才喝点”
我妹妹又说
“算了哥哥，小凯感冒了，别传染给其他孩子”
我又说“想和大才喝点来着”
我妹妹又说“算了，小凯感冒了”
突然有些晕眩
突然觉得，我们的生活就是在浪费时间
很明显

我还没有

盛兴

我的腿还没有发抖
我还没有下跪
还没有道歉
我还没有喝多
还没有吃药
还没走
我还在
我在回家的路上徘徊
我还没有想出一个好玩的笑话
逗等在家里的孩子欢笑

母亲节天空惊现母亲

盛兴

母亲节天空惊现神迹
我逝去多年的母亲
她是被这个节日的气氛逼出来的
来与我相认
她还是那副可怜巴巴的样子
随时都要流下眼泪来
她用这种方式哀求了父亲一辈子
从未得逞过
她不知道对于欺软怕硬的男人
就得撒泼
我的妈妈
我好想你
不知我的哥哥、姐姐
有没有看到天空中的你
还是像活着时那样
最疼你的小儿子
总是偷偷对我好
只让我一个人看见这神迹

气功师

君儿

大学即将毕业
舍友带我去见一个
神秘的气功师
他先是专注地盯着舍友
盯出她身后的
一座天安门
他说你会到北京
结果她正是去了北京
接着他开始望我
娓娓而说
你会到海边的城市
离海越近财运越好
你会嫁给一个工人
他很听你的
那是1991年
我先分配到市内一家造表厂
三年后的1994年年底
来到开发区
一片被海水包围的盐田
嫁给了同厂的工人

觉悟

君儿

煮水时，我是个孩子二十一岁还担心他会渴的母亲

扫地时，我是个让厨房生了无数寄生虫的主妇

切菜时，我发愁着营养和色香味够不够用

即将起程，我挂虑着吃喝拉撒的一个个细节

如果烦恼即菩提

如果觉悟即在每日的水米油盐与做工中

那现在我便是一个已经成圣的人

夜不闭户

君儿

半夜从老家炕上醒来

下地，出门，撒尿

发现屋门是半敞的

院门也敞着

一家四口人睡在水边的房子里

老柳树

中天的明月

满院的月华

和妈妈刚种的新一茬大葱

它们都一无遮拦

夜不闭户

果子未熟

君儿

在网上
买云南野生香蕉
下了单
交了钱
好几天没消息
我问在线客服
怎么回事
她说果子还没熟
等熟了就
给您发货

在这里

从容

一周前我不认识的你
一百年前你是我的情郎

你在海的对岸捡拾坟墓里的玩具
明朝万历年间父亲坐过的木椅
清朝乾隆年间我为你盛饭的碗
抱着我们过去的生活
你：一米七四、七十六公斤
七个月丧父，三岁丧母
用哈达擦拭生活和旧物
每一个细胞裂变成无数真言
不经意间古老的藏文发现了我们

端起宋朝的瓷碗
你说，不可思议
醇厚撞击另一个醇厚
裂纹遇见另一个裂纹
相视一笑的两位天人
竟在不同空间里踏入同一个光波
我为你铺好床单和被子
你在屏幕的那一边，我在屏幕的这一边
你说：一刹那的我们，胜过万年肤浅的生活

我开始查找手机和微信的发明人：

马丁·库帕、张小龙

我想和他们讨论一个从未见过面的男人

如何让我从寒体变成暖体……

与美国老师在电影课上说“浪漫”

从容

地点：美国小酒馆

灯光：蜡烛

动作：两只高脚杯相碰

人物：一对激情燃烧的情侣

这就是西方人的浪漫。

轮到我的同学戴渝宁发言

地点：中国小石桥

灯光：自然光月光

动作：牵手

人物：一对已经死去的恋人

老叔从连庆

从容

我想起他二十岁的样子
皮肤黑黑头发卷卷眯眯的眼睛
一个卡车司机，喜欢笑喜欢听黑胶唱片
喜欢看一本书：《人是外星人的试验品》

走时六十岁，老姑说，你老叔眼闭得可紧了
从银行贷款给孩子买了房。
连碑文都自己写好了：
忠信于主，愿我与主同在。

家里人都说：他很会攒钱
死前一直租住亲戚家的房。
走之前，我见过他一面，他说：
侄女啊，人都是慢慢被感化的。

老叔为死亡做了无数次设想
却没想到　离开这个世界
是因为拔了两颗牙

我要请教仁慈的上帝

邢昊

我的弟媳妇杨建梅
对我年迈的母亲又打又骂

打完了骂完了
她就走三十五里的山路
来赵家岭教堂向您虔诚地忏悔

这样的基督徒
您打算怎么处理?

母亲的葬礼

邢昊

我说得放曲哀乐吧
弟弟说村里人不爱听

我说得戴黑纱白花吧
弟弟说妈又不是伟人

我说得开个追悼会吧
弟弟说妈又不是干部

我说得念个悼词吧
弟弟说妈又不是党员

我说那咱妈的后事咋办?
弟弟说请伙唱歌的吧

于是母亲秋天的葬礼上
响起了《春天的故事》

打烂的睾丸生出一大串亲人

邢昊

涂老板回到家乡
有三十多个人
争着来认亲

他心想
当年斗争我爹时
一个比一个狠
把睾丸都打烂了

他光棍儿一条逃到香港
然后领养了我
哪来的亲人呀

山羊

邢昊

一只山羊
误入画家村

房东一看
那撮胡子
笑着说：

又来了个
画牡丹的

后遗症

邢昊

他的诗虚张声势
是因为他是大跃进那年出生的

他的诗用力过猛
是因为他在小学扛过红缨枪

他的诗如此诡异
是因为他爱在老师面前打小报告

他的诗装模作样
是因为他从当班长起就这样

民族特色

西毒何殇

俄罗斯作家代表
陀思妥耶夫斯基
奥斯特洛夫斯基
马雅可夫斯基

罗马尼亚作家代表
埃米内斯库
马利内斯库
索列斯库

中国作家代表
莫言老师
贾平凹老师
余秋雨老师

口语诗

西毒何殇

他们给
《口语诗》邮箱里
发来的诗稿
在别的地方
从没看到过
色情、私密
政治不正确
甚至有人还写到乱伦
起初的惊讶过后
是莫名的感动
就像在电影里
第一次看到
某个年轻女人
在教堂的告解室里
透过小窗户
把自己对母亲的恨
毫无保留
说给牧师听

阴影的形态

西毒何殇

几年前
长安诗歌节一干人
驱车前往太白山深处
参加一场
官方举办的诗歌活动
在环山公路上
当汽车匀速穿过
一排整齐的树影
我和朱剑同时开口
他说的是
“阳光的梯子”
我说的是
“阳光的囚笼”
几年后
我和一个女孩子
（并非诗人）
再次驾车经过此处
我还没来得及
给她讲上述经历
她就脱口而出
“阳光的梳子”

朝鲜夜晚

春树

在平壤最后一天的夜里
晚饭游过泳后
我和团里的杭州男孩
相约
偷偷溜出去散步看月亮
在桥上
刚待了两秒钟
就有几束手电筒的光
远远射来
也许还夹杂着警告的口号
吓得我们
掉头就走
边走我边说
好冷
他脱下外套披给我
在平壤电影院门口
壮丽的石柱下面
我们拥抱
惊魂未定
他说：一会儿跟我睡吧？
我让我们同屋去别的房间
这真是血色浪漫

我说：你不要命了？

你以为我是谁？

四周一片漆黑

没有人看到这一对男女

只有羊角岛国际酒店还亮着灯光

截句

春树

看到他的名字

我的内心一片温柔

小学喜欢我的男生在群里上了线

路遇

春树

黑咕隆咚的丹麦冬天

晚上六点半

一个男人从后面追上怀孕八个多月的我

“你好！我跟了你几条街了，我想说，你很lovely……”

“什么？lonely？哦，lovely……”

要不是他接下来的一句话惹恼了我

我可能会让他陪我喝一杯

“你是日本人吗？”

小树林

岳上风

因为规划
整个林子就要砍伐
林地的主人正激烈地
和政府人员争吵
围观者一大堆
议论声阵阵响起
十多岁的女儿
扯扯我的衣服
指着树顶的几个鸟窝
眼圈微红
问：
那些鸟儿
怎么办

认命

岳上风

下矿井十几年
他得了尘肺病
并且已到了第三期
回了家靠着老娘
跑断腿流干泪
也讨不来一点说法
和补偿
临终记者采访他
他挥挥手
羞涩地笑了:
谁都不怨
这是
我的命

隔世之遇

岳上风

年轻的聋哑人
快步迎上我
用手比画着什么
让我一时手足无措
几遍之后
他有些着急脸上微红
取一些钱给他
他猛地推开
快要急哭的样子
疑惑不安里
急跑到附近小卖部
借来纸笔
他开心地笑了
歪歪扭扭写下：
你，像我老家的
亲哥哥

我一下子呆在那里
和我感情最深的小弟
正是个哑巴
七年前遭车祸
年纪轻轻
离世

家长会

岳上风

刚一说出：
我想让孩子过得
快乐轻松些
几位老师和家长
就炸锅了
到散会都在数落我：
千万不能啊
那样你就把孩子一生
给毁了

先辈们

艾蒿

阳光下的
嘉陵江洪水
在我眼前
无声地流过
我试图寻找
有没有一对眼神
正向我告别

深夜管道施工

艾蒿

连续撕心裂肺
叫春半个月的猫
被吓得
再也没了踪影
在祖国的
建设事业面前
个人情感
的确
算不上什么

小朋友

艾蒿

小学的第一个星期
李曼祺告诉我
她没有一个朋友
我说不要怕
你会有朋友的
第二个星期
李曼祺告诉我
她没有一个朋友
没人和她玩
我告诉她不要着急
你肯定会有朋友的
第五个星期
我中午给她送书的时候
发现她坐在
紧挨讲台右边的
单人课桌上
我问老师
老师说没有一个小朋友
愿意和她坐一起
她总是想和小朋友
拉着手说话

想成为

无时无刻的朋友

我想了很久

给了她一个答案

如果你学习成绩好了

就会找到朋友

并安慰她不要着急

爸爸很多年以后

才找到朋友

你在我眼里连只猫都不如

艾蒿

训练一只猫
在最合适的地方排便
最有效的方法是
把它关在
更小的地方
它们不得不寻找
合理的位置
排便
形成习惯后
再放出来
很多诗人也这么
训练自己
知道写什么样的诗
能得到奖励后
就一直待在那里
永远不会去想
接下来如何训练
自己的爪子

朝露

朱剑

它们并未从世界上消失

只是在我的诗里消失不见

晨跑中我撞上一小块

满头大汗的草坪

记住一个人

朱剑

在单位附近
我与一个从某大院
小跑出来的送餐胖哥
互相凝视了几秒后
笑着打了个招呼
三年前
他是我家小区保安
在门口拦下正往里
运装修材料的我
问:“贵姓?”
答:“姓朱。”
接下来
我眼睁睁看着他
在登记本上
歪歪扭扭写下
一个“猪”

变奏曲

朱剑

快要断气的汽车
在加气站外面排起了
几公里的长队

等雪不来雨也不下
城市靠洒水车每天
洒的一点水续命

老头将一块黑布
罩在鸟笼上
将鸟鸣从公园绑架走

雾霾让我戴上了口罩
雾气就弥漫在眼镜镜片上
我摘下了其中一个

醒来记梦

朱剑

主持人宣布
我的任务是
在大会结束时
为大家
吹奏一曲笛子

他的话音刚落
清亮悠扬的笛声
已飘荡在会场上空

他急得大喊：
停！停！停！
不是让你现在吹

可我已无法停下来
清亮悠扬的笛声
飘荡在会场上空

流浪汉

朱剑

记者问露宿冬夜街头的流浪汉
你们为啥不去救助站?
一个豁牙男笑嘻嘻回答:
“我都去过好几百回了。”
另一女子边走边用手挡着脸:
“有啥去的，去了就没瓶子捡了。”

雨中的孔子

苇欢

暴雨洗劫了整座校园

每个人

都夺路而逃

没人傻站着淋雨

除了孔子

手揣在长袖里

还穿得那么体面

爱国不用教

苇欢

散步的时候
女儿突然握紧拳头
把头扭向我
愤怒地说：
我讨厌日本！
（为什么？）
因为它又小又欺负我们！
我讨厌俄罗斯！
（为什么？）
因为它最大！
我讨厌美国！
（为什么？）
不为什么，就是讨厌！
它们比杨宇轩
在我语文书上乱画
还讨厌！

Bukowski式

苇欢

喜欢在诗里
学布考斯基
喊脏话的
诗人们
用力太猛
纪录片里的老布
语调平缓
fuck与shit
像滑过他喉咙的啤酒
让他打了个
舒服的嗝

项链

苇欢

我的祖母
是虔诚的天主教徒
离世前
送给我一条项链
愿我得到神的眷顾
我并未继承她的信仰
却很喜欢佩戴这条链子
金色十字架上
纤细的耶稣
在晴天
像一缕光线
在雨季
似一缕水痕

肩胛骨

周瑟瑟

不要让人偷走了
羊的肩胛骨
那上面写了
一家人的信息
不要自己动手
拿肩胛骨吃
主人会把其中
最好的那一块给你
我摸到了
我的肩胛骨
比羊的小多了
包在皮肉里
支撑起
我要写下的文字

蛇

周瑟瑟

下午就要离开家了
我收拾床铺
伸手摸到软软的蛇
它蜷曲的身体突然散开
哦　妈妈
我摸到了你的皮肤
另一个世界的凉爽
蛇通人性
妈妈生前在衣柜里
与一条更大的蛇相遇
她认定那是父亲的化身
我要离家了
这条温和的蛇
向我抬起头
我哇地一声哭叫妈妈
哥哥微信中
让我放一床棉絮
到旧屋里去
他说留下蛇守屋
不要让它走了
家蛇是自由的
它可以在屋里
自由进出

橘子为何如此甜蜜

周瑟瑟

我回到家乡
发现家家种橘
门前屋后果树飘香
一个老人走出来迎接我
我以为他是陶渊明
他是姚村长
他让我摘树上的橘子
他说他家的橘子最甜
我从枝丫上
掰下一个橘子
是很甜哦
橘子为何如此甜蜜
姚村长告诉我
他的秘密
他去年就把白糖
埋在树根上
我恍然大悟
惊讶地望着
家乡的陶渊明

那几年

江湖海

早茶大厅一角

我身边

两个喝茶的老人

聊着往事

一个说，那几年呀

夜夜做噩梦

另一个说，比我好

那几年呀

我夜夜睡不着

初恋

江湖海

“有女莫嫁马头山”
山下的吴校长
叹完流传甚广的这一句
又来一句
“我的女我宁可打死她
也不能嫁马头山”
那时我读小学三年级
每天下山上山
没觉得有什么辛苦
又八年后
吴校长的大女儿萍萍
爱上了我
表示愿意和我上马头山
过一辈子
被吴校长打到第三顿
快被打死
萍萍她改变了主意
后来嫁给山下
从外乡来的陈老师

我从小认为大人不真实

江湖海

五岁时第一次

吃到西瓜

我把黑黑的西瓜籽

埋到屋后

一堆松松的土里

奇迹发生

长出藤开出花结出两个西瓜

我总是

偷偷去看西瓜长大了多少

直到有一天

两个堂伯母在屋后大吵

两人都说

西瓜是她自己种的

神来之笔

苏不归

一条横贯于

同性恋游行队伍上方的

彩虹

是土耳其警察

用水枪喷出来的

意外收获

莫渡

在东柯谷
趁着参观杜甫草堂的空当
我邀请一位河南果商
来秦州北山
座崖村收购苹果
他欣然答应
并留了电话号码
这比写下一首诗
更让人安心
回到山上的第七天深夜
仍没等到
这位河南老板的消息
这让我想起
身为河南人的老杜甫
当年受邀
从秦州出发去往同谷
却未等到
邀他前去的“佳主人”
半夜饿醒后
写下——
“我生为何在穷谷，中夜起坐万感集”

上海往事 49

陆渔

我是舞会的列席人员
上海话，列席就是立席
没有座位，亦是无比荣幸

那是湖南路上一座小洋房
二楼客厅用椅子围出一个舞池
椅子后面，就是立席

大台子上，是一台夏普四喇叭
只放刘邓的歌曲
慢舞放邓丽君，拉丁放刘文正

红酒和小蛋糕居然是自助的
还有喝着像咳嗽药水的可口可乐
两支燃着为了被吹熄的蜡烛

梦想在舞池里一展身手
我高一就学会了跳舞
在这里，却没有邀舞的勇气

那是，当时最美的女人
她们的眼神，根本不敢去直视

她们只属于最有腔调的男人

腔调止于八十年代的一个秋天

男主被捕，女神流放

我的舞，却越跳越娴熟了

我出卖过朋友

园旗

我们是同班
他把我
视为知己
对我无话不说
对班主任
对学校
甚至对党的一些看法
毫无保留地
向我倾诉
哎　在一次班会上
我着了魔似的控不住
竹筒倒豆子
一个不留地
都倒出来
为此他被打成右派
我后来的一切遭遇
都与这联系起来
这是报应

理发

张小云

在地安门二爷那儿理板寸
二爷是从不给洗头的
他说自从他老爷子解放前在槐树下理发
他们家就没有这个规矩

我就转到挂着板寸王招牌的店里去理
理到一半店老板夫妇俩打起来
把我这位唯一的顾客给轰走了

男主人说
自从他老爷子解放前在槐树下理发
他们家一吵架
客人就须劝架这是个规矩
今天就你一人
你丫不劝架
我们怎么收场

立秋

步云

那些顺从刀子的
先生长成草
后生长成羊
再后来生长成晃动的人影
它们站立整齐努力生长
高抬的喉咙迎合刀子的深度
无所畏惧的伤口
都能在来年极速愈合
每次，都会有痛从风的刃口滚落
而每次这繁茂的人间
都在颤动中，从未高过
一棵荒草

代课老师

飞飞

代课老师，十一岁
走几十里地
去一所
全校只有三个班的小学
给学生上课
年薪是
一担谷子

代课老师后来农校毕业
研究禾苗和虫子
她的记忆有时美好
有时阴晴不定
她现在坐在我旁边
看国际新闻，滑手机
发朋友圈
我的母亲
记性不太好了
然而她记得
那一担谷子

王炸

芽子

一桌文化人
来店里吃饭
载歌载舞
互赠字画

酒买了些
菜没点几个
饭毕
其中一男文人来结账
问可否优惠
问可否有赠品
问可否有发票
我作答
发票用完给您优惠吧

他随即板脸说
开这么大的店
你咋能没有发票呢
你知道我是干什么的吗
说着掏出一物件
摔在我面前
就像打牌扔出了王炸

我仔细瞧了瞧

这是我平生第一次见到此物

上面写着

记者证

温柔

黄依

十年里

我唯一

能记住的温柔

是你

举起菜刀

砍向我的那一刻

把刀口

换成了刀背

还魂记

高歌

那年我八岁
前院婶子上吊而死
舌头伸出老长
我一个人在家
墙角里冒出个
白衣女人
说跟我走吧
我吓得跑出堂屋
娘正在后院
晒红薯干
我呆呆地冲娘说
娘我想死
娘骂我小畜生
瞎说什么
赶紧跟我晒红薯
我的大脑
一片空白
将湿白湿白的
红薯干
一块一块
摆满大太阳
底下的后院

辑二　酒鬼之夜

争论

黑瞳

朋友得甲状腺癌
她说根源在压抑的婚姻
我劝她离
她提不能离的种种原因
我用高亢的声音
她用低哑的声音
劝来辩去
争论的结果是她赢了

蚌

黑瞳

1

阴道里流出了血

还有模糊不清的黑色物质

形态和月经相似

仅仅因为出现的

时间不同

这回看见

样子就显得

特别恐怖

2

前天深夜小区里有个女人的哭喊

突然在某个窗口爆发

惊醒了我们

我的手下意识地护住你

好像听见你说

“这个世界太可怕了”

昨天发来一条短信

不善的挑衅

身体的应激激素

大概让你很难过

3

不要怕

我要你留下来

不是因为这个世界多美好

而是我已经看见你的心管的搏动

我需要你

和我一起战斗

4

你好好睡一觉吧

醒来你就会长大了

不要去理会血

血还有很多

5

血一丝丝地往外

渗透着

我感觉得到

与这不动声色的崩塌

相对应的

心跳极速

我也只能瞪着双眼

静静观望

一个生命的去留

6

我低估了这个世界的危险

我应该让自己

长成一颗蚌

我的小女儿在祈祷

黑瞳

“今天是妈妈的生日

我要许愿

妈妈不要再生病

感冒

月经”

雨

黑瞳

那个夏天的午后

车站

暴雨滂沱

我看见他站在那里

像一道惊雷

雨滴打湿

他的镜片

他的眼神穿过

雨雾

落在我

刚刚发育完的

桃红色衬衫撑紧的

胸口

神的感召

黑瞳

我被带到一个教堂
赞美诗用电吉他伴奏
摇滚曲风
节奏劲爆　主唱在台上蹦跶
信众站立摇摆
齐声呼号
“你是万王之王！”
人群中的我眼泪迸发
埋头忏悔、祈祷
把洗白了的自己
交托给上帝

我路过灵隐寺
听到众僧唱诵
木鱼声声
眼里竟溢出了
同样滚烫的
泪水

一条蛇

金轲

蛇的问题不可能一直被蒙在鼓里
蛇盘着的时候它鳞甲上的色块
所合成的图案原来是一朵奇葩
蛇的软具有欺骗性
蛇的故事来自人性的软的配合
冬天
或许是专为蛇而设计的
一个季节
关于一次漫长的假寐
关于光滑和无辜
蛇的演出近乎完美
冬天结束时气氛诡异
人与蛇的紧张关系
达到极点
我在认真地思考
是否下决心
把它从怀里取出
扔掉
一条蛇
毒蛇

空间论

金轲

闭上眼可进入另一个空间
进入不需要具有建设性
进入——也不意味着
非得拥有
一具三维状态下的肉体
没有魂灵这回事
一个人
放弃了双眼
世界顷刻瓦解
肉体
作为一条假设的边界
另一个空间
存在于
对空间的否定之中
可以借助
黑暗中
在镜子里延伸的甬道
去理解
这样一个空间
呼吸在它的外面

中年之夜

金轲

哭得厉害

一个中年男子

在深夜

撒了欢似的哭

鼻翼

一个节拍器的颤动

此刻

时间呈酸性

大面积的哭

从内部冲击着

人体

这道屏障

而哭

是寂静的

没有泪水可供分析

没有一丝

悲伤的表示

厉害

一个黑暗里

中年男子

终于

获得了哭的形式

慢慢地

变成了液态

完美

另外还指

一项毁灭性计划

哭　一个窟窿

石家庄原来有这么多高楼——悼陈超

霍俊明

石家庄
原来有这么多楼
这么多需要抬起头
仰望的高楼

从2014年万圣节起
每一座高楼
都会
有一个人
跳
下
来

然后微笑着
走过来
拍着我的肩膀说
——“俊明，我没事！”

闷雷

霍俊明

平生第一次
出山海关
经锦州，去抚顺

天越来越黑
火车的轨道线路越来越密
一切都渐渐黑下来
那场战役
即将回过头来重新打响

车厢过道里有一声闷响
没有人在意
也有胆子大的
就扯开胸腔
拉开瞬间嗞嗞作响的引线

叶柄

霍俊明

雪不会再来了
湖水早已结冰
冬泳者深插钢钎迸起一阵阵冰霰

手掌般的落叶扑打着看不出材质的护栏
那些小广告，我第一次留意它们
更多的树叶落下来

好像是为了强调时间是一个大磁铁
野鸭子飞起来再降落
只有五秒钟

男人在教女人儿时玩过的游戏
叶柄和叶柄的较量
它们不约而同选择了最为粗大的

有一个注定是失败者
成功者穿着白衣
红砖的屋顶刚好被几棵树遮挡住了

他们曾经一起读过一本外国小说
书里的情侣一直躺在床上做爱
也不说话，他们没有任何别的事可做

身份

袁永苹

在我是一个母亲的时候，我不是一个诗人
在我是一个诗人的时候，我不是一个女人
在我是一个女人的时候，我忘记了我是一个母亲。
那年在手术台上，疼痛像蜘蛛网布满周身
我跳过正在我身体中忙碌的医生和护士
眺望向窗外的枯树枝和一个在吃饭的陌生人。
在那一刻我把自己忘记在树木、手术刀
天空和白床单之间。
当我还是小孩子的时候，我们去捡蘑菇，
乡下，在大壕的桥墩下洗澡，
我不再有任何身份
我是一棵树，一株草，是万物中的一个，
普通的。许多人的痛苦来自于
那个时刻聒噪的自我。但是当你
死过几次，你就会忘记那个自我，
劝服他安静，不要自命不凡，
劝服他谦卑。因为躺在病床上时
你与所有的死者，不论什么身份
思想家、伟人、捡垃圾者、罪犯
一样，仅有的肉体是你最好的圣经。

变奏

袁永苹

我们做爱，在子夜。
在所有人睡着之后。
这是我们两个
不喜欢拥抱亲吻的人
最后的亲近。
我们贴住彼此，张开双腿，
撞击。为了撞击得更深入，
我们几乎要拆掉
最后一根阻拦我们的骨头。
为了让我们彼此获得
最大的快乐，我们耗费
了头颅里口腔里
最后的一口力气。
为了把自己雕刻进对方之中，
为了有一天，我们厮打
可以打得更深。

他

袁永苹

他躺在睡床上，此刻安睡
春季从冬天的肚子里
生出它窗前温暖的阳光。
他轻轻松松地闭着眼睛
虚心接受窗栏后的光线
薄薄的小嘴巴接受自己缓慢的呼吸。
午睡把他的头颅和
蓝色封面的《圣经释义》放在一处，
他的睫毛稀疏抖动，在下眼睑垂下阴影
胸腔平静而有规律地起伏。
他手臂上的血管像是原始森林
某时喷水管一样激动起来。
他曾温驯地在地下乐队弹奏吉他
无比温柔地抚摸女孩们。
此刻它们平安地摆放在胸前，
像是一对儿阵亡的小士兵。
他坚硬而裸露的膝盖，正对着我
此刻用不着去抚摸，
你能感受他脚底柔软粗糙干燥
它们顽皮地蹭着你时，就像
他睡觉时还仍旧穿着袜子。

哦，他此刻多平静——

就如同他狂躁的刚刚

头疼、发疯，用手狠狠砸击墙壁。

生活

紫气

海哥望着窗外
弹弹烟灰说：
你看，远处的霾
生活就像雾霾
在长安诗歌节上
我说了许多话　我只
记得一句：生命像条
路，许多人来了又走了。
隔着脏兮兮的玻璃
那些似山非山
似树非树的东西在
鼓楼
白塔
宫殿
四周萦绕
我身上的狗风疙瘩
又奇痒起来　假如它是种
反抗　它想表达什么？
我望着远处说：
生活就是沉默
窗边的紫薇花
突然点了点头

一个问题

紫气

坐我斜对面的
同事查出肾衰竭
这让我想起被人
遗弃在后海的猫
路都走不稳的猫
在雨中靠我鞋上
那时我有点想哭
现在我想问一句
神为什么那么坏?

上帝像风

紫气

雨滴
在后海中荡漾
垂钓的人依然
庭中有人
吊嗓子
我被蚊子
咬了几口
阵阵微风
拂过面庞
想起宋美龄说
上帝像风
你看不见风
却看到它
所做的一切

抉择

吉尔

省三院门口
一对小情侣正商量
要不要做掉肚里的孩子

最后，女孩说
我们猜拳吧
如果我赢了，就做

我妈说

吉尔

“你爸外边有女人了”
我妈对着刚满十四的我
面无表情地说

我妈又说
你也不小了
以后离男生们远点

移居

吉尔

几棵树
陆陆续续
被装上车
显然他们不是伐木工

刚刚那棵树
不是应声倒地
而是就着绳子一点点躺下去

根连带着潮湿的土
像被砍了一截儿的脖子
血淋淋连着筋

蝙蝠

慢慢

我曾抚摸过一只蝙蝠
温热的身体，薄薄的皮肤
像极了一个婴儿的背部

当我抚摸我的儿子
我想到那只蝙蝠
黑暗里一个婴儿被蒙住眼睛
黑暗里一个婴儿在高空飞行

一只误闯入我家的蝙蝠
房顶不够高，空间也不够大
蝙蝠像一只无头苍蝇
惊恐地乱飞，险些撞上墙壁

一只跌落的蝙蝠
被拔掉毛的猫狗
刚出生的婴儿
它们都是一类事物

悄悄熟透的女人

慢慢

十一岁的外甥女
领来一帮同学做客
我招待她们，给她们
分发糖果
轮到那个，荷叶般
轻巧干净的女孩时
我脑子里快速闪回了
她的一生
我拿着糖果的手
突然变得，不合时宜
招待这样的女人
应该用，一个吻

司机老王

东岳

他每天的工作
是在医院门口
等着有人死去

他养着一辆
白色的殡仪车

没事的时候他就和
同在门口等待的
殡仪车司机打牌

当消息传来
谁赢了谁先走

另一种爱

东岳

两个到同一
城市打工者
自由恋爱
未婚先孕
结婚一年之后
因为女方出轨
开始争吵打架
男方提出离婚
女方死活不同意
第一次没有离成
男的又来第二次
中间两人分居
最后传女方不到
女方的父母
也联系不上
她
结果死在自己
租住的房子里
男方作为丈夫
被通知前往
看到一张纸条
上写：别抛下我

我改还不行吗?

男方一言不发

把她抱起来

回家安葬立碑:

我的爱妻

磷火

东岳

老家有好多盐碱地
盐碱地里满是坟茔
小时候老是听大人
说起夏天的夜晚
经过那里
时有看到
鬼火出现
长大之后
才知道是磷火
是人死后骨头
的自燃
但从小到大
包括今天
我仍愿意相信
生命的神秘
我仍愿意相信
爸爸告诉我的
是狐狸在炼丹

冰葡萄

寒玉

在我居住的小城西面
三十公里的山区
有一家葡萄酒庄
朋友说下雪的时候
他带我去看冰葡萄
一串串紫葡萄顶着雪
整个葡萄园香气四溢
还能喝到正宗的冰酒
他就是酒庄的老板
雪已经停了开始化了
朋友没如约而至
我打了他的手机
里面传来
你拨打的电话欠费已停机
其实朋友约我去酒庄
是想让我为他担保贷款
没有满足他
也就不再联系了
这都无关紧要
我只遗憾看不到
他所说的一串串
顶着雪的紫葡萄

少年犯

寒玉

我上初一
学校组织看电影
《少年犯》
完事
还要写观后感
写的什么
全忘掉了
不过
我清楚记得
看过那电影之后
觉得周围的女生
突然变得好看起来
尤其我们的班长
小胸脯鼓鼓
揣着两颗桃子
我有想摸摸的冲动
我的底下变得不听话
时常撅着
下课都不好意思
从座位上站起来
这些都让我感到
自己很流氓
快进监狱了

感受

寒玉

她和她

激烈争吵

她们相互埋怨

她们谁也说服不了谁

她们马上就要

剑拔弩张

分个你死我活

我夹在她们

母女中间

我夹在火山冰山之间

我夹在妻子女儿之间

我就像她们共同的毛病

吃汉堡都剔除的那片生菜

钱壮人胆

刘傲夫

文学杂志编辑
薪水少得可怜
在金融机构的
妻子面前
自信心从来不足
幸好他还
兼职电影编剧
一年有一两次
工资外的
万元收入
每当收到
汇款的那晚
也是这名编辑
胆子最大的夜晚
他会主动要求妻子
过夫妻生活

好天气

刘傲夫

北京各种
会议蓝的时候
是妻子有了心情
下到厨房
带来鸡蛋白
红辣椒的时候

看到了她

刘傲夫

不知是因为
她长得好
所以爱打扮
还是爱打扮
所以长得好
总之，我今天
在地铁上遇见了她
我当时心情
很沮丧
觉得整个世界
没什么新鲜感
当我在地铁车厢人群中
发现了她
我觉得生活
还是有希望的
你看她
从脚趾甲到头发末梢
全身每一个部位
的精心修饰
都散发出
热爱

跟领导同电梯

刘傲夫

我肚
明显比他的
高挺

他眼的余光
瞥向了我

深吸一口气
我肚立即
矮了下去

砍人

隐形鸟

昨晚
老公从楼上跑下来说
“山前村有人在砍人”
一听砍人
我吓了一跳
“是因为什么事，你知道吗”
“听说是姑丈与妗子好上了”
老公怕我分不清状况
又补充了一句
“比如你跟我妹夫好上了”
接着又补充一句
“你会这样吗”

警惕性高的门卫

隐形鸟

到榕江一品做客
叫门卫帮忙开门
他不愿意
让我们自己按门牌号
呼叫业主开门
他说如果不小心
放一些贼进去怎么办
他做得对
我们没怪他
现在的贼多
花样百出
两个中年女人带一个小孩
在他眼里像贼
一点儿也不奇怪

千万别说老了不中用

隐形鸟

在家中最不受尊重

最没地位

走路颤巍巍的八旬老婆婆

在她家与邻家吵架时

起到关键作用

她走到邻居家地板上一躺

号啕大哭

一群警察

束手无策

剥皮师

隐形鸟

他能剥下
一整张动物的皮
他剥过狼的
狐狸的
剥过貂的
豹子的
有皮的动物他都剥了

忽然有一天
没人送来猎物了
他闷得慌
不知不觉剥自己的皮
就连梦里也剥起自己的皮
每次疼醒
就跑到山庄门口抓起积雪
使劲擦擦脑门

历史狗

起子

日本人来了
开着军艇
日本人开着军艇
又离开了
但他们的一条狗
留下了
这条狗跑到
各种小吃摊前
像人一样作揖
乞讨食物
然后又跑去码头
等日本人回来
日本人并没回来
我的干爷爷
收留了这条狗
多年以后的
一场运动中
因为被人揭发
这成为了他
叛国的罪证

警车

起子

十字路口
红灯前
一辆警车和我平行
我转头看去
驾驶座上没人
吓了一跳
以为见鬼了
再仔细看
原来驾车的警察
正探过身
和后座的姑娘
接吻

飘飘

起子

那是我的一位
高中同学
在计划生育委员会工作
现在的工作重点
是鼓励生二胎
而她的QQ签名好几年都没更新
一直是——
“生生生！人又不是畜生，
就知道生！”

偏见

王林燕

这些年我练出个本领
通过新闻标题
判断事件是否发生在吾国
准确率高达100%
比如今天的两个标题
“14岁少年搏斗45分钟
钓上760斤蓝颀金枪鱼”
“护士把婴儿推回产道
被判赔偿1亿”
这绝对是发生在
外国圆月亮底下的事

母子关系

王林燕

儿子把头埋进我怀里
嘴巴轻轻拱着我的乳房
“你是要吃奶吗？”
看我就要撩起衣服
他笑着连忙跑开

欺人太甚

王林燕

北京东四环
嘈杂农贸市场里
灰墙面上
白纸黑字
大意是
招保安，月薪两千元
我抬头看看马路对面的楼
昨天有人告诉我
那里每平米八九万

借火

夏西

城中心的河岸边
我背靠着护栏在等人
距离我两米左右
一个青年
掏出一支烟含在嘴里
接下来他的双手
在身上来回摸索
应该是在找打火机
但摸索了一阵
还是两手空空
然后他看了看我
递过来一支烟
并向我借火
这支烟
我一直没点燃
最后悄悄扔了
他递烟给我时
我看到他的手臂上
凌乱地分布着
许多大小不一的针孔

最幸福的时刻

夏西

最幸福的时刻

永远是

1999年刚工作的第一个月

领到第一笔工资后

用工资的大半

为母亲安了一副

假牙

有时觉得自己还是挺牛的

夏西

在中国边陲的
小山村
巴掌大的
小学校园里
写着口语诗

Canberra

成倍

这里没有高buildings
这里people天生爱smile
这里winter只饮冰water
这里Christmas season成为空city
Floriade时反倒热noisy
这里pigeon胖得走不动road
这里kids野得拴不住feet
这里有sunny日也有cloudy天
but幸好white云all在
这里的咖啡staff
often算错bills
却叫得出regular customers的name
这里的homeless
face镜头笑得harmless
not for游人的coins
这里souls沉静以待
sunshine因此变得温tender

父亲节

成倍

没有谁
比一年级的我
更有才华
把父亲比喻成
一棵
风雨中的歪脖子树

也没有谁
比我的父亲
更奇葩
他爱上了那个比喻
逢人就说
“我女儿，是作家这块料”

高考·英语卷

成倍

若没记错
他坐我后排
用陨石般的磁性声音说
我踢你一下
你就侧身给我看看
考完可以一起喝奶茶

那是第一次有男生约
我干脆
把身体侧成了
一只龙虾

地震时的广元

王有尾

每次去江油
火车经过广元
我都会下车
抽支烟
想起当年
那个被我前领导
领养的小女孩
那时才三岁的她
现在应该
已经忘记了
在那场地震中
消失的父母
直到最近
从别人口中得知
五年前
我的领导
就因为贪污
被抓进去了
我还不敢相信
这一切
都是真的

酒鬼之夜

王有尾

夜半的警笛声
吓醒了这个城市的酒鬼
我躲在厕所
抠出刚在饭局上
吃下的那些鱼呀虾呀
才慢悠悠地走出来
大街上人还很多
一个男人
抱着一大束鲜花
孤零零地站在城墙下
“咋了哥们，失恋了？”
我借着酒劲上去安慰
“去你妈逼的。”
那个男的怒不可遏
对视片刻
我选择夺路而逃
“去你妈的吧！”
我转过头来
他已把怀抱的
一大束鲜花
扔进了护城河

死婴

王有尾

一群十几岁的孩子
在荒草里
找到一个死婴

他们用柴火
塞到那个死婴的脚后跟
点着后
就嘻嘻哈哈地跑了

我们几个四五岁的
被勒令不许跑
不许闭眼

眼睁睁看着
那死婴一下子坐起来
我们都被吓哭了

但没有一个人
想起来要跑

直到天黑
被大人们寻见

直到昨夜

我还在梦里

站在原地

哭

红地毯

三个A

领导走过红地毯后
搞清洁的阿姨不禁感叹
跟没踩过似的
真干净啊

陋习 三个A

每次看到寻人启事
我都会下意识
关注是否有酬金
并以此来判断
失踪者在其家人心中的
重要性

胀奶

三个A

孩子在哺乳期

不幸夭亡

她用剩下的奶

喂养宠物狗

老实孩子

乌城

一年里
他每天给同桌女生买早餐
朋友说
他喜欢他的同桌
他说不是
他喜欢另一个人
他只是试试
照顾一个
不喜欢的女人
是不是
像他爸说的
那么难
非得要离婚

沉默寡言

乌城

他多么希望
有一个强大而专制的父亲
可以痛痛快快地和父亲干仗
可命运赐予他的偏偏是专制的母亲
不强大而且身体多病不能生气

昵称

王单单

在没有遇见炉火前

哦，不！在没有遇到伤口前

所有的刀，都只是铁的昵称

命运这个老铁匠

它总认为，我是一把好刀

它总让我，立起来

站在自己的伤口上

呼渡

王单单

积石山下静悄悄的
菩萨们躲在洞窟里
歇凉。而我头顶烈日
只身来到黄河边
朝着对岸大喊

谁来渡我?

峡谷中传来回音
一次次，仔细辨听
又像是洞窟里的泥塑
向我寻求同样的帮助

我能渡谁?

菩萨

王单单

飞机摇晃得有些厉害
我使劲握住挂在胸前的菩萨
平安着陆后，它湿漉漉的
像被刚才的气流
惊出一身冷汗

不知何时就多了一些毛病

查文瑾

比如

迎风流泪

迎光流泪

迎河水流泪

迎黄沙流泪

迎雪花流泪

迎涌动的人潮流泪

迎枯黄的草木流泪

迎天上潦草的流云流泪

迎树上四面透风的喜鹊窝

或轰然起飞的麻雀流泪

迎一弯新月流泪

只有迎着无边的黑夜

这双眼，才会流光溢彩

斋月临近

宋雨

“你也应该为你所拥有的事物
而感赞安拉。”
“因为安拉知道你所需何物。”

“主，我感念你赐予我悲苦
并使它们
成为了诗。”

标签

莫沫

在我的语境找个标签
不是个容易的事情
查字典看书
寻找的过程特别慢
慢得你们都受不了
语言这个母亲
我没有

也没关系

我选择标签
说我的语境
传达不了的
那些
留给空中
和眼皮底下的
自己

婚姻

简天平

拿起被挤歪的牙膏

打开盖子

从底部小心向上推

牙膏的身体又像新买时那样

饱满整齐

这是我结婚二十年来

每次刷牙前必做的功课

只是年轻时

那些总想改变别人的力气

没了

新年的第一首诗

娜夜

它是大道
也是歧途

它不是哥特式教堂轰鸣的钟声
是里面的忏悔

仅仅一个足尖停顿
或者旋转
不会是整个舞台

它怎么可能是谎言的宫殿而不是
真相的砖瓦
和雪霜

它是饥饿
也是打着饱嗝的　涉及灵魂时
都带着肉体

是我驯养的　缺少野性和蛮力
像我的某种坐姿

装满水的筛子

抒怀

天狼

过去每次来看升旗
总莫名地担心
那根绳子
会不会断啊

担心纯属多余
它一次都没断过
一次次提起的心
一次次放下来

今天我又看升旗
站在层层人墙里
所有的脸伴随管乐
整齐缓慢地仰起

突然“咔啪”一声
我眼前一黑
谢天谢地
声音出自我的颈椎

原谅

林火火

让母亲痛哭失声的人
我无法原谅
给过我磨难与羞辱的人
也让我无法释怀
多年之后
他们一个老年丧子，一个刚过四十
就被误诊，挖去了右乳
而他们从未察觉我心中的怨念
在经过我家的时候
会看我一眼
或是喊一声我的小名

那一年——献给母亲

蒋雪峰

那一年
母亲背着
不满周岁的我
沿着成昆铁路
往上走
那是个夜晚
她背着一团
牙牙学语的肉
不时让着
呼啸而过的火车
她粗大的辫子
又黑又亮
火车挟裹的风
只能吹动
她的刘海
生下我
她还不到十九岁
成昆铁路旁
她的丈夫
是一个小学校长
造反派扬言
要把他当夜斗死

十九岁的母亲
连夜背着我
沿着铁路
往学校赶
七十岁大寿时
黑发变白发
她第一次给我讲
那个夜晚
她说，她只想
要死，一家人死在一起

梦见九一八

赵思运

九一八要到了
全国放假三天
我和卢山、行安
打算去日本旅游
行前教育之后
单位让我们分别写了保证书
保证不去钓鱼岛
插国旗

陋习铭

李岩

元朝建县的米脂有一个旧习
头一盅烧酒，敬鞑子
头一碗饭，敬鞑子
新娘的初夜
先敬鞑子
我是米脂人
几百年来我们一直恪守着这个
服从强权的陋习
秘不示人

辑三　有机爱情

你是我所有的女性称谓

李宏伟

是妈妈，是女儿，是姐姐，是妹妹
是女教师，女护士，女指挥官，女收银员
是泛称的女人和女孩，是特指的爱人和路人
是均衡的波浪，是暴动的火舌
是我的声母，是我的韵母
是我所有的女性称谓
我必须每一次都喊应你，我每喊你一声
就给出一次全部的我，你每答应一声
我就得到一个全新的你

拒绝

李宏伟

作为一个编辑，我有很多理由拒绝
特别是电话投稿的作者

“您好，我叫塞万提斯，写了一部长篇《堂吉诃德》……”
“对不起，题材已经过时，出版不了。”

“您好，我叫曹雪芹，有半部《石头记》……”
“对不起，请完稿之后再打电话。”

“您好，我是托尔斯泰，我新写完的《战争与和平》……”
“对不起，篇幅太大，可以压缩到二十万字以内吗？”

“您好，我叫乔伊斯，我的《尤利西斯》……”
“对不起，色情内容太多，标点符号太少。”

“您好，我叫李宏伟，我有一本……”
电话直接挂断，连一句“对不起”都没有

淹没

宋晓贤

我从手机喜马拉雅电台里
打开拉赫玛尼诺夫的
第三钢琴协奏曲
出发去市场买菜

直到回到我家楼下
低头屈身锁车
清澈的琴声
才重新从市集的嘈杂中
浮现出来

光灰

宋晓贤

入秋了，阳光
渐渐被炼成纯金
特别是早晨
纯净的光线
从高高宝座上
透过依然繁密的枝叶
倾泻下来
给拘禁我身的
这茫茫尘世
带来一些天国的消息
给梦碎而醒来的旅人
带来微茫的启示

但这光线
这启示
对于从未经历过奇迹的人
也不过是老生常谈

而尘世也毕竟是尘世
你赐它以光芒
它回报以灰尘
多半是半夜的泥头车

在柏油马路上

撒下了一条灰尘带

早晨送孩子们上学的校车

公交车，私家轿车

就把这些被遗弃的尘土

扬起来，扬起来

就像舞台上

特意制造的雾气

在明亮的射灯光下

显得朦胧，梦幻

意味深长

答杨黎问

发小寻

我不回答任何关于爱情的问题
包括性
我也不写爱情
包括性
可以是亲情
死亡
哲学
和政治
我不回答爱情不是因为我不喜欢爱情
包括性
爱情是最美好的事物
包括性
爱情是世界性难题
包括性
我无能
我不想回答也回答不了

我母亲总是说反话

发小寻

我母亲总是说反话
在这个世界上只有我一个人能懂
她说你走吧
就是你回来
她说你回来
就是你走吧
自从我认识她以来
就是这样的
幸亏我早早就知道了
我总是知道她的真正意图
如果有一天
她死了
其实她还活着
可是现在她活着
其实早已经死了

去年六月第三个星期五

梅冬陈

一辆积满灰的汽车
玻璃上写着：
“你希望你的女人
跟这辆车一样脏”

我想起
你朝我拱起的屁股
脸上的表情
和这辆车

狗叫

梅冬陈

雨后的工地
有人在黑暗中巡走
借着闪电
我在二十楼看到了

哪里的狗在叫
一声接一声　莫名惊心
仿佛来自旷野
而非住宅楼群

我和巡夜人之间
拉着巨大的夜幕
——惊心的不是叫声
而是回应它的沉默

十年后致老朋友的信

袁玮

结识一位
新朋友
相互吸引（勾引）
相互
布下困局
相互吸食
又很快
成了
老朋友

那好
亲爱的
老朋友
现在跟你
说说话
这个年纪了
终于
暗淡了
克制的美学
值得赞赏
逃避的精神
开始领会

我还有什么好
抱怨
连遗憾的婚外恋
也美妙

老朋友
听着我唠叨
今年的收入
我都记账
往年的欠债
都还钱
规规矩矩的日子
刚开始
其实有两年
没写诗
写出来的事情
都不同
就今年
我才有婚姻的
感觉
“这就是你
一辈子呀”
老朋友
我的一辈子
你想过吗

老朋友
说到这儿
就打住吧
没什么烦心事儿
可眼泪已经
流下来
花花草草都茂盛
爸爸妈妈都
健在
北京我是很少去
故乡这概念
我还是
没能懂

亲爱的老朋友
许多
许多年
过去了
操过的真的
不一样
我还能说说
心里话
可是就现在
心里话是什么
我都不清楚
我还想喝杯酒

再睡觉

明天又是

好天气

我

谢谢你

祝酒诗

袁玮

我烦躁了好长一段时间了
亲爱的朋友
在此
祝愿你
也如我一样
不安
在随意抽取的
记忆中
保持回顾灾难的习惯
重温
一个个轻薄的细胞依次炸裂
愿你也如我一样
对说过的每句话都
充满遗憾
我想要道歉
为生活里伟大的碎片
不断开裂
为相吸的两性在航行中
执迷于相互击沉——
而干上一杯

亲爱的朋友

我们干杯吧
都是过来人
何必不纵情

喝醉了方便
无意味的紧紧拥抱
喝醉了才能狠狠地谈
心事
谈不安重叠着遗憾
那种流俗的
诗意
沉船在夜晚的海面上
默默呼出一口气
那是一场缝合
眼睁睁看着也
不要紧
反正每个角落都有
恢弘的
大场面

哎，好吧
我的朋友
我的祝愿都是假的
那么我诅咒你
没有烦恼
也无须发光

令人上瘾的烦躁就

留给我

螃蟹

和肉骨头

一杯酒和

枪

再来一杯酒

或换你

扣扳机

回望

陈桥

有风
钻你的裙
穿过麦草
到湖边
鱼动了下脊
拨开一线水
往湖心游去
对面
有人
走走停停
小孩给妈妈指着你
日光在身后彻底隐去
我径自回去有路的一边
点着火
把车开上大路
身子颠着
一路汽油味散不开

母亲

陈桥

他们
从你嘴里
拔走了所有管子
数字变成了一根线
我在你脸上
发现新长的一颗痣

蝴蝶与棺木

谷禾

你见过雪中蝴蝶吗?
几百只斑斓的蝴蝶一起穿过风雪
落上了一具小小的棺木

棺木里盛放着第二次埋葬的少年的骨头
却不见灵魂溢出来
几百只蝴蝶落上棺木
或绕着棺木飞舞，并不加重抬棺人的负重

他们抬着棺木和蝴蝶，风雪中更加小心
没有哭泣，也没有欢笑
随行的人们表情肃穆，护送棺木入土

没人问蝴蝶从何处来，又去何处
他们目送几百只雪蝴蝶
消失在大地尽头，而只留下风吹原野空空

致女儿书——

谷禾

傍晚7点30分，你已沉沉睡去。蜷在床的半边（像一只猫咪），线帽和口罩也不摘下来。在你枕边是读到一半的《纳粹医生》（枣红封面上有刺眼的白色纳粹标志），一个用旧的亚马逊电子阅读器，页面显示的《精神分析引论》。刚才在饭桌上，我们曾探讨“平庸之恶”，耶路撒冷被告席上的艾希曼和奥斯维辛的维尔特医生谁更该上绞刑架？他们是如何在恪尽职守的普通职员和杀人犯之间，浑然不觉地完成了角色转换？如果时光退回到1909年深秋的寒冷下午，当希特勒与弗洛伊德擦肩而过，他们会在彼此的身上看到什么（显然，一切并非病理学意义上那么简单。你不能说换一身衣服，就能够将“日常自我”剥离下来，锁进意识的阁楼，穿戴上另一个“情景自我”，并嵌入那个巨大的有机体，成为其中一个触须，一个器官，一根惯性蠕动的绒毛），而人类能否自证清白？另一本《亲爱的日历》里是一首首美丽的爱情诗，这样的两本书放一起，着实不搭调。就像今天，上午我和你妈妈去超市购置年货，以及烟花、春联和红酒，却不得不以口罩遮脸，在不可描述的天气里，我们像两个沉着的地下工作者。下午我们坐在客厅的布艺沙发上，回忆你小时候的天真与可爱，等着你回来，与我们一起迎迓又一个春天来临。饭桌上的话题如此沉重，并不对应窗外偶尔照亮了夜空绚烂烟花和隐匿的星辰。去年烟花特别多，今年零星的几粒暗合了晦暗的时局，以及我内心的忧虑。现在，你睡着了，在平时属于我的位置，发出轻微的鼾声。床头灯的暖光照着你的脸庞，切近而遥远，如同此在的世界。再过四个小时，我将迎来生命中的第五十个春天。亲爱的女儿，有一首诗积在我心里不能说出，不能寄予春风，也不能写下来，而只能达于沉默。它是不可救赎的，并随同时光一起老去。

ANGLETERRE HOTEL

晴朗李寒

到圣彼得堡

我们住进了里所提前预定的宾馆

ANGLETERRE HOTEL

房间温暖，整洁，舒适，

窗口对着以撒基辅大教堂，

左边是尼古拉一世铜像，

往右是彼得大帝铜像。

深夜，躺到床上，

关掉灯，

听到各种细微而奇怪的声音，

心里有些发毛：

如果叶赛宁的幽灵

突然出现

去找沈浩波，轩辕轼轲和里所，

他们该怎么办？

我呢？会俄语，

就给他读他写的那首《给母亲的信》，

我能把他读哭。

遗憾

晴朗李寒

踩着咯吱作响的积雪，
默默地献完花，
我们离开了阿赫玛托娃的墓地。
这时，我才突然想起来，
应该读一首献给她的诗，
如果怕她见笑，
那应该带来一瓶好酒，陪她喝一杯。
我知道，她的烟瘾很大，
浩波，其实你可以坐下来
静静地陪她
抽一支。

鸡

张小白

“一只鸡”
走进才发现
是两棵松树
一高一低
高的是冠
低的是尾
好大的一片麦田
太阳正在升起来
我想告诉这些呼啸而过的人
那是两棵树
两棵松树
不是鸡

誓言

张小白

生下四个女儿后

有了我

对着这个长小鸡鸡的男孩

父亲发誓

“长大后，你打我一顿

都没关系”

楼下的羽毛球赛

双子

午后的楼下
两个小男孩
正在打羽毛球
没有网
没有边线
可每打一个球
他们就会交换
一次场地
轮流站在
顺风的一边
这不是一场比赛
然而比分
却咬得很紧
直到一棵大树
晃着胳膊
将球没收

中秋记事

双子

不止是
电钻般的叫骂声
猝不及防的摔门声
就连碗碟的磕碰声
夜里的呻吟声
都听不见了
隔壁这对
人间蒸发的小两口
还真让我有些
不太习惯
直到半个月之后的
这天夜里
快睡着时
一阵婴儿的啼哭声
突然穿墙而来
持续了半分钟左右
蜷在被窝里
望着漆黑的卧室
这素未谋面的小家伙
竟让我
这个决绝的丁克
有了一丝动摇

看盲人作画

丁余科

盲人戴着墨镜
打开书房的灯
在纸上画了
鸵鸟蛋、羚羊的耳朵、干涸的湖泊
蛇头、鱼鳞
和掉下悬崖的车轮

午后蝉鸣，盲人关掉灯
又画了农人的犁头、挑山工的扁担
伸懒腰的蚯蚓和屋后的炊烟

挂墙上的圆规刺痛他的右手
那滴殷红的血
成了圆点
盲人摘下眼镜
画出了太阳

星期八

丁余科

没人相信我站在高压线的顶端
对着月亮说了声再见
星期八我这样做了
没有人相信我省下去酒吧鬼混的钱
给两名成年女子买了胸罩和围巾
星期八我这样做了

周一至周五我去扶老人过街，
给孕妇让座，去公路上种树，
在会场端坐，在餐厅优雅地剔牙
周末我买了份晚报，看女人穿衣
听孩子唱歌，星期八我还会这样做

殇

石蛋蛋

三百斤重的邻居
清早死在楼下路口
拳击手的他
从不把别人放在眼里
唯一惧怕的
是马路上喇叭
两米高的大个
被一辆小车撞死
死时塞着耳机

岁月的遗照

木桦

邻床的顾姐被诊断为
三阳型乳腺癌，晚期
几天后将被切去乳房
在妻子面前
顾姐脱掉上衣和胸罩
请妻子用手机给她的胸部
拍照留念
四十五岁的顾姐
胸部依然坚挺饱满
闪光灯一闪
妻子惊讶地发现
顾姐眼含热泪
两粒绛紫色的乳头
加速胀大
突然一下就
硬了起来

倾听

杨艳

他在卫生间
撒尿
我和他说话
他听不清
把尿断了
等我把话说完
继续尿

有机爱情

闫永敏

一对恋人吵架

女孩儿说

我对你怎么不好了

为了你

我只买有机口红

孕妇都能用的口红

就怕毒死你

精神病院

西楠

这家精神病医院住着
一整个医院的医生和
唯一的病人
他们各显神通，无所不用
为使她在夜里醒来
不再看见影子跳舞

斩男色

时宁

这支口红

叫作“斩男色”

以为是那种血盆大口的红

用了才知道

是一抹柔美的樱桃红

孕妇

人面鱼

服务员喊
“谁的盖饭？”
“这儿！”
一名孕妇
响亮地回应
一分钟后
又一个服务员喊
“谁的米线？”
“这里的。”
孕妇微笑
当第三名服务员
端出一盘
烤猪蹄
没等他喊
孕妇就举起右手
不好意思地
冲大家笑笑
又用左手
摸摸圆鼓鼓的肚子

三四

长生爹去世三年

长生儿子三岁了

长生失踪三年

长生媳妇改嫁三年

长生娘上吊

也快三年了

肢解

石峰

我爱你
决不许那些无名的蚊蝇分享你

手指骨的项链
眼球制成的腰珠
我看到何物
你便看到何物

人皮的外衣
你身上的风疙瘩是那花纹
我温暖的时候
你就披在我的外面

那辆自行车
是你的大腿骨、小腿骨以及一切
如果哪个轴承坏了
我就会扛起你

卖金雀花的小女孩

韩敬源

问过价之后
我说我随后来
这个学校门口
在卖菜的旁边
怯怯的小女孩
守着她
从山上摘来的
金雀花
眼巴巴地看我离去
走出好几米了
我还没忘记
那眼神
我返回去
买完了她所有的金雀花

小偷贩卖店

王立君

有时候特
别羡慕小
偷他们拥
有一切未
知的东西
永远在冒
险可能未
来的职业
里很多人
喜欢当小
偷他们温
和不暴躁
把偷走的
东西悬挂
着证明丢
东西的人
对自己的
一切有多
么不爱惜

书的妙用

大九

每次穿过二轻巷回家
一排排小旅馆暧昧的门窗内
按摩女敲击玻璃的暗示
会渐次响起

我在一次偶然中发现
只要在腋下夹本书
那些撩人的暗示就会自动凋落

致女儿书

李东泽

对不起
我的小天使
昨天我在你面前
踢了一棵树

火药

于恺

你是火
我是火药
后来
你是火
我是药

一首苏格兰民歌

还叫悟空

八点半喝完酒，走着回家
路过植物园时
听到有人在拉小提琴
呜呜咽咽的
不算好听
但能听得下去
好像是首
跟爱情有关的苏格兰民歌
树荫里的男人
佝偻着身子
看不清他的脸
但他眼睛是亮的
弓弦是亮的
有一瞬间
我觉得他就是
在用弓弦，摩擦他的眼睛

北方庭院

张玉明

我的北方庭院
有一棵英俊的白杨树。
树顶上有一个喜鹊窝，
清晨，一对幸福的喜鹊飞来飞去，
我是它们的媒人和生命的见证人。
现在，我来到大海边，
看见了无数自由飞翔的海鸥。
我没有看见喜鹊，
我怀疑大海边有没有喜鹊。
短暂的旅行之后，我会再回到我的喜鹊身边。
我会告诉那对喜鹊我看见的海鸥。
告诉它们海是什么样子的。
还要告诉它们，我伫立在海边礁石上
眺望大海，想象我北方庭院的
白杨树倒映在海水是怎么样的情景；
我的北方庭院如果在大海航行
那将是一艘多么激动人心的大船。

看花温故历史

刘溪

花园的一角

红白月季开出栅栏

拥簇得肉麻

一对青年男女

扶着单车互不讲话

我知道月季也叫玫瑰

它们同属蔷薇

我还知道历史上

英国一场家族战争

以它来命名

约克是白蔷薇

兰彻斯特是红蔷薇

戏剧家莎士比亚

把坦普花园的红白蔷薇摘下

两个家族就展开厮杀

那时的贵族是真上战场

打仗必身先士卒

为骑士的荣誉赴死

三十年打下来

兰彻斯特的男人死绝

只剩下一个远房族裔

里士满的亨利

亨利接着打直到打服了

对方所有的男人

他当上国王并迎娶

约克家族的女儿伊丽莎白

红白蔷薇浴血绽放

交叉摆在了一张床上

绕花园一圈回来

看到那一对青年男女

依然逗留在历史的花前

支起单车有说有笑

开始互相拍照

人生第一课竟是学会冷漠

了乏

每次带她上街
看到乞讨老人
都要奉上全部零花钱的女儿
上了小学之后
像变了一个人
那天送她上学
路遇跪地行乞者伸手
她厌恶地看了一眼
强行把我拉开
坚定地告诉我
他是假的
别给钱
走进校门好远
还不忘回头强调一句
千万别给

假药也是药

冈居木

她家的麦子

和她

是喝了同一种农药

死的

将军护殿

段保兴

白族是信本主的

作为一个不会讲白族话的白族人

我得信它

当我看见一段

重建本主庙的小视频时

我更加信了

村民们，在庙里

塑了两尊

六七十年代拆庙的绿皮公安

至寒之物

易志刚

她切开他温热的皮肤
和厚厚的肌肉
越往里肌肉越冰冷
她看到他的内脏了
在躯壳里
冒着寒气
这些至寒之物
拿出其中一件
就足够冻住整个世界
她很快合上它们
重新把身体
贴近这熟睡中的男人

点赞

游连斌

他是一位厅级领导
他点赞
只点到处级
科级的他从来不点
——女儿除外

蝙蝠在我的屋里飞来飞去

蒲永见

今天上午在街上
看见送葬的队伍
冒雨前进
我和广大行人
都没什么异样的表情
死人的事是经常发生的

有些事情
尤其是一些司空见惯的事情
不去想，灵车一样
过去了也就过去了
想起来才觉别有滋味
比如此时，晚上十点
我正坐在桌前
用文字对付平凡的时光
一只蝙蝠
在我的屋里飞来飞去
灯是亮着的
窗户是开着的
我却毫无办法将它赶走
听凭它骄矜的翅膀
在苍茫的人世

自由飞翔

这一场景

让我看见离不开泥土的人类上午发生的事情

使我不禁黯然神伤

去西贡，他们说我的越南话有北圻口音；去北京，他们说我的普通话有南方口音；去台北，他们说我的普通话是以前的广东官话；去香港，他们说我的上府话有东南亚味道；回美国，他们说我的英语四不像……他们让我疑神疑鬼：写分行的诗，担心被当作诗歌朗诵；拉行李箱在上水站下车，害怕被围住查水货；穿大衣过洛杉矶海关，赫然惊觉自己已幻变成入境产子的孕妇。

我如今连面对电脑，都不会自言自语了。但乐得眼神迷离，享受以手指触碰荧屏的冰冷沟通状态。

宇宙

德乾恒美

大半夜口渴
从床头爬起
打开冰箱门
像在黑暗中打开了天堂之门
里面堆满新鲜的果蔬、乳肉、鸡蛋、蜂蜜、干果和美酒
我关上门，天空逐之昏暗
整个房间，只有电器在运作
像是天体在洪荒中滚动的神秘脚步

时间在分秒不差地耗尽江河和煤矿的汹涌和烈焰
我拿起搁在饭桌上的一杯白开水
一饮而尽
河水从胸口汩汩而下

辑四　盛情难却

恨不得给它插上一根导尿管

湘莲子

大清早

迎面撞见一小子

掏出裤裆里

直翘翘

肿成猪肝色的

乌龟头

觉得

太好笑了

恨不得

抓过来

给它

插上一根导尿管

祈祷

湘莲子

在医院听多了
比教堂更多
更虔诚的
祈祷
我真觉得自己
是修女

指挥

沙凯歌

防城港最壮观的

北部湾大道

是填海填出来的

早几年，导航仪没升级时

车一上路

它就大叫：

前面有海

前面有海

前面有海

睁眼瞎

沙凯歌

读到好作品
我有时会
转贴到一些诗歌群
有次刚贴完夫哥的一首
就有人私信我
“拓夫就是石才夫？”
“对”
“区文联那个？”
“对”
“你认识他？”
……
我不再理会
过了很久
此人发来一句
带着龇牙表情的话：
“厅级干部的诗你们当然觉得好”

人身上全是名牌

刘川

这群人身上
全是名牌
衣服、裤子
背包、手链
领带、袜子
手机、相机
手表、裤带
内衣、内裤
护肤品、香水
发胶、口红、指甲油……
总之，他们身上
全是名牌
这些名贵的牌子我全认识
这群人
我一个也不认识

太监总管

刘川

太监的祠堂
有的供着
自己被割的
那个物件

有的供着
御赐黄马褂
免死金牌
或先皇灵位

这个太监
祠堂广大
明月高悬般
供着一把阉刀

在这个世界上出现后的第二年

马金山

在计生办的人到来之前
我被母亲匆忙
塞进了空荡的面缸里
父亲把姐姐的衣服套在了我的身上
肥大的衣角
暴露了我的踪迹
紧接着又来了几个人
把我家仅有的两袋小麦搬走了
也就是从那一天
我断了奶

生活

马金山

结婚第二天
忘记了因为什么事
我们争吵了起来
一气之下带着结婚证
坐上了去往县民政局的汽车
走到半道
车坏了
等到师傅修好车
天色已晚
我们又坐上了返回的汽车
就这样
我们一直过到今天

史小四的母亲

唐琼香

衰枯的脸，头手
有点耷拉，说话细声
不足二十平米的房子

曾经优雅迷人
在悦来墟，提个小提包
被丈夫抛弃后
改嫁过
大女儿绑条大辫子
嫁人后喝了农药
二女儿平兰是我同学
打工被拐卖
大儿子被人困车内
变火球成焦炭

嚼着黄连过日子，像活在
阴间，临走时
我取下金耳环送给她

短暂的幸福

唐琼香

“我要做爸爸啦”
你紧紧地抱着我
抱紧了幸福
早上在墟上载客
一溜烟消失在马路
下午一阵风蹿入我家
带来草鱼和西瓜
在后院子
低声地喊我媳妇儿
痴痴的眼神
听得脸红耳赤
心里却灌了蜜似的

矮个子母亲

温永琪

矮个子母亲
看着儿子
蹭蹭蹭
高出自己
一个头
蹭蹭蹭
又高出了
老公半个头
心中的石头
落了地
逢人便说
像他外公
像极了他外公
高高大大

月色暖

温永琪

他说我会爱你
到地老天荒
她说万一死了呢
我会每天把玫瑰
放在你的墓前
谁都知道
这样的许诺
像海绵吸的水分
人们还是不断说出
在年轻的时候
在月色下

小雨转中雨

袁源

妻子在灯下
给我掏耳朵
她掏一下
窗外雨声
就大一点

治水

袁源

黄河边的小便池上
贴着大禹治水的故事
我开始尿的时候
黄河水患频仍
尧派鲧去治理
尿到一半
鲧治水失败
天帝将其击杀
我尿未尽
鲧也后继有人
大禹挺身而出
继续治水
等我尿完
禹也治好了水
他采用了疏导法
一个尿急的人
对此体会尤深

无题

释然

带学生参观
武训公园
离开时
在武训塑像前留影纪念
等他们站好
我举起相机
提醒开始拍照了
以为他们会举起剪刀手
齐喊茄子
没想到
这些孩子们
摆着各种造型
大叫
我有钱

腌鸭蛋

释然

每到清明

父亲就会买来筐

青皮鸭蛋

洗净，晾干

然后一层鸭蛋

一层大盐

整齐地码在我家那口

黑亮的瓦缸里

倒入冷却的花椒水

再加入一小杯高度酒

密封

放在院内

半月后

就成了我们的美味

父亲说

腌蛋最好的季节是

清明

腌出的蛋

有金黄喷香的蛋油

父亲走后

每一个清明

扫墓回来

我就会把他

腌蛋的过程

重复一遍

选谁当村长?

柏君

两个候选人
一个挨家挨户
送洗发水
一个走街串巷
送花生油
二叔经过反复考虑
留下了花生油

关于两个女同事

柏君

她们都和我
下过象棋
一个认认真真
每一步
都深思熟虑
后来她考上研究生
另谋高就
一个经常耍赖
不断悔棋
后来成为我的妻子

送瘟神，消灭血吸虫病那阵

东森林

公社派人来村里蹲点
每天早晨村民要送大便
给他们化验，此乃政治任务
有个老太太好几天没送
被挂上牌子，游街
牌子上写“破坏血吸虫运动”
她手里拿个铜锣
在村街上，边走边敲边喊
“我没有验大便”
哐哐哐——
“我没有验大便”
哐哐哐——

情人路

东森林

老小区的冬天
总看见猫儿在楼顶
跑来跑去
开始以为它们找猎物
后来发现是幽会
送暖气了
楼顶与楼顶间纵横的暖气管道
是它们相会的小路
多温暖啊
地上的情人
能找到这样的路吗

冬雨

王小川

比我率先醒来的
是耳朵
雨漫不经心地滴在钢架棚上
发出的声音
滴进耳朵里
犹如母亲
永远都是起得最早的那个
在厨房里叮叮当当
最后醒来的
原来是我
现在轮到我的孩子
起来第一件事
永远都是撒尿
窸窸窣窣
哗啦哗啦
像憋了一晚上的雨

穿鞋带

王小川

我一个孔一个孔地穿鞋带
像小时候
母亲给我们的衣服穿针引线

我是超生的
家里的年猪被抓走以后
他们又抓走我的母亲

我一个孔一个孔地穿鞋带
像三十三年前
医生给母亲做结扎

鞋带一样的线
死死地勒住母亲的输卵管
以致三十三年后我还感觉到呼吸困难

那个女孩至今让我担忧

二月蓝

那天下班后
路过一家宾馆
看到有个老头子
和一个女孩儿
隔着很近的距离
站在宾馆门口

那老头子
智者似的
将一只表情丰富的手
举在空中
时而激愤
时而关怀备至地
比画着
站他身旁的女孩儿
一边擦着泪水
一边不停地点头

有那么一瞬间
我甚至看见
老头子的手
就要抚到

女孩儿的脸上
或者肩头

我本能地
放慢了脚步
真想跑过去
拉着女孩的手
对她说：
“妹妹快走！”

抢先

张侗

丁奶奶在自己
九十岁的生日宴上
听说村东头的于奶奶
三天前过世了
脸阴下来
有些怨恨地说
又让她抢了先
丁爷爷离世十多年了
在丁奶奶嫁给他之前
和于奶奶好了几年
第二天
丁奶奶就在睡梦中
离世了

杭州城站

摆丢

一个中年男人
背靠着墙
一动不动地
坐在售票大厅角落里
像座雕塑
身前横着鼓鼓的
两袋行李
他表情扭曲
看上去很痛苦
一定是生活
馈赠了他什么
当他的目光
与我相遇
他低下了头
我也立即去赶车
我能感知
他的痛苦
十三年前的春天
我在这个位置
睡了一夜

生活从来没给过我温柔

吴荣强

我的左眼
前天切洋葱时
流泪了
另一只
昨晚梦到
母亲来佛山看我
也流泪了
但这两只眼
不是同时流泪
如果是同时流泪
我就知道
我一定是被生活的
某处温柔
感动了
可是
找来找去
只有头上的白发
莫名地
掉了

盛情难却

朵儿

同学聚会后
卖保险的和直销的
对我最热情

母亲的微信

陈衍强

她的朋友圈是父亲
晒的是太阳
删除的是杂草
拉黑的是十五瓦的灯泡
分享的是手动养的肥猪
她始终用锄头点赞庄稼地
她太老了
随时都可能把我屏蔽
她在的群
年轻人过完年就退了
里面只剩一条刚链接的水泥路
聊天的
是放牛的老人和上学的小孩
她在的群
叫彝良县角奎镇位卓村

黑人

东子

家住煤厂的中国黑人
不是你和我想象中的黑人
他流着非洲黑人流不出的
黑色汗水，在没有白天
没有四季的黑色院子里砸煤
我想用相机记录他的辛劳
他用夹香烟的手指

给我比了一个“耶”的姿势

第四代

大草

父亲完成了
从农村到城市
我完成了
从内地到沿海
儿子从此岸
也到了彼岸
父亲说三代人
才能培养出贵族
我似乎
可以对他交代了
只是我曾问父亲
对儿子的儿子
想说些什么
卧病的父亲
摆了摆手
什么话也没有说

二维码

麦笛

人到盖棺时也很难定论
自己说不清楚，别人更不能
最简单的办法是，请一个匠人
把我曲折的命雕刻成二维码
算是我留给世界的最后一方印章
形状像祖屋窗棂的样子
要镂空的，百年之后
就把二维码安放在我墓碑的正中
扫墓人一眼就能扫出阴阳两维的苦
扫完码后，不忍离去的那位
估计是我的亲人，也可能
是我的仇人

重口味

白立

少年时代
反复看一部家喻户晓的电影
《闪闪的红星》
对革命充满憧憬
十分向往当剧中的主人公
小红军潘冬子

潘的爷爷说过一句话让我铭记在心:
人不吃盐就没有劲儿。
于是我每天无论吃什么饭
都要多加半勺子盐
想恶补自己单薄的身板
尽管时常口感极差难以下咽

荒唐的信任
没能让我身强力壮
倒是落下了一个坏毛病:
重口味

银海枣

阿樱

银海枣……不是枣
它更像一棵男人树
孤植于海边，丛出的树冠
优美而迷人
远远超出我的想象，它隐晦的叶片
切割着他们的孤独
黄昏终于来临
我和你，转身走出
银海枣的眺望
“来吧，大海和落日都是我们的”

螳螂

余榛

月光没有铺满山坡
但给我错觉
一个人站在黑暗之中
似已被空气吞食
世界无穷大
我无穷小
前面是黑灯瞎火的老房子
在祖父之前已住过
两代我没面世的先人
我从外乡回来
看见母亲从灶台上抓螳螂
喂了香油放回草地
嘴里叨念，先人已逝别再回来
从此我对螳螂
特别敬畏

台风过境

杨渡

一张纸“啪”一声拍在我的脸上
怎么也拿不下来

取下来一看
是门卫贴在小区门口的
台风即将来临的通知

北京地铁上遇见自己

王飞长沙

不经意间，在对面的地铁上
发现了自己
惊恐混合着疑虑
但瞬间，他与我
渐行渐远
真想跳下地铁
追上他问问
“你是不是我？”
或许此刻，他正狂追我的地铁
打算问我同样的问题

锡林塔拉草原

刘云飞

抚摸一棵草
就是抚摸整个锡林塔拉草原
顺着柔软的线条触碰远山

蒙古包散落
草的种子也是
敖包聚拢石头和方向
方向所指
是草叶的正面和反面
石头只能是石头
石头在草原落地
草原在手中生根
捡拾石头的手终会捧回一个草原

唯有锡林塔拉的草
才能燎原

在甘肃，致妻弟

鲲如

在甘肃东南的土地上
没有河流，很少雨水
所有的植物都有耐旱属性

夜里星辰灿烂，银河如街市

我们刚喝完酒，在院子里站着
对着一株花撒尿。夜晚深沉阔大
整个甘肃都屏气凝神，静听我们撒尿的声音

棉花匠

向以鲜

迄今为止，我仍然以为
这是世上最接近虚空
最接近抒情本质的劳动
并非由于雪白，亦非源于
漫无边际的絮语

在云外，用巨大的弓弦弹奏
孤单又温柔的床笫。弹落
聂家岩的归鸟、晚霞和聊斋
余音尚绕梁，异乡的
棉花匠，早已弹到了异乡

我一直渴望拥有这份工作
缭乱、动荡而赋有韵律
干净的花朵照亮寒夜
世事难料，梦想弹棉花的孩子
后来成了一位诗人

龙活音扎巴

韩勇

龙活音
有佛缘的老人
敦厚而温和
坐化成村落

哈尼是一只母猫

明星辰

它真软

我摸摸它的脖子

小肩膀

摸摸肚子

吊在身体下面

侧卧时

如同伦敦街头那个宿醉的女孩

跌倒时

从丝绸吊带中喷涌而出的一只白奶子

饭

周统宽

奶奶出山那天
起杠炮一响
抬棺的人
一脚踢倒安放棺材的长凳
大伯妈狠狠地
将装满白米的一只碗
砸向棺材
这是奶奶在阳间的
最后一份口粮

碗崩开一个缺口
死死地扣在棺材天板上
我忽见奶奶讨饭时
挨人踢倒
搂紧那只烂碗的模样
碗直到墓地也没有落下
是我把那碗取下的
我说：奶奶！
我再帮你装一碗吧

我捧一把把黄土将碗装满
小心地放进奶奶的金井里……

致丈夫

踏浪

以后我走了，也就是说
我如果死了，你不要害怕
你有手机。手机会给你
准备一日三餐
手机会给你洗衣铺床
手机会给你细心照管孩子
手机会给你孝顺好老人
手机会给你创造财富
手机会和你做爱

手机不会生孩子不要紧
孩子我已经给你生了

世界餐厅之一

瑞萧

新中东阿布扎比亚斯商场
二楼美食街
站着法老雕像的埃及餐厅
紧挨着地中海风的希腊餐厅
来自美国的留学生想吃埃及菜
而我看到蓝白色就心潮汹涌
我热爱
这伟大的西方文明的源头
可我们还是去吃了典型的美国牛排
得克萨斯的牛排
用了中东的牛肉
伊斯兰教宰杀牛羊有特殊的方法
那是我平生吃过的最好的牛排
服务生长得虽像中国人
却来自古老的吉尔吉斯斯坦

家长在孩子的本子上写下

陈泽虹

6点起床
6点半晨读
7点吃早饭
8点英语补习班
10点数学补习班
12点吃午饭
13点做作业练习
14点背诵复习
15点听写
16点理综补习班
18点吃晚饭
19点学乐器
21点做练习题
23点睡觉

写完躺在床上
玩手机
看别人教育孩子的成功案例

没有原浆我们活得索然无味

龙俊

敲开天灵盖

猴子露出脑海

我们用勺子掏挖出白花花的原浆

掀开地表层

地球露出地中海

我们搭起钻井使劲往里钻出黑油油的原浆

旅途

黍不语

有时候你走在人群中
突然情绪汹涌排山倒海
甚至几欲落泪
你越走越慢头越来越低
越走越往路的边沿
好像你不该走在这里
好像对每个人充满了愧歉
忽然间一个人认出了你
欢快地叫你
热情地寒暄
你好似也被感染
说是啊是啊
好的好的
再见再见

然后继续往前走

阳谷县城

散心

数百年来

这座土得

掉渣的小城

最美的相遇

还是那根

从临街窗台

滑将下去的

杈竿

我为什么再穷途末路都坚信自己是贵族

管党生

“文革”时

父亲被关

母亲有天杀了只鸡

煨汤送给父亲

造反派把罐子扔了

说特务婆子

到这一步了还吃鸡

当天夜里

母亲又杀了只鸡

把我们姐弟几个叫起来吃

她拉着脸又慈祥地说

你们记住我一句话

任何时候可以承认自己是穷人

但绝对不能认自己是穷命

1945年9月2日

杜思尚

东京湾的密苏里战列舰上
麦克阿瑟操着傲慢的美式英语宣布
一切理想和观念上的对立分歧
已在战场上见分晓，今天炮火沉寂
和平重新降临人间，签字时
荷兰代表竟然没找到下笔的地方
麦克阿瑟随手一指，代表随即签下
新西兰代表也只好签在页脚的空白处
哦，折腾了半天，原来是加拿大代表签错了地方
让后面的几个人连连出错，战败国代表
那个拄着拐杖，拖着木质假腿的日本人
拒绝在这份混乱的协议书上签字
可已举起庆功酒的麦克阿瑟，也拒绝
把酒杯放下，经过美参谋长的修改
日本人才很不情愿地妥协，此刻
庆祝胜利的飞机正飞过头顶
人类最大战争的落幕式，就这样
结束了

吃过人心

大友

和父亲一样
都是朝鲜战争老兵
不同的是
父亲吃雪吃炒面
他吃过人心

地平线

无用

你一定走过夜路
而且是乡村的土路
高一脚低一脚
消失在地平线
如果还有人这么走来
那一定是我的父亲
揣着百元一张的崭新的票子
刚从十里外贩猪娃回来
走到家门口的时候
咣咣咣地跺掉
沾在鞋底下的泥巴

乌江记事:弄潮儿

倪金才

河水暴涨

淹过古镇的石堤

冉茂松腰拴一长截绳子

跳进河里捞木柴

罗继科撑一条小船

从江面上捞死猪或者死人

更多的男人跳进江里

寻找自己中意的东西

他们的女人站在江边

看他们在浪里搏斗

与命相争

有的回来了

有的跳进江里

变成了下游浮动的尸体

桑吉卓玛

马海轶

看到桑吉卓玛
先会想起一首歌
接着想起一部电影

去年才知道
同事老郭的老婆
也叫这个名字

现在看到桑吉卓玛
我首先想到老郭
接着想到他的老婆

接着想到他们
狭窄的住房，以及
糟糕而绝望的生活

歌声让我生长

铁心

大巴车内
诗人们一路
齐声高唱
鸿雁
乌兰巴托的夜
蒙古人
首首澎湃
车窗外
草地
草滩
草原
白色的羊群
盛开的格桑花
纷纷涌来
我摸了一下自己的光头
突然
黑发茂密起来

广场舞的功效

赵立宏

晚上和妻子做爱
明显感觉到
她的腰细了
也更有力了

夜行

黄靠

初，有星星、月亮、果园、田野
河流与小桥裸身相见，结伴尿醒蛙声
陆续走失的，有伙伴、同窗、情人
同人、同事、同志与情人
末，有皮肉、白骨、孤魂、野鬼
寰宇与黑洞鼾声如注，呼吸

冬天过后是春天

叶臻

夫妻俩即将关门上锁
去城里打工
丈夫搬来梯子
把堂屋窗户右上方的玻璃
卸了下来
妻子会心一笑
用手指了指堂屋的房梁
梁上有一个去年的燕窝

Xiron Poetry Club
磨铁读诗会

2017年度
中国青年
诗人年选

90后诗人别太老实了

给诗歌写评论是一件奇怪的事儿，而这件事我还干了整整一年。

写诗评就好像是在挑帽子，帽子不合适的话，这首诗就会因为你的关系而变得别扭。编选“90后诗选”的这一年，第一个感想就是：“大家都太老实了。”这种老实并不是在夸奖大家务实，而指的是一种“无奇”的表现。这一年中并没有我所期待的那种独立、自由、充满先锋气质的诗人出现。我知道有很多诗人，写诗都很努力，表现平稳甚至稳中有升。但整体来说充满个性化语言、思维的人，还是太少或者说是这一代人还没有真正意义上的成熟，又或者说他出现了但还没有进入大家的视野。

诗歌是一种容易受到意识鼓动的东西，很多时候并不是写作者没有语言能力、技巧、文学功底，而是思维不够开阔。对于许多事情而言，如果你意识不到，也就无法将诗意向更深更远的地方去延伸。诗要打破，不停地更新过去诗人给我们观念上、思维上留下的东西。至于怎么打破，我也不太知道，不然我就不在这儿瞎叨叨了。但我想它一定与某些东西有着紧密的联系，比如我们用语习惯的改变、生活节奏的变化，都会促进我们在诗歌里补充更新鲜、多汁的东西。

第二个想法就是，大家还真的要多读书以补充能量。一个人如果想让自己的诗飞起来，那肯定是得先攒够羽毛。但是多读书也不一定有用，很多人会因为读了太多书而变成傻子，这类人往往缺乏一种能力，就是组装羽毛的能力，他在读书的时候没有看清楚，那些大师的羽毛是按照怎样的纹理组装的。能看清楚别人的羽毛怎么组装的也不行，大部分人死在没办法发明自己的组装办法。90后之中有很多人相当有写诗的天赋，但是天赋这种东西并不靠谱。它有时得靠机缘激发出来，你既不知道它什么时候爆发，也不知道它能维持多久。所以说，写诗确实挺难的。

感觉以上写了这么多，第一个打击到的是我本人。挺羞愧的，在过去一年里，我身边的每个人都很努力地在写诗，除了我。我好像脑子锈掉了，根本不知道该怎么动脑子写诗。然后我就作为一个在去年一年没怎么写诗的人，谈谈和90后诗人待在一起的感受吧。他们大部分人都比较可爱，喜欢和不喜欢来得分明，常爱在诗里展现自己喜欢的东西。90后诗人中，有很多人还在读书，他们仍处于青春期的状态，和他们交朋友会觉得是一种享受，因为他们还很单纯。也有一部分人已经成家立业，老老实实、中规中矩地上着班，这一批人，最先尝到了生活之苦，所以也最先开始抱怨生活。抱怨嘛，有一天抱怨到无话可说的时候，也就能深沉地体会到这世界了吧。

总的来说，当诗歌编辑是一件很令人享受的事。因为最先可以知道，哪些人是真心真意地在这个世界上生活着。文字最骗不了人，你的思维是怎样的、你的心在找什么、你的生活如何，诗里明明白白一眼就能看见。有时候，我会很感动，因为我会看到有一些人用尽全力地去追求自己想要的东西，哪怕这件事情在世俗的观念里是无用、浪费。我会感觉到人性之中非常美好的一面，也会为他们生而为人的无奈、辛酸、欢乐还有痛楚落泪。我就像一个灵敏的接受器一样，通过这些诗人发射出的信号，感知着这个世界的变化和迁徙。

磨铁读诗会　李柳杨

2018|03|07

64

公交车上
两个老太太聊天
其中一个
说得最多的一句话是
“我从来不害人”

76

形似武大郎的男人
坐在我对面
我盯着他
终于把他
盯得不自在了
他紧握潘金莲的小手
一脸做贼的表情

79

猴哥追上前来
拍拍刚才
跟其合影的
女人的肩膀
伸手要钱

这时候

我们都听到了

那个漂亮女人

仿佛被棒打的白骨精

发出一声尖叫

啊？！

80

我让女友

帮我看看

新写的诗

她回复道

“好，你发过来我看，我正好拉屎去”

82

在西外校门口的

旧书摊上

淘到一本外国小说

《打死父亲》

时间是1553天前

我之所以清楚记得

是因为后来才知道

那天是父亲节

2013年6月16日

彼时距父亲出狱

还有两年

父亲回家以后

这本书就被我藏在了

每晚睡觉的

床板底下

83

在一朵花里

看见一只

七星瓢虫

在给另一只

拔火罐

84

即使坐公交

我也选择

临窗的位置

我怕错过什么

就像刚才

我眺望的工夫

一句好诗

迎面而来

“聚仙阁骨灰存放处”

95

当记者问

草原藏民

你知道酥油

是谁发明的吗

藏民一口气说出:

“是我奶奶的奶奶的奶奶的奶奶”

星标朋友

阿煜

我与母亲
十多年未见
现在她在我
好友列表里
网名叫作
错爱一生

父亲和我

阿煜

儿时的一天
父亲把我叫到他面前
问我
有没有手淫的习惯
我说没有
怎么会
我对父亲撒的这个谎
伴随我整个青春期的手淫
一直持续到今天
后来
我有时想到这件事儿
我知道
从那时起
我便失去了和一个男人
能敞开心扉聊一聊的
亲密话题
在以后的生活中
关于手淫这件事
父亲他
再也没有
向我提过

无题

阿煜

因为好奇
买了两本
中国文化情色史
里面大量春宫图
是我青春期
隐秘的读物

今天收拾房间
发现这两本书
出现在父母
床头的书架上

早点摊上的枪声

何止

早上我吃着
豆腐脑煎饼果子
突然听到一阵枪声
原来是我旁边那位
支起了手机
播放着一部美国大片
此时雪还未停
早点摊上的塑料顶棚
在风中呼呼作响
而这个
吃两块五一碗馄饨的人
正经历着一场
属于他的枪林弹雨

台球

何止

我和李继勇
一起打台球
没多一会儿工夫
就感到无聊透了
但是又没有
别的事可干
所以就只好
继续玩下去
这时我们决定给
球台上的一个顶袋
起名叫作吴晓红
给一个底袋起名
叫作了刘婷婷
又给其他那些袋子
起了其他女孩的名字
然后我们一边想象着
每个姑娘的模样
一边把那些剩下的球
一颗又一颗地
射入到她们的身体里

巧合

何止

饭桌上
我大妈
谈起她的
青春岁月
她说自己
那时候
受完毛主席接见
整天穿一身军装
满脑子想的都是
找个当兵的
我妈说
她那时也想
找个当兵的
但是后来
她们一个
嫁给了
酱油厂的
一个嫁给了
烧锅炉的

创城记

蛮蛮

在私矿上班的二舅、姐夫放假了
在板厂打工的三婶失业了
做物流的四叔拉不到咸菜了
邻居家的房子盖了一半儿
没有沙子了
大姨来看姥姥
说鸡蛋和肉涨价了
微商妹子卖断货了
姥爷淘了二斤黄豆
不让在家门口晒了
无地可耕的农妇
都被叫去栽树了
大家都说
等这一阵子过去了
就好了

家庭教育

蛮蛮

姥姥生病住院
舅舅工作忙
母亲在医院陪护
连续三天三夜
没有人来轮换
熬夜熬得嘴唇干裂
大舅的儿子来医院
见此情形
回家跟老婆讲
我看明白了
养儿没用
你要好好巴结闺女
等你老了
就靠她了
反正
到时候
我是不会管你的

不敢相信

蛮蛮

我和姐姐弟弟小的时候
母亲总对我们说
要不是为了你们仨
我早跟你爸过不下去了
姐姐出嫁以后
她常对我和弟弟说
要不是为了你们俩
我早走了
后来
我和弟弟都去外地上学
她又说
要不是为了你们仨
有个家可以回
我早就不想守着它了

无题

绿鱼

五点半下班
坐两个小时的
特9内环回住处
然后再步行
花二十分钟
走进安家楼村
顺着黑路
找到村里仅剩的
一家隐蔽在出租屋
里的蔬菜店
今天看店的是
五十多岁的母亲
我在挑菜时
她忽然嘀咕一句：
“七点四十了……”
“什么？”我以为
她在跟我说话
她说没事
转脸又朝门边
（她儿子处）
继续道：“今天晚上
他们应该不来查了。”

“还检查啊？”

我插嘴到

“嘘，天天查！”

“安家楼要完蛋了……”

我试图附和

她沉默，不愿多说

儿子的恐龙

绿鱼

我返回北京时
儿子还在熟睡
我没有惊动他
等出了地铁，在路上
我给妻子打电话
我问你儿可找我吗
咋没找？找了你一晚上
我们就说你上集
给他买好吃的去了
挨睡了又问
爸爸该回来了
爸爸咋还没回来？
我说你别这样讲啊
就告诉他我去北京了
妻子没说话
却把电话给了儿子
没想到，他扯嗓就问
爸爸你干啥去了？
我反应了一下
爸爸去北京
找你的恐龙去了呀！
爸爸你可找着吗？

我差点流出泪来

找着了啊！等下次回去

给你牵回家可好?

——好!

验尸官

游若昕

爸爸躺在床上
小狗麦笛
趴在他
身上
就像一个
验尸官

人类灭绝时

游若昕

恐龙重现日

恍惚

游若昕

傍晚
我趴在床上
爸爸用腿
压住我的屁股
好像一根柱子
压着我
让我爬不起来
这时
我想起
今天是5·12
汶川地震
纪念日

海浪

易巧军

有些地方
现在仍可进行
物物交换
我们可以用啤酒，香皂
换他们的新鲜水果
而到了夜晚
我们的船抛锚后
一些女人会随着一艘小船
明码标价地送到我们船上
有几次，老水手问我
要不要试一下
国外的女人，叫声很大
我问，有多大
他说，有海浪拍打礁石的声音
那么大

中国醉鬼

易巧军

我看见他时
他正抱着路边的
电线杆子
双眼充满泪光
我以为　在此刻
他会喊自己的母亲
或自己的妻子
或自己的孩子
但是，他脱口而出的
那句话，足足让我
愣了一分钟
吴处长，这件事就靠你了

坐在路边的石头上等人

陈万

血红的太阳
像一块剥掉皮的西瓜
卡在山间露出——
一截弧线
落日是多么壮丽
我不禁想象它
完整地垂于苍穹的样子
一会儿过去了
我又看了看它
它居然
变大了
又过去了一会儿
它居然
越来越大
甚至是充满山后的
整个天空
又过去了
很长时间
我觉得它大得无法形容

阳光下

陈万

在宿舍楼前等她的时候
一个女生正在太阳下收铺盖
如果她不来收铺盖
铺盖就还会挂在那里
我也许会看到有一个女生在月亮下收铺盖

在社区戒赌中心

彭杰

男人和女人又一次站在这里

两人都好赌
没有工作
家里还有两个孩子
每次打牌回家
赢钱的时候
顺路买上几块糖
输钱就打上孩子一顿
哭声从楼下都能听见

“我们也实在没有办法”
中心的人员对我们说
“我们吩咐过孩子
发现父母去打牌
就直接来告诉我们”

“但孩子们从来没有来过
这又怎么能怪他们呢
他们也只是
想再吃一次糖”

太阳以西

彭杰

叔叔年轻时被骗去黑矿场
他后来告诉我们
此后的三个月
他都在汽笛声中醒来
矿洞里吃完晚饭后
就地休息
每天周而复始，不见阳光
直到有一天
恍惚中他看见了太阳
叔叔丢下工具
向着太阳跑去
他的工友们
也纷纷跟在后面
最前面的叔叔
身体开始发光发热
他们一个接着一个
燃烧起来

捉虾

张夜

时常想起

在花溪湿地公园

七月流火的夜晚

我们一干人等

扛着网兜提着水桶去捉虾

我们在高大的芦苇丛中穿行

朝着目的地，步伐一致

每天晚上，我们都会有所收获

那些暗红色的小虾仔在水波下滑动

我们抬起头来，烧一支烟

苍穹之上那排星星如此明亮

如今回想起来，我的那群朋友

他们有的还站在水中

挽起裤腿

有的站在岸上

静止不动

爸爸

张夜

我学习成绩差
我脾气不好
我大热天瘫在凉椅上像个废物
我整天游来荡去
差点儿被学校开除
学校打电话给你和妈妈
你打电话给我问我在哪
我说在成都搞艺术
我不靠谱
还无比自大
我偷钱，从小到大
都偷家里的钱
我向你扔过凳子
那还是在小学
我不想考老师
也不是公务员的料子
我知道你会失望
爸爸，对不起
我不惭愧也不内疚
谁叫我是你的儿子
谁叫你挑中了我的妈妈
谁叫这种概率在你我之间发生

总体来说这不是最惨的事

不过，你的车子

我打算再开一段时间

毕竟你技术太差

开出门我不放心

二胡

左秦

拉二胡的
咿咿呀呀
呕哑嘲哳
万千痛苦
全在琴中
琴弦抖动
双手颤抖
戴着墨镜
走街串巷
无处是乡
四海为家
苦海无边
回头是岸
但水性不好
唯有苦海翻腾
弹奏悲音

我跪在街道上

左秦

我跪在街道上，看着
蚂蚁的玩耍。不久，很多人，
围观了过来，只是他们不看
蚂蚁的玩耍，而是看着我：
用他们眼光的刀子，把我削得
越来越矮。

桃子妹妹

易小倩

春天
爸爸骑车载着姥姥
姥姥手里拎着
一个黑色塑料袋
里面装着七个月大
被引产的妹妹
一直骑到
村后一棵桃树下
挖个坑
把她埋掉

走的时候
姥姥看着桃树说
在这好好的
明年结个大桃子
给我们吃

羞耻

易小倩

我的房间在二楼
天热的时候我喜欢
光胳膊光腿
开着窗户
起初我并没有觉得
有什么不妥
直到十五岁的弟弟
每天起床
跑来为我关窗户
他干这事儿的时候严肃极了
离去的背影
像我正在老去的
父亲

食欲的产生

吴冕

整个下午，我和朋友都没有吃饭
按照分配，我们俩每人一张饼
我吃完了我的那份
还是没有吃饱
有一个瞬间，我竟然产生了
吃掉朋友的那张饼的想法
我知道那是因为欲望
准确点说是食欲
就在刚才那个瞬间
远古世界阴暗的山洞里
我的祖先，一个猿人的
食欲穿越百万年
抵达我的大脑
指使我吃掉那张饼

惩罚

吴冕

为了奖金

我违心地写了两首抒情诗

参加一个征文比赛

从那以后，很长的一段时间里

我都没有写出过好诗

这一切

都被我认为

是诗神在惩罚我

我看过最感动的一部皮影戏

李海泉

十年前
冬天的夜晚
她拉上窗帘
批改我们的作业
偶尔伸伸懒腰
然后再将自己
熄灭

朝神说

李海泉

再次见到旻旻

是三年后，她朝圣归来的午后

在大雁塔北广场

灼伤的手拨动一粒粒佛珠

一件朝里印有藏文的披肩

裹在里头

宗喀巴　亚丁　格萨尔王　仓央嘉措

说到圣地拉萨

她眼神比塔尔寺时更坚定

她说得一次比一次远

离神快接近时

太阳下山城市的

夜，占据了我们说话的空间

她看着我

离开时

满嘴禅言的旻旻

瘦的。几乎抱不住我了

东京都

刘斌

晚上十一点
电车停运
大批的上班族
沿着大路沉默
步行
马路被车流堵住
没有喇叭声
路边的按摩店
挂起牌子
欢迎他们免费
避难
只有一个小混混
与众不同
往相反的方向走
拨开人群
大声嚷嚷
末日到了
让开
让开

一块金子

刘斌

出租车司机突然踩下刹车

车前

一个老头慢悠悠走过

司机伸手

把烟灰弹到窗外

说

你看他是块土疙瘩吧

撞死了

可就是块金子

重游

公子琹

多年以后
我回到小学校园
操场没有草坪
里面种着蔬菜
教室没有桌椅
堆着稻草
有一块池塘
看不到鱼了
我走进
以前不敢进的女厕所
撒了泡尿

枣子不肯落下来

朱琳

确切地说

我不知道枣树开怎样的花

什么时候结果

在饥旱年代

填饱多少人的肚子

又在枣树灭绝的城市里

医好多少女人的失眠和痛经

然而，我始终记得

某年秋天

枣子落了满地

竹竿倒在一旁

枝头还有那么两三颗

高高地挂着

始终没有掉下来

远景

陈放平

站在厂房顶上的
三个工人
像站在
远处的雪地
中午太阳如火
他们仨
在雪地中
悄悄点燃了
三朵红色安全帽

下辈子

蒋彩云

多打了几个喷嚏
摔跤受伤的地方还疼着
要是就这样死了怎么办
妈妈真会像她说的
没有我她也不活了么
爸爸会不会
一遍又一遍
翻着我写的日记
然后精神失常
姐姐也会梦着我
然后哭着醒来
骚仔还会告诉别人说
我小姨在睡觉做梦
好朋友烧着纸骂道
彩云你个短命鬼
去那边做个有钱人
买衣服再也不要看价格
讨厌我的人
担心我会吓他们
有人哭有人笑
我都看不见了
我在乎的是
他们给我穿的衣服好不好看
想着下辈子
是个大美女

路口的风

荣钰

我站在路口
等你
抽了两根烟
第二根快要
抽完的时候
看见你走了过来
你走得很慢
风也吹得很慢
我笑了
你像是被风
吹过来的

美丽人生

野草生

大热天的等车
真要命
我看见一个年约六十的男子
等车
他不站在棚里
只站在外面张望
他的头发凌乱
黑色和白色胡乱生长
胡子拉碴
肩上裂开一大口子
顺着往下
手里随意地捏着
一顶草帽
上面印着
“美丽人生”

世事多变幻

蓝毒

在天水
加一个美女微信
她的签名是
找工作
一个月后变成
求包养
然后又改为
回家收麦
到今天
删她的第十一天
我在老家盖房
也不知道
她家的麦子
收完了没

M

冰又可

M山在M山那里

在M山与我们之间

还有很多像M山一样的山

但它们都不是M山

M山只有一个

我们此行的目的:

爬上M山

我们站在M山的山顶

山上的树是属于M山的树

石头是M山的石头

当然，我们是M山上的人

远处的人看M山上的我们

我们就都变成了M

桥下

沈天育

建桥工人

光着膀子

在桥下歇息

如同故乡火灶上

一条条油亮的

腊肉

在驾校的一天

古轨

阴雨的天气
我们在黑房子里
等待。其中一人
在外面练倒库
我们围着简易床板坐下
拨弄手机
抽烟
没人说话
极静
抬头
敞开的窗扇
铁栏以外
光秃秃的山
山顶罩着浓浓的烟雾
这样的氛围
丝毫不觉得沉闷
开水
通过暖气片发热
我们通过香烟
打发时间
我们吐出的烟雾
通过铁栏
与山顶的烟雾汇合

鱼刺

刘浪

一条鱼沿刀刃游向
我的美味，吐出的鱼骨
陈列在餐桌上，逐渐
拼凑成一个完整的死亡
如此鲜活，像是从
千年化石里摆尾而出
我瘦如鱼篓的喉咙
捉到了它的一根刺
仅仅一根，就让我泪流满面
就让我张着嘴，仰面朝天
像一口咬住钓钩的鱼

太薄了

王威洋

没油水
肠子太薄了
比他的命还薄
以至于，某人
吃了一盒饼干
把肠子划破而死

这种死法
我现在听起来
很新鲜
这是我刚刚听
一个老头子说的
发生在袁桥那边
是1963年

无产阶级的胜利

莫名

法拉利一辆

宾利一辆

路虎两辆

奔驰两辆

宝马三辆

全塞路中间

我庄严肃穆地

站在公交车内

紧贴着窗口

高高举起右手

扶稳

只一分钟不到

就检阅完毕

沙漠杀手

茗芝

一种毒蛇

横着行走

像漂亮的海浪

嘿

江睿

碰到几个
像我哥哥一样的帅哥
看了我溜旱冰
临走时
最帅的那个哥哥
用手指着我
说了句
嘿，那个女娃儿
好牛

零点

李柳杨

七岁时我想当画家
八岁想成为舞蹈家
九岁想变成埃及人
十几岁时学了很久的音乐
突然有一天就不能唱了

但从十几岁到二十几岁
我从来没有一天停止过幻想
玩陶瓷、出去做生意
学跆拳道、拉丁舞
无论我提出多么无理的要求
她都一直支持我
陪着我折腾

二十三岁
入手术室的前一个小时
我跟她说
我又想重新画画了
她突然用那种
被现实折磨透的眼睛看着我说
“别这么傻了！找个对你好的男人吧！”

清明

李柳杨

每隔一段时间
就会有个朋友向你抱怨道
我想去死

但一般来说
劝都不用劝

爱情

李柳杨

有一次
我们在师大
约会
讨论起你的新小说
我们都觉得
应该再往里面
加一些什么
但具体要加什么
却不清楚

往回走的路上
你亲昵地
拍了一下
我的屁股
说：“真像白云。”

官町湖畔

李柳杨

白色群鸟
穿过香灰色的山峦
低低地飞往湖心
我们站在岸边
朝着那个方向
打起了水漂
不一会儿
傍晚的风就吹得
人背脊发凉
不由得
朝来时的路回望了一眼
看见圆圆的落日
扎在瘦瘦的马腿上

Xiron Poetry Club
磨铁读诗会

2017年度
“中国桂冠
诗丛”入选
诗人年选

“中国桂冠诗丛”是一个持续的出版计划，希望能够为一代代优秀的汉语诗人做见证和展示。而能否被我们选得出七十首左右的优秀诗歌，将是诗人们入选“中国桂冠诗丛”的最重要前提。这其实是一个非常苛刻的前提，要求入选的诗人写作时间足够长，创作量足够大，创作出的好诗足够多。既然我们敢把这个诗丛命名为“中国桂冠诗丛”，就会选择对得起“桂冠”二字的诗人。我们有足够的耐心，在时间中等待越来越多的诗人。除了这种按照出生年代来归纳成辑的方式，以后还会根据美学观念、流派、群体等方式归纳成辑。

“中国桂冠诗丛”第一辑
入选诗人2017年年选

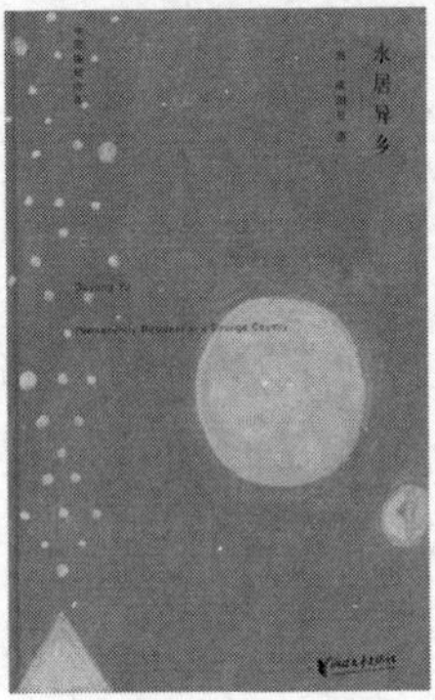

欧阳昱 著 《永居异乡》

王小妮 著 《扑朔如雪的翅膀》

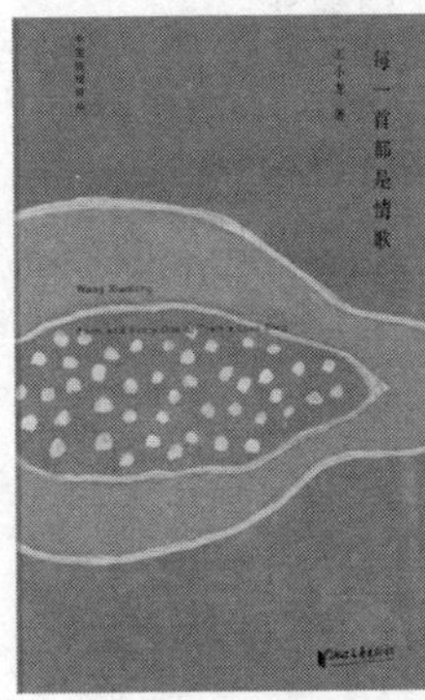

王小龙 著 《每一首都是情歌》

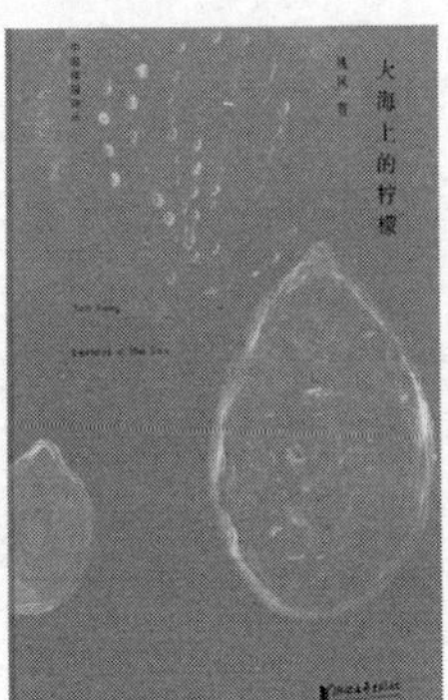

姚风 著 《大海上的柠檬》

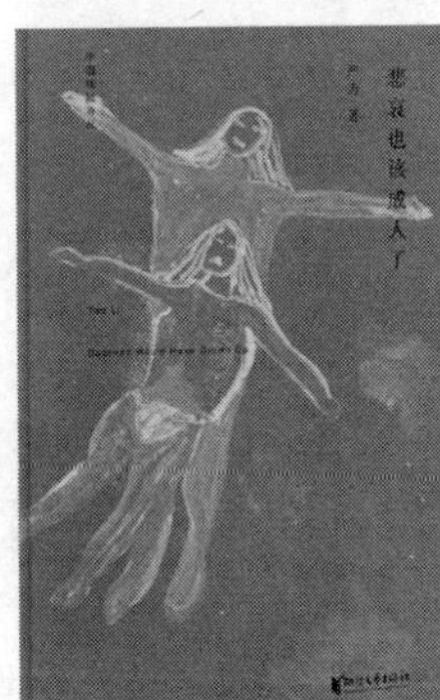

严力 著 《悲哀也该成人了》

做人也业余做做算了

王小龙

那年春天
北岛来上海
我们一起晚餐
毅伟和我
去顾城的住处
顾城不喝酒
他提问题
写诗能过得好吗
北岛想了想
说不能
顾城又问
靠稿费能活下去吗
北岛算了算
说不能
我们没吭声
因为没法面对
那无辜的样子
清澈的眼睛
这么白痴的问题
竟让我们无地自容
从那天起
不管练什么摊儿

我都很拼

写诗不过是业余

做人也业余做做算了

就这样

很多年

想起那天的晚餐

真他妈残忍

忘了是不是四月

拍完快跑

王小龙

小朋友去拍阮仪三
文化遗产保护人
阮教授想秤秤分量
问你们都拍过谁
小朋友很老实
说拍过草婴
哦前年秋天走的
拍过马革顺
哦前年冬天走的
拍过周小燕
嗯去年春天走了
拍过贺友直
嗯也是去年春天
拍过陆谷孙
啊是去年夏天
还拍过
好了不要再说下去了
阮先生急了
拍吧拍吧
拍完快跑

高棉的微笑

王小龙

如果你去柬埔寨
去首都金边
那里有一个中央市场
从佛像到丝巾
什么都能砍价一半
老板如果和你聊上几句
那多半是碰上了华人
你告诉他们从前
长辈们支持红色高棉
喊着西哈努克和波尔布特
很用劲地走在游行的人群中间
老板可能会笑笑
不会对你翻脸
他比我们透彻得多
他是活下来的一个
掀开衣襟
拉起裤腿
他给你看伤疤
那些岁月还在
是啊你是去看吴哥窟
去看高棉的微笑
记得还有个地方叫诗梳风

那么美好的名字

不知道为什么

尸横遍野

所以我不去

怎么好意思啊

从前为恶魔喝彩

为屠杀叫好

毗湿奴的神殿

我看看图片就好

这就很尴尬了

王小龙

直说吧
我是在死去多年的父亲面前
给人讲课
这就很尴尬了
好像我仍然在他的监视之下
仍然需要向他证明
没什么不得了

这是在京剧院门前
马路对过是陵园
里边有座环形平房
不动声色地隐身绿荫
柜子们格式化地靠墙站着
有一格属于父亲

最热的时令已经过去
行人个个劫后重生
我在路边的台阶上抽烟
在等学员到齐
我要讲讲什么叫作真相
怎样接近真相
我尽量不去张望对过

不问自己是否真的明白

然后，父亲的年龄就停在那年
像一只鸟落在笔墨的枝头
应该如此吧
然后，我继续生长
终于赶了上来
应该如此吗

这就很尴尬了
当你发现和长辈同龄

这个奔跑过来的孩子

王小龙

午后阳光喧嚣
你眯细眼睛
远远有一个男孩跑来
浪潮和喊叫在他身后升起
阳光明一阵暗一阵
呼啸声在追逐
爪子在追逐
他跑得兴高采烈
追逐自己的影子
未来舞之蹈之
在地面伸展
你能感应一种心情
荒唐和混乱年代的欢喜
一切并没过去多久
只是他和你之间的距离
你想告诉大家
指给他们看
这个奔跑过来的孩子
你当然认得他
认得所有的饥饿和屈辱
他们说在哪里
哪里有什么孩子
事情太多了
都顾不上张望来路
一切并没过去多久

致下在海里的雪

王小妮

阴森的黑浪头
浑身的牙齿和嘴唇
所有的降临都像是给它送零食。
幽深的抬头纹
最白的雪眨眼间被吞没。

走在去念诗的路上
忽然发现低处的太平洋还在费劲地嚼雪
它不能消化那精灵。
而我正要去念一首刚写的诗
致头顶上的白
持续不绝。

谷克德

姚风

车行至谷克德

看见两只喜鹊飞落在木栏上

多好的兆头

我们有理由快乐起来

但大多人仍在颠簸中酣睡

同座的美国汉学家梅丹理也看见了喜鹊

我们一起看着它们飞来又飞去

但我们看见的是同样的喜鹊吗

尽管他是个中国通

知道喜鹊所有的隐喻和象征

怎么形容呢

严力

怎么形容呢
很多次我都是自带景点出游的
它们被我命名为图书或者放风
我蔑视肉体
崇尚精神和骨头的硬度
直到螃蟹以自身的例子告诉我
好的肉体生长在骨头里面

怎么形容呢
石头的走向虽然很硬
但都妥协于腐蚀
这就像作为人的前进里
都有着回头张望的惯性
比如拥有了大卫和维纳斯的
姿势之后
人们就可以每天在那里
选择升华与不升华的想象

怎么形容呢
问题还是出在了表述上
因为历史里很多的形容词

是被强者用枪押进表达里的

于是我们读到了

散落一地的弹壳

顺其自然

严力

我曾经从身上拔出一把把
手枪形状的痛苦
对准尾随多年的厄运
却发现没有扳机
也知道了
很多痛苦是看不起伤口的
而有些幸福是因为伤口得了奖
我还发现
生存中痛苦总是比幸福准时
而我很多年前
就已有了与准时者共事的习惯
所以当我身处痛苦时
总是让影子顺其自然地
朝向快乐

经典赛事

严力

抬起的脚悬在空中
前方没有球门
失去了方向的踢
在腿脚里徘徊
蹲在那里的球
看到了我身后的球门
闪电般地把我踢了进去

以后的很多年
当我失败时
都会用慢镜头
播放这场球踢人的
经典赛事

知识内外

严力

审美都是后天的
先天的叫作自然需求
但大家都搞不清楚
如果没有先天的
后天能保持多久
就好像电器发明之前的生活
肯定是无聊的
但它的无聊发生在
你知道电器之后

二十七岁

欧阳昱

你还差一年就从大学毕业了

那年你写了一首诗

是这么写的:

《完了》

“诗，要写有意义的生活！”编辑说

“我不知道你说的是什么意思？”无名诗人说

“就是说，诗要歌颂，诗要美化，诗要
唤起人们对理想的向往和追求
诗要像沙漠一样不能沾半滴泪水
诗要像火一样把人都烧——不是烧死
诗要像没有黑夜的九个太阳的白天——”

“我的天呀！”无名诗人叫道“那我一定要
当后羿，射落八个，否则，我就完了！”

后来你真的完了

你毕业时被发配

你完了

又过了三年

你发现了一个诗人

你翻译了他，有这样几句：

到四月我们将刺穿他的身体。

现在是三月。雪如灰尘覆盖着树枝。

小马在果园中隆起脊背。

还有

这样

几句：

你已消失在一个幽暗的隧洞中，

我曾在那儿试着用嘴靠近你，

结果我的嘴流着金色的液汁，把一切都溅上了金液。

以及

这样

几句：

你在草叶中跪下。这时我看见了——

我又把你紧紧搂住。你窘了，

把我挣脱，继续采着，

完全没察觉到那条盘在浆果上的黑蛇，

它的眼睛布满太阳的乌云，它的脸戴着死亡的面罩。

昨夜，你把这三首以及另一首整理出来时

写了一个简单的作者介绍
这时你吃了一惊

你翻译他的时候
他已经死了三年
他死的时候是二十七岁

庞德说

欧阳昱

脸书上有人晒了一封
庞德早年写的英文信
奉劝一位
东西写得不好的女士说：

Never ornament
Never write a line
That you think
Is pretty or picturesque

随译成中文便是：
绝对不要修饰
绝对不要写一行你自以为
漂亮或风光的诗

世界文学

欧阳昱

我说你们还书时给我分门别类
Fiction 归 fiction
Poetry 归 poetry
Criticism 归 criticism
Magazines 归 magazines
那，老师，这本归哪儿呢？
我一看就说：那你觉得该归哪儿呢？
她说：这是诗集吧，又说：这是诗集
我刚看过的
我说：你 sure 吗？你 sure？
她翻来覆去地又看了一遍
包括封面上“世界文学”四个大字
很肯定地说：是的，这是一本诗集
名叫《世界文学》
我痛苦地“唉”了一声
闭上眼睛，头落到支起的右手上
蓦地想起，大约也是他们这个年龄
的三十多年前
我翻译投稿，冲的就是这《世界
文学》，当时的中国译坛第一
可现在，读研究生的
读英语研究生的

居然把它当成“诗

集”

我摆摆手，让她还掉，让她离去

我只是痛恨自己

现在还在教什么研究

生

真像老婆说的：赶快回来吧

再教下去，有何意义？！

旧事

欧阳昱

穿短裤已经有些凉了
在这座，已经没有鸟叫的湖边

我想起那年，在墨尔本作家节
碰到的那个女的

看样子四十，也可能五十
随便聊了几句

她说的一句话，让我惊心：
I've published five novels

出了五部长篇？
我怎么一部都不知道

甚至连她的名字
都从未听说过？

她似乎看出了我的问题
脸上露出，遗憾的笑

因为阳台吹来的风太凉
我已经穿上了秋裤

“回去再说”

欧阳昱

一九八六年，随团去加拿大做翻译
领队老倪
带大家一起出去买东西吃
为了节约，他建议
每天早上吃方便面
要我一一翻译给他听
我烦这个儿子（倪子）
（下江人送他的一个雅号）
就装着没听见他问啥
他发脾气了，就一句话：
我们“回去再说”
这句话，让我股栗
也就是说，回去他要整我
便硬着头皮，一一给他翻译

回到东晋时代的法显
当年他从印度回广州
满船都是商人
以及一个沙门
商人怕沙门坏事
影响顺利返航
意欲中途扔下

法显不许，警告说：

“吾到汉地，
当向国王言汝也
汉地王亦敬信佛法
重比丘僧”[1]

结果“诸商人踌躇”[2]
最后还是没敢把那沙门赶下船
看到这里，我想
那不就是当年加拿大说的那句
“回去再说”吗？

[1] [2] 均引自法显《佛国记》。商务印书馆，2016年，157页。

呈现一种可能的真相

——“中国桂冠诗丛”第一辑出版后记

1|

2015年下半年，我在磨铁图书公司里设立了一个诗歌编辑室“铁葫芦诗歌”。“铁葫芦”是磨铁公司的一个文化类图书品牌，它的初创者是王小山先生和王来雨先生。早在“铁葫芦”这个图书品牌创建之初，我就一直想同时再做一个诗歌类图书的出版品牌。我自己是一个诗人，也是一个出版人，做了十多年的出版，一直没有为诗歌出版做更多的事情，说不过去。这几乎是我的一块心病，也是一个夙愿。直到2015年下半年，各方面条件成熟，也有了完整的诗歌出版计划，“铁葫芦诗歌”终于启动了。年轻的诗人里所（李淑敏）担负起诗歌编辑的重任。

“铁葫芦诗歌”的第一个出版项目，就是推出“中国桂冠诗丛”第一辑——五位当代优秀诗人的精选精装诗集。这五位诗人分别是：严力、王小妮、王小龙、欧阳昱、姚风。他们都出生于20世纪50年代。我和里所一起，从他们创作至今的大量诗歌中精选出既能代表诗人迄今最高写作水准，也能大致体现诗人创作全貌的约七十首诗歌作品，做成硬皮精装书。

“中国桂冠诗丛”会一辑一辑地陆续推出更多优秀诗人的作品，也都将沿用这种七十首诗左右的精选精装模式，带有某种典藏的性质。第一辑的这五位诗人，是按照“出生于20世纪50

年代”这个时间概念来选择的，除了这种按照出生年代来归纳成辑的方式，以后可能还会根据美学观念、流派、群体等方式归纳成辑。我希望“中国桂冠诗丛”能够一直出版下去，为一代代优秀的汉语诗人做见证和展示。

而能否被我们选得出七十首左右的优秀诗歌，将是诗人们入选“中国桂冠诗丛”的最重要前提。这其实是一个非常苛刻的前提，要求入选的诗人写作时间足够长，创作量足够大，创作出的好诗足够多。既然我们敢把这个诗丛命名为“中国桂冠诗丛”，就会选择对得起“桂冠”二字的诗人。我们有足够的耐心，在时间中等待越来越多的诗人。

2 |

将这套诗丛命名为“中国桂冠诗丛”，当然还包含着某种重塑当代诗歌史的野心。所有当代史一定都仅仅意味着浮云遮眼，而所有试图厘清当代史的努力，也都无法在当代呈现出其真实的意义和成就，但这并不妨碍我们按照自己的审美尺度去为之努力。

我想为之做的努力就是，尽我自己所能，穷尽我自己的视野，通过诗歌出版的方式，去呈现一种可能的真相。既然是想呈现真相，那就意味着，至少在我的审美尺度里，当代中国诗歌在它的表面所呈现出来的那些秩序是一种艺术的假象，是遮眼的浮云。我看到了我们时代的那些杰出的灵魂，他们诗歌中有诚实、真挚、朴素的内心，有尖锐、先锋的艺术立场，有自由而现代的艺术精神。他们潜伏在时间的迷雾中，忠实于自己的心灵、精神和艺术立场。他们在假象的迷雾之外，在真相的石头之中，在时间的淘洗之中。我想通过出版的方式，向有心的或有缘的读者展示他们的诗歌，呈现一种我自己想象中的，可能的真相。

3 |

“中国桂冠诗丛”第一辑推出的这五位诗人，在他们各自的艺术立场和美学方向所取得的重要成就，还远远没有被我们的时代所理解。

出生于1954年的严力先生是20世纪70年代末到80年代前期“朦胧诗”群体中的重要成员。直到今天，严力始终在写作着最具生命力和创新意识的诗歌，他是诗人中终身写作的楷模。通常的文学史往往会用某一个文学流派或文学史事件遮蔽其中具体的诗人，从这个意义上来讲，我甚至认为，严力的写作意义和美学成就被文学史意义上的所谓“朦胧诗”遮蔽甚深。是诗人严力，而不是“朦胧诗”群体中的严力，为中国当代汉语诗歌贡献了独特的美学价值。他是始终追求创新的诗人，是语不惊人死不休的诗人；他是当代诗人中最早觉醒口语意识，将口语和意象融为一体的诗人；他是具备独特语言世界观的诗人，是中国最彻底地实现语言智性的诗人，是中国诗歌的现代派运动中，在智性一极做得最好的诗人。新世纪以来，严力更是将其越发炉火纯青的语言智性与人生感、时代感、命运感相连接，其诗歌既有智性之巧思奇崛，又有更深刻的人文背景和灵魂纵深。

出生于1955年的王小妮，三十多年的写作，一以贯之，诗心朴素而强硬，情感丰沛而锋利。她是女诗人中罕见的硬碰硬的心灵书写者，不取巧于技术，不卖弄于女性性别意识和性别风情，不迎合于美学的风潮，她从一开始便忠实于朴素的心灵，并用最强硬的开掘式的写作姿态往内心最纵深微妙处写，诗笔如铁犁，诗心如水晶。在她最好的诗歌中，往往既有女性的柔软和敏感，又有重金属在火中锻打般的铿锵。她不是任何一种诗歌美学的弄潮儿，但在所有弄潮儿的时代，她都留下了令人无法忽视的诗篇。

与严力一样出生于1954年的王小龙先生，既是20世纪80年代第三代诗歌运动的先驱，更被认为是汉语诗歌口语化的源头诗人。王小龙是当代最早完全使用口语构成诗歌，并且写出了经典诗篇的诗人。在口语诗的发展已蔚为大观的今天，回头再读王小龙当年如《出租车总在绝望时开来》等诗歌名篇，依然熠熠生辉。王小龙早在八十年代初期，就建立了一套成熟的口语诗歌写作的内在逻辑，对具体感、现场感的追求，对叙述功能的放大，对反讽和戏谑的娴熟运用，对语感和口气的强调，在王小龙诗歌中都清晰可见。而所有这些美学建树，在后来从第三代诗歌中的口语一脉直到今天的口语诗人身上，成为被反复强调的口语诗歌的基本美学特点。王小龙与中国当代口语诗歌的发展，到底有多么深刻的关系，其早期的诗歌写作，到底在多大程度上影响了后来的中国诗歌，至今仍远远没被清晰指陈。

出生于1955年的欧阳昱和1958年的姚风，一个常年生活在澳大利亚，一个长期在澳门工作，多少有些疏离于中国内地的诗歌场域。这在一方面使他们独立前行，形成了他们独特的诗歌美学；另一方面，也令他们真正的写作成就和美学贡献远未被内地诗界重视。很多人往往更看重欧阳昱和姚风作为翻译家的成就，这是严重的本末倒置。他们当然分别是非凡的英语翻译家和葡萄牙语翻译家，但首先是足够杰出的诗人，因此才能成为优秀的诗歌翻译家。居于海外的创作环境和翻译家的身份，遮蔽了欧阳昱和姚风作为当代重要诗人的存在。从另一个角度我们也可以说，欧阳昱和姚风，是当代汉语诗歌的“秘密武器”。

欧阳昱是当代汉语诗歌中，先锋意识和探索精神最强的诗人之一。这个时代能当得起“先锋”二字者，本就已属珍稀动物，而欧阳昱，我以为是先锋中的出类拔萃者。他是从里到外的那种“先锋”，从精神到语言。在美学上，他是盗火的普罗米修斯！在保守而传统的中国当代诗歌中，欧阳昱这种先锋、大胆、不管不顾的写作态度的价值，尤其重要。在欧阳昱泥沙俱下的大量诗歌中，始终葆有着愤怒、抗争和如同野草般疯长的生命意志。这同样也是当代中国诗歌中的稀缺血质。

姚风的写作与欧阳昱刚好相反。欧阳昱尽情使用着粗鲁的、野蛮的，甚至破碎如玻璃碴的口语，其诗歌能将人戳得鲜血直流；而姚风则使用着典雅、纯正、节制的口语，他更像一个贵族，怀揣赤子之心，驾驶着精确的语言之舟，驶向文明之海。他是汉语诗歌中不多见的，在“文明”这一人类主题上发力甚深，写出过杰出的文明诗篇的诗人。他擅写世界之诗、文明之诗，对文明的亲近与渴望，对反文明的质疑与抗拒，是其诗歌中重要的主题。更重要的是，他以一个当代中国诗人的内心去亲近世界的文明，内心常怀深刻的疼痛与悲伤。从某种意义上来讲，姚风是当代汉语诗人中很少有的，能够被称为“文明之子”的那一种诗人。

4 |

严力、王小妮、王小龙、欧阳昱、姚风，是“中国桂冠诗丛”第一辑的五位诗人。至少在我看来，他们就是我们时代的桂冠诗人。而我们进行这样一种诗集的出版工作，也正是为了呈现这样一种可能的真相。

沈浩波

2016|02|29

“中国桂冠诗丛”第二辑入选诗人2017年年选

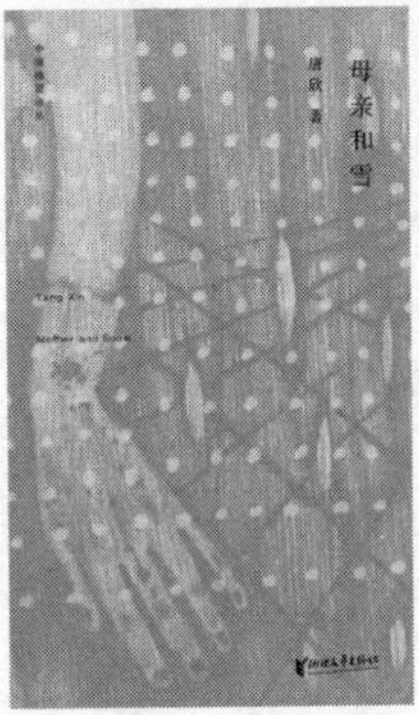

唐欣 著《母亲和雪》

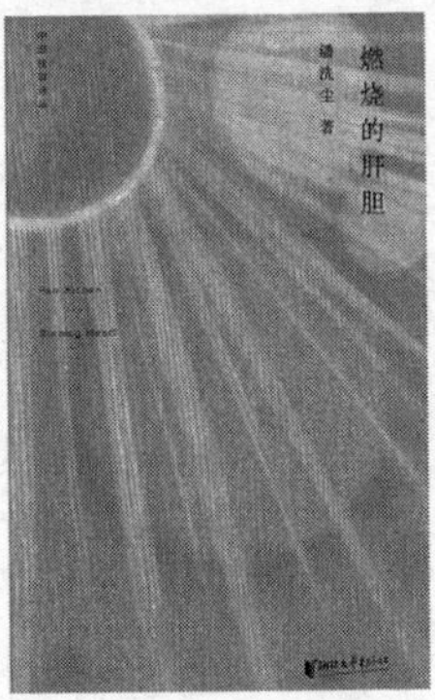

潘洗尘 著《燃烧的肝胆》

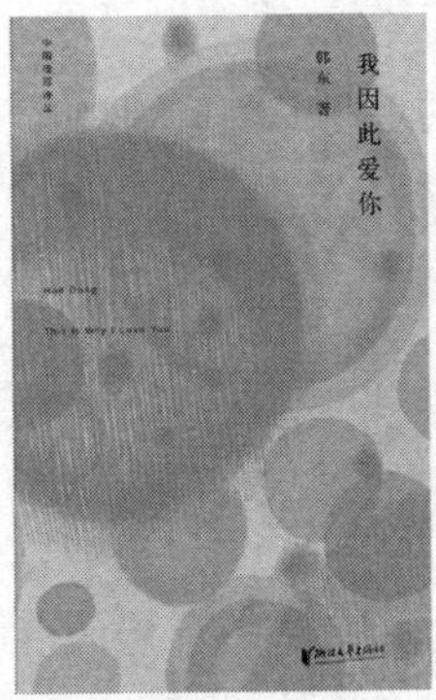

韩东 著《我因此爱你》

阿吾 著《相声专场》

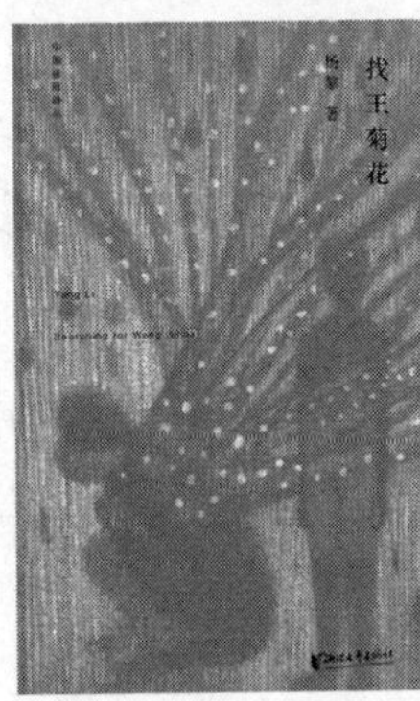

杨黎 著《找王菊花》

生命常给我一握之感

韩东

生命常给我一握之感。
握住某人的小胳膊
或者皮蛋的小身体
结结实实的。

有时候生命的体积太大
我的手握不住
那就打开手掌
拍打或抚摩。

一次我骑在一匹马上
轻拍着它的颈肩
又热，又湿，又硬
一整块肌肉在粗实的皮毛下移动。

它正奋力爬上山坡——
那马儿，那身体，那块肌肉。
密林温和地握住我们
生命常给我一握之感。

给外外

韩东

今天天气特别好
是一个死亡发生以后的好天气。
总是这样
天高云淡，而某人已去。
你会想，行色何必如此匆忙？
既有天清地宁的时光
何妨结伴再走一段？
我俩就在这条小巷里走
有你甩膀子的空间
有你的色眼溜来溜去的余地。
就这么晃晃荡荡地走
没心没肺
一直走到天黑上灯。
我们继续在夜色如水里走。
但如果你坚持，也可以不走
但也不要往下跳。
让生活呼啦啦地掠过我们
生死相对运动
而你我不动。

电视机里的骆驼

韩东

我看见一只电视机里的骆驼
软绵绵地从沙地上站起。
高大的软绵绵的骆驼
刚刚在睡觉，被
灯光和人类惊扰
在安抚下又双膝跪下了。
我的心思也变得软绵绵毛茸茸的。
就像那不是一只电视机里的骆驼
而是真实的骆驼。
它当然是一只真实的骆驼。

友谊商店，一九七五年

唐欣

友谊商店　本来中国人是不能
进去的　但是当它的服务对象
外国朋友到来的时候　又需要
有一些同胞在场　以营造友好的
气氛　这天有个北京人就趁此
机会　买了三双尼龙袜子他应该
再悄悄退回来的　但他出门登上
公共汽车　回家去了他的高兴
没能维持多久　很快有关部门
找到了他的单位　袜子当然
被收回了　他还背了一个处分

与工厂诗人的短暂友谊

唐欣

记不清是怎么搞的　学校和
工厂的诗社　在一起联谊活动
作为曾经的石油工人　他看到
来自兰炼　兰化企业的诗人同行
感觉亲切　他们去了小饭馆
吃了包子和凉菜　还喝了冰镇的
啤酒　意犹未尽　晚上回到宿舍
他又给新结识的工厂诗友
写了一封长信　把刚学来的
现代诗观念　他视为秘笈的
倾囊而出　几天以后　回信来了
奇怪的是　就是他的原信
被退回来了　最后他发现
在信的背面　用铅笔批了四个
潦草的大字　一派胡言

口头禅

唐欣

每周例行的越洋通话　父亲
给女儿教了一句　他刚学来的
法国人的口头禅　塞拉维
几乎能够用于　所有的感觉
无论当美餐过后　或者考试
不及格　甚至摔了一跤时
都可以一耸肩　随口道出
意思是　这就是生活　女儿
马上讲　那我给你介绍一个
四川人的万用回答　不存在
相当于　没事　以缓慢的拖腔
说出　差不多也能应对一切的
问题　父亲哦了一声　这不是
比笛卡尔还要厉害了嘛
不存在　隔着数万公里
父女俩一起大笑起来

青年时代的诗友

唐欣

学生时代　有一阵他和诗人
分配到遥远的阿克塞小城的
学长张子选通信　一周好几封
简直比情书还要频繁　也无非
是互相展示新作　谈诗　说一些
自己也不太清楚的大话　记不准
是什么时候　这种友情慢慢退烧了
多年以后　在北京　和上铺的老友
马丁约好　去美术馆看日本画展
他到的时间还早　就走到旁边的
三联书店翻书　一抬头　子选兄
就站在对面　嗨　哥们儿　虽然样子
变了一些　但显然他们　都还没有变
握手那一刻　他的眼睛都有点潮湿了

恶性的一年

潘洗尘

X光下
这真是恶性的一年

绝症开始缠身
往昔仅有的
可以做一点点事儿的自由
也丧失了

好在这一年
并不乏善可陈的记忆
还有很多
比如茶花落了
紫荆才开
抽了四十年的烟
说戒就戒了
从不沾辣的女儿
开始吃毛血旺
和水煮鱼

惜——

潘洗尘

我用大半生的时间
换了不到三百首诗
她们大多都与土地　时间
以及生命有关

如果你能从这一堆词语中
读出一个字——惜
我这大半生啊
就没白写

我为什么那么怀念母亲

潘洗尘

我为什么那么怀念母亲
不仅仅是因为我深爱她
还因为我常常想起
母亲和我们一起度过的
那些苦日子

我甚至担心
那些先入土的人
还会不会继续搞“大炼钢铁”
会不会再贴“大字报”
会不会再揪住母亲富农的“成分”不放
母亲会不会再吃不饱穿不暖
会不会再为盖两间土坯房而四处求借无门
会不会再因为供儿子读书
为了几毛钱要一整夜不睡
手都磨出了血替人家把几十张鼠皮
缝成一张完整的皮货料子

我的肉身是母亲给的
但灵魂是母亲用一针一线缝出来的
后来之所以我敢一直视金钱如粪土
也是因为虽然生长在一个悲苦的年代

但母亲却给了我一副穷且益坚的骨骼

现在　我和父亲
还有我的兄弟姐妹
我们剩下的这半家人
常常一起回忆
曾和母亲一起度过的那些苦日子
每当这个时候我都觉得
母亲生前我为她做得再多
也愧对她那双曾为我求学
伤没结痂就要又一次磨出血的手

也许　唯一能让我停止疼痛的办法
就是也把自己连同这身外的一切
都焚成灰
再一起放回到母亲的手里
可母亲的这双手　现在在哪里

远飞 0052

杨黎

我看见一款布料
在一个女人的身上
我看见布料的颜色
如果做一件睡衣
应该适合睡眠的要求
在外面看不见里面
在里面留得住
总想溜走的睡意
当我把这个想法
告诉下班回家的小朵
她听了一句
就否定了我的全部
因为她认为
我其实没有看见布料
我看见的是布料里面
被包得紧紧的身体
小巧玲珑
但胸部突出

远飞 0134

杨黎

在书城路路边喝咖啡，抽烟
我旁边是苏非，苏非旁边是不识北
但我们彼此没有说话，他们埋头
看手机，我没有看手机，没有埋头
我是默默看着路上过去的大腿
没穿裤子的腿，穿裙子和短裤的腿
有的好看，有的非常性感
我看得入迷，每过去一条腿
我都记一个数，两条腿，四条腿
直到三十条腿，三十七条
啊？怎么会是一个单数？我大惊
一抬头，看见一个单薄的背影
拄着拐杖，正从我的视线里消失

远飞 0232

杨黎

很多时候，我说我自己
不承认宇宙茫茫无边
因为我没有看见过茫茫
更加没有看见过无边
其实，当我从归云堂出来
我并不相信有一个宇宙
它怎么比我早了亿万光年
换句话说，我看见上帝
他因为我不信宇宙，不信茫茫
不信压根说不清楚的无边
而让我突然得了痛风
世界太可怕，我痛得沉默
作为数以亿计的人类中的一分子
我怎么也没有想到
为什么我会站在归云堂前
当夜晚降临，我和你
又要多少亿光年才可以分开

远飞 0264

杨黎

我要歌唱今天早晨抽烟的少女
她和我们一同上到宾馆十楼
我们去了自助餐厅，那里有好多人
一堆一堆地围着面包、烤鱼
卤肉饭、烟熏肉和洋葱炒肉丝
有一个胖女人，一盘子拿了十个包子
而她的女儿一口气吃了五碗卤肉饭
我觉得胃好难受，听着他们
咀嚼食物的声音真难听
而这时我看见和我们一同上来的少女
她站在十楼外面，看着远处
一点一点地抽着她的香烟
她是神仙，比那些吃饭的人洋气多了

英雄与大师

——“中国桂冠诗丛”第二辑出版后记

“中国桂冠诗丛”第二辑终于定稿。前前后后，从确定入选这一辑的诗人名单，到一首首选诗，再到不断增补他们更新的诗作，花了一年多时间。

与“中国桂冠诗丛”第一辑一样，这次入选的仍然是五位诗人。第一辑的五位诗人很好选择：严力、王小龙、王小妮、欧阳昱、姚风。他们是我心目中早就笃定认可的、出生于20世纪50年代的中国最好的五位诗人。第二辑我要选出五位出生于1960年到1965年的诗人，这正是中国著名的“第三代诗人”的年龄段，20世纪80年代轰轰烈烈的“第三代诗歌运动”大潮，令这个年龄段涌现出众多时至今天仍然著名的诗人。我本以为这一辑的五位诗人也会很好选，但真一个一个读下来，一个一个仔细考虑，发现很难选。

“中国桂冠诗丛”的硬门槛仍然是入选的诗人能够被我选出七十首左右我认为的好诗。这不是一件容易的事，事实上，如果能有四十首真正过硬的诗，我哪怕放低标准，再选三十首略弱些的，我也认了，但就这样，还是很困难。在出生于1960年到1965年的这一代诗人中做选择，尤其困难。“第三代诗人”中的大部分，名气远大于诗歌质量。其中很多诗人，一辈子也就一两首名作，在一个容易成名的时代，也就成了著名诗人。

“中国桂冠诗丛”第二辑的五位入选诗人中，我心中笃定认为能比较容易地选出七十首过硬佳作的，是韩东和唐欣，一选，果然。佳作纷呈，非常好选，常常需要忍痛割爱。他们是我们这个时代真正的大师。韩东是明面儿上的大师，几乎获得了时代的公认；唐欣是隐蔽的大师，他是最懂行的少数诗人心目中的大师。

“中国桂冠诗丛”选择诗人的第二个标准是，在美学上有自己独特的建树，能开某种风气之先。每一辑中，一定会选入这个年龄段中最先锋的诗人，比如第一辑中的欧阳昱。在阿吾突然从天而降，出现在我面前之前，我认为杨黎就是这个年龄段最先锋的诗人。虽然我对他的“废话”诗学从不认同，但我依然认为他是我们这个时代独特的先锋诗人，也是最好的诗人之一。我也曾经反复考虑过，是否要选入“废话派”的另一位代表诗人何小竹，但阿吾的出现，令我放弃了这一想法，阿吾诗歌中的语言活力和他日益爆发出的生命力、先锋性令我赞叹。

在确定了韩东、唐欣和杨黎之后，在阿吾未选出之前，另外两位诗人到底选谁曾让我颇费思量。由于这一代诗人普遍有强烈的“语言诗学”倾向，我曾经想，是不是应该更充分地体现这一特点，选入何小竹或者修辞化语言的典型诗人臧棣，又或者是，为了体现这套丛书的全面性，选入一位更有知识分子气质的诗人，比如黄灿然。但最终，我遵从了自己内心的声音，选择的第四位诗人是潘洗尘。潘洗尘不是语言诗人，不是修辞派，不是知识分子，也不是任何意义上的先锋诗人，不是第三代，他甚至是入选的五位诗人中最传统的诗人，是一位抒情诗人。潘洗尘的情感浓度极高，写作成本也极高，他的作品带有强烈生命意志的生死抒情，是传统抒情诗学在后现代语境下的一次反弹、一曲强音，但也有可能是一曲挽歌——写作成本太高了！唯有拿命来换，才能获得写作的有效性吗？而且我又想，如果潘洗尘能再现代一些、再先锋一些，他的生命意志能否被转化为更加杰出的文本呢？

正当我为最后一位入选诗人举棋不定时，突然看到了阿吾。阿吾的出现，完美地解决了我的难题，像是天赐的礼物。时隔多年，阿吾的诗歌突然再次在伊沙主持的《新世纪诗典》上发表，阿吾也由此重新活跃于中国最先锋的口语诗人群体中，我也因此读到了阿吾这几年的新作，其诗歌语言的活力和生命的爆发力都让我意识到，在岁月的沉淀与个人的锐意进取中，阿吾已经从"第三代"时期的语言实验天才，变成了一个从内在生命意志到充满活力的语言都体现出强烈先锋性的诗人。他的写作在近年呈现出一种井喷式爆发的姿态，我一边编选他的旧作，一边随着他的写作，增补他的新作，弄得手忙脚乱。如果阿吾的这一写作态势能够持续下去的话，他会取得更加令人咋舌的成就。

这是一个完美的组合。三位"第三代诗歌运动"的代表诗人——韩东、杨黎、阿吾；一位在第三代诗歌运动中没有留名，却在后来的写作中，超越了第三代的整体美学，进入其后更坚定的中国口语诗运动，并成为其中中流砥柱般存在的诗人——唐欣；一位成名于与"第三代诗歌运动"平行，但在诗学意识上还非常幼稚肤浅的20世纪80年代所谓的"大学生诗歌运动"，却在新世纪的晚近，在2010年之后，晚熟式爆发的抒情诗人——潘洗尘。

韩东、唐欣、杨黎、潘洗尘、阿吾，他们就是我心目中1960年到1965年出生的诗人中最好的，也是我认为的中国当代诗人中最具美学代表性的五位。他们的写作风格和秉承的美学当然也是迥异的。

杨黎、唐欣和阿吾是更为彻底的口语诗人，这个比例符合中国当代诗歌的发展潮流。语言是诗人先锋性的重要指标，口语本身就是对所有传统的、旧有诗歌语言的反动，是对来自个人生命、身体、习惯、性格的个人化语言的树立，是对语言的一次解放，是让诗歌通向更自由和开放的一次革命，口语也更能最大限度地容纳当下，令诗歌更具备当代生活的有效性，口语本身，就是一种后现代的诗歌语言。从这个意义上来讲，书面语的写作不可能具备内在的先锋性。

杨黎虽然创造了“废话诗”理论，但在我看来，杨黎真正写得好的诗，恰恰是那些更及物更有内容的，甚至更有情感的诗歌。我不想因其理论而人云亦云地将杨黎理解为完全的“语言诗学”诗人。杨黎诗歌的先锋性，更多地体现在其坚定地“去经典化”上，体现在他对一切既有诗歌形态的反动，以及其他诗歌中活跃的生命力和欲望。我们在讨论一个诗人的先锋性时，无论是“中国桂冠诗丛”第一辑中的欧阳昱，还是第二辑中的杨黎，都不应该脱离写作的有效性而仅仅从其“去经典化”来评价其先锋性。如果仅仅是“去经典化”，仅仅是从表面上看是肆无忌惮的写作，并不能构成真正的先锋。真正的先锋，还是要构筑在对诗歌的内在理解力上。唯有洞悉诗歌内在的秘密，在观念和意识上有真正的世界观的突破，其先锋精神和先锋意志才能被转化为真正有效的好诗，没有有效好诗的先锋在我看来就是只有姿态而没有内在的伪先锋。杨黎和欧阳昱都有众多结实的杰作，甚至是堪称经典的杰作（即使其写法是反经典的），这才是他们作为先锋诗人的真正的立足点。同样，他们另一个共同特点是，大量的诗歌看起来很开放，姿态很先锋，却不具备写作的有效性，内在非常空洞。但写得多就是硬道理，在那么多的诗歌中，光凭他们的才华也能被选出不少有效的好诗。

阿吾和杨黎的相似之处在于，早年他们都是以带有强烈语言实验和语言形式主义的诗歌杀入诗坛的，所以阿吾的诗歌，也一直带有“第三代诗人”前口语时代的形式主义痕迹，甚至是形式主义的固化语言思维，看起来实验性很强，实际是另一种语言的封闭。但在进入新世纪以来，尤其是近年来，阿吾写作的开放性越来越强，因此其语言的内在活力越来越强大，他又是那种能将多年积淀的生命感受、个人意志、人文精神和深刻情感与其活跃的口语水乳交融的诗人，因此其写作呈现出越来越大的能量。他正在以一位“老诗人”的身份与更年轻的几代诗人抢夺中国当代诗歌的先锋高地。

唐欣与阿吾的相似之处在于，由于他们都经历过20世纪80年代“语言诗学”的深刻熏陶，所以一旦他们不再仅仅迷信于“诗到语言为止”，一旦获得了诗歌的内在力量，其语言的优势就成为他们与年轻几代诗人相比的巨大优势——他们的诗歌有语言为他们撑腰。唐欣身上的先锋性显然不如阿吾和杨黎，但没有关系，因为唐欣本来就是一个更为经典向度的诗人，重要的是，他是在一种全新的语言中，创造了一种全新的诗歌经典模式。如果仅仅从创新这一点而言，他当时是先锋的。唐欣的经典情结不允许他成为一个更为激进的先锋派，所以他成了口语诗歌经典化的重要诗人。他的写作，是一种全新的大师式的写作。唐欣一直在发展自己的诗歌，从20世纪八九十年代继承自韩东、于坚的日常生活式的、讥诮式的口语，到新世纪前后大约有十年的口语糅杂抒情的诗歌，甚至带有部分书面语特征的诗歌，再到他近几年来坚定了直取口语核心，直达诗意本质的经典口语写作，在漫长的写作中，越写越纯，越写越本质，将语言诗意、语感诗意与事实诗意、内容诗意、生命诗意融会贯通，自成一体。其诗歌中精神的语言控制力与发生在具体生命现场中的微妙诗意相得益彰，共同构成了一种妙不可言但又知音寥寥的“唐欣体”。他总能在最小、最轻、最淡的地方实现最具体又最结实的诗意。

韩东是中国当代诗歌中最重要的几位文学人物之一。他是20世纪80年代“第三代诗歌运动”的领袖，同时也是早期中国口语诗歌运动的领袖，他在中国先锋诗歌的发展史上具有标志性意义，但其本人的创作，除了那几首标志性的如《有关大雁塔》《你见过大海》等作品外，更多的诗歌，其实先锋性并不强，他的创作更多是建筑在语言与抒情的完美结合上。他是中国当代语言能力最强的诗人之一，是经典性写作的范例式诗人。其强大而精致的语言能力与朴素的心灵经验，令其获得了无论是先锋派还是传统抒情诗人的共同认可。他虽然是早期口语运动的领袖，但他后来的写作，并没有走向更坚定的口语，相反，书面语的痕迹越来越重。在韩东的语言世界观里，他强调的始终是语言，而不是口语。他是一位恪守于语言也恪守于心灵的诗人，正是因为他始终恪守于心灵，所以他一直领先于其同时代的绝大部分“第三代”诗人。

潘洗尘并没有经历过“第三代诗歌运动”的语言诗学训练，所以他一直是一个传统意义上的抒情诗人。抒情在今天这个时代，如何才能重新变得有效？我们又如何理解传统中可贵的部分？潘洗尘用他近几年大量的诗歌给出了答案。他的写作抓住了传统的最本质要义：心灵！真挚、朴素的心灵。潘洗尘的诗，是真正意义上情真意切的诗，只有情真，才能意切。潘洗尘这个人，正是那种传统意义上的多情、情真、情浓的人，这样的人在今天，已经很少见了。正因为他是这样的人，所以才为他写出这样的诗构筑了基础。他又遭逢了个人命运的巨大震荡，生死之间的心灵挣扎，所以其诗，是动用了非常大的生命成本和心灵成本来写的，这才有了生命之厚，有了抒情诗里最尖锐的部分。唯有成本高，抒情诗才能靠其浓度和尖锐度获得美学上的存在价值。而且潘洗尘的诗歌技艺也在这个过程中被锤炼得越发精熟，越发能让其抒情诗纳入现代性的范围。他最好的诗歌，要么是动情深而真，但动静却不大，将情感浓缩地压在细微处；要不就是在日常和平淡中突然出一记重拳，勾人心魄；要不就是敞开心扉，直陈心志，简洁有力。但他一旦过于铺陈和放纵，虽然仍有传统意义上抒情诗的强力和动人之处，但诗性总归还是被减弱，现代性还是会丧失。从去年到今年，潘洗尘被查出肝癌，又遭逢母亲去世，他进入了诗歌的爆发期，不可遏制的抒情欲望令他完成了一组非常重要的生死之诗（我在他的诗集中将这一组归为一辑，以诗集名《燃烧的肝胆》为辑名）。但我觉得，如果潘洗尘能更现代一些，更先锋一些，他还能创造更大的写作奇迹和生命奇迹。作为一名如此杰出的诗人，他应该更有诗学意义上的使命感。

韩东、唐欣、杨黎的写作，都相对完整地经历了三十多年中国诗歌发展的风云变幻，未曾有大的间断；潘洗尘的写作，是一种晚熟的写作，直到2010年以后，才爆发出力量；阿吾的写作，是一种断断续续的写作，他经常猛写一阵，又搁下一阵，再猛写一阵，再搁下一阵，而且他一度长期漂泊于海外，并没有贴着当代中国诗歌的发展。但潘洗尘和阿吾，却正好于2010年之后的这些年，进入了生命的喷薄期，爆发出了惊人的能量。潘洗尘最近的那组生死之诗以及阿吾创作于2017年的组诗《一个人的编年史》都是新世纪以来中国诗歌的重要成就。从某种意义上来讲，阿吾和潘洗尘的诗歌，还远未到个人的成熟期，他们的写作，还充满了生长性。

沈浩波

2017|09|25

Xiron Poetry Club
磨铁读诗会

2017年
中国
先锋诗歌
资料小集

2017磨铁读诗会·先锋诗歌问卷：什么是先锋？以及为什么要先锋？

一、如果你为先锋定义四个标准，你会列举哪几条？

伊沙：独立（人之立场）、自由（生命状态）、前趋（艺术方向）、创新（诗歌文本）。

西娃：个体生命的独特体验及诚实的声音、前卫的意识、灵魂的无碍、无须参照物。

湘莲子：前卫、独立、自由、创造。

徐江：1.能一直以质疑的目光去审视传统和当下世界。2.能一直大胆、审慎、有效地去探索语言和诗体建设。3.美学上坚定地去“新诗”化。4.思维上坚定地去集体化（无论是协会的、民间的、地域的还是时政的）。

侯马：真正的创作是一种自觉的创作，意味着对创作的觉悟、认识和追求。1993年，我在北京站附近苏州胡同的一个地下室里，脱口说出：“单纯、本质、高级、幽默”。直到1998年，我在《诗探索》上发表诗论《抒情导致一首诗歌的失败》，延续的仍然是这样一个观点。到2008年，我在《南方论坛》发表了与徐江的对话录《真实诗歌：现代的、中国的、批判的》，是诗歌观念更全面的一次思索。今天要给先锋诗歌定义四个标准，我列举这么四条：真实的、现代的、文学的、批判的。

南人：真相、真我、真问题、真答案。

阿吾：在我的理解中，所谓先锋诗人就是朝着未来的目标走在前面的诗人。无论是社会先锋、人类文明先锋，还是先锋诗人，都有两个关键标准，一个是“朝着未来的目标”，一个是“走在前面”。对于先锋诗人来说，有没有未来的目标，以及未来的目标是否得到历史的选择，至关重要。今天，在中国大陆什么样的未来目标最有可能得到历史选择？1.批判现实。2.自然浪漫。3.语言还原。4.真实表达未受集体无意识污染的个体感受。

欧阳昱：关于“先锋”，是要从反方向来认定的，可以用一个字来认定：反。顺当代潮流的一切，都不是先锋。逆当代潮流而动的一切，都是先锋。其次，先锋还可以用两个字来认定：实验。没有实验，谈不上先锋。因此，当创作后，马上就能发表，发表后甚至居然得奖的，绝对不是先锋。凡是当代大红大紫的所有作品，都不是先锋。如果得奖，更不是先锋。

赵思运：精神探险、人性边界的探险、语言品质的卓异性、为文学史提供某种方向性的新质素。

西毒何殇：独立精神、自由意志、智性认知、牺牲品质。

艾蒿：反抗精神；以自己的作品开创出新的诗歌美学；做一个有修养、博学和优秀鉴赏能力的诗人；首先做自己的先锋：坚持自己的写作道路并准备好一直孤独地创作。

莫小邪：我只有一个标准：自由（反传统文化、不迎合政治、不关乎宗教）。

三个A：1.在触及事物上所产生的力量有无限可能。2.具有时代高度的敏感性。3.具有颠覆性的创造和导向作用。4.现实意义与艺术性的高度统一。

王立君：1.尖锐。应该是有锋芒的，可以穿透阻碍和封闭。2.金属质地。像箭一样被射出去，能看到穿透时与被洞穿物体摩擦痕迹。3.刺（动词）。4.带来光亮和新空气。洞穿后的结果。

唐欣：说不准，大概得有叛逆性、创新性、实验性和超前性吧。因为相对于既定的文学秩序，先锋总是一种挑战和质疑的力量。而它当然就得创造出相应崭新的、替代性的文本。这些文本多半是探索性的，它可能还不够成熟，不够完美，还在实验嘛。而它的方向和路径，也许就潜藏着以后一个阶段某种文学的趋势，所以，它也是超前的。

沈浩波：1.它应该通往自由和开放。诗人对自由和开放的追求是没有极限的。2.它应该充满创新精神，创新，永恒的创新！拓开美学和人类心灵新局面的创新，开风气之先的创新。3.它应该是对一切固有传统的反抗，是冒险，是冒犯，是挑衅，是战斗，是冲决。相对于传统来说显得安全的诗歌，在先锋者的眼中意味着平庸。4.它是个人意志的极大活跃和极大彰显，它要从上帝手里将个人抢回来，还给个人。如果在一个诗人的诗歌中，看不到其个人的生命意志之大活跃，那他至少是不够先锋。

轩辕轼轲：现代意识（决定诗的高度，意识建立在诗外，是诗人和身内外世界打交道时形成的具有独特性与前瞻性的世界观，与之相对的是陈腐和落伍）。不羁的灵魂（决定诗的广度，打破内在外在的羁绊，抵达的边界就是自由，与之相对的是狭隘和局限）。智性方式（决定诗的深度，要有对语言的超级敏感和切入事物肌理时的智慧，与之相对的是平白与乏味）。口语表达（决定诗的态度，中国诗歌发展到现在，是历史选择了口语诗担任当代中国诗歌的开路先锋，是诸先锋诗人的创作实绩证明了口语诗的强大生命力和表现力，是口语诗的胃消化了书面语和意象，而不是其他）。

二、中国当代诗歌的先锋性与后现代主义之间的关系？

侯马：“现代的”作为先锋定义的一个标准，在今天，我的理解就是后现代。作为一种思潮的后现代主义，有其作为一种理论的准确表达，可以更准确、深邃地揭示它的含义，同时另一方面，也因为概念的不同表述，存在模糊和混乱。但我理解的后现代主义，就是指超越了一切文艺思潮，又涵盖了一切文艺思潮，在今天体现为一种最前沿、最深刻的思想认识。不了解现代派和现代主义就不可能了解后现代，世界史不了解二战，中国史不了解“文革”和其后的思想解放以及改革史，也就不可能理解后现代。今天说当代诗歌的先锋性，不能说不是一种在后现代主义文学观念辐射下的先锋性。它是眼睁睁看着人类无数在当时有过先进意义并产生巨大推动作用的理论，又被现实粉碎但仍想捍卫人类理想的一个产物。

西娃：我从不关心任何主义。相比于各种主义，我宁愿是那个蒙昧无知的人，就写作而言，我更看重自己面对事物、外界、内心的本能反应而不受任何主义的羁绊。当然，这前提是我在通过不同方式努力地提纯自己。比如，对直觉的训练，对事物一眼看到本质的训练，对个人经验不停地质疑等等。

西毒何殇：国产文学对后现代主义的理解仍停留在改良的现代主义层面上，是口语诗践行了后现代主义并使它向前推进，剥离抒情，消解意义，用碎片化和平民主义，对抗现代主义精英的归纳与阐释，把事实天然的诗意置于自反性与自足性的文化审美之上。

徐江：网络时代，或者更准确地说，触屏电子产品时代开启后，全世界诗歌写作面对的问题其实已经都呈现出“后现代之后”的特点。它所面临的几乎所有问题，都带有“以己推人”的性质——无论是写作者还是阅读者。其丰富性来自于人与人感知和思维方式的千差万别。“后现代之后”的起点是后现代主义。质疑、消解、打捞碎片……并在这一过程的同时完成建设。

阿吾：如果按照欧美标准，中国大陆没有真正的先锋诗歌和先锋诗人。中国当代诗歌的先锋性与欧美标准的后现代主义无关。在中国大陆，诗人的先锋性主要与语言还原和摆脱集体无意识相关。

伊沙：后者是前者的温床。自1982年迄今，前者的每一项创新性成果，无不来自后者的催生或相合。全球皆如此，中国概莫能外。这么说，丝毫没有否认或贬低中国当代诗人在诗歌创作上所表现出的强大创造力，甚至是这一时段内世界诗歌的奇迹。我好像在一个访谈中说过：最终，是后现代主义让我们追上了世界。

唐欣：先锋性是中国当代诗歌的内在引擎。而无论是作为距离我们最近的艺术史分期概念还是文化思潮，后现代主义都和中国当代诗歌的先锋性密切相关。换言之，当代诗歌的先锋性至少应该是经过后现代主义撞击、影响和洗礼的先锋性。

沈浩波：在今天这样一个文学语境中，最前卫的先锋性必然是也只能是后现代的。不能进入后现代语境，则无法称之为真正的先锋。如果说现代性是今日一切文学艺术之常识和前提的话，那么后现代性则是先锋之前提。

轩辕轼轲：单就艺术而言，每一个主义都是应运而生的，并非空穴来风，都与当时的社会和思潮密切相关。主义催生了艺术创作，当然反观历史，也有很多只有旗号没有作品的昙花一现主义。后现代主义必须和当代中国现实生活相结合才有效，当代诗歌的先锋性体现在结合产生的有效文本上。

邢昊：说真的，我对打着主义的东西都有点怕，我觉得这是一种拉大旗作虎皮的把戏，总让我觉得这个所谓的主义，会不会把我绕到一个大而无当的虚妄的理论黑洞里。后现代主义其实是一个比较教条的说辞，是一个从理论上难以精准下定论的模糊的概念。我不想用任何约定俗成的文字，来界定和规范中国诗歌的后现代主义或者后现代性。但我觉得，先锋的当然必须是现代的。口语诗是先锋的，所以它一定是现代的；后口语诗是最先锋的，所以它一定是最现代的。

三、如何看待中国诗歌的先锋性与当代性的关系？

沈浩波：1.先锋是在从当代性出发，指向未来。连当代性都不具备的话，那就是精神腐朽的诗歌。2.中国当代的大部分诗人，其诗歌中根本看不到当代性，根本无法容纳当代生活、当代经验、当代精神，他们的作品基本上可以被视为一种无法通往未来的诗歌，是一种无效的诗歌。3.先锋精神能够令诗歌中的当代性得以生发、活跃、繁殖、拓展。越能体现当代性的诗歌，往往是因为其诗歌中的先锋质素越高，否则无法形成这种只有因开放和自由而形成的容纳力。4.当代性显然意味着鲜活，诗歌本身的鲜活才能带来诗歌中鲜活的当代。僵死的、固化的、陈旧的诗歌是当代性的敌人。

莫小邪：没有当代性，就不存在中国诗歌的先锋性。因为中国的当代现实局面是特殊的、复杂的，诗人所表达的情怀与文本才具备先锋性。

徐江：完全脱离当下的先锋性是不具备生命力的。真正先锋性的诗歌一定要与写作者的当下发生体感关系，不是“触及当下”和日常报菜名，而是在当下的体内完成写作。前者是时政和前素材，属于纪实和私写作，还不足以支撑起一首诗。

赵思运：先锋诗歌的生命力根植于当代语境。离开了当代生存语境和文化语境，都是华而不实的伪先锋。真正的先锋，必须回到本土，凝视我们生存的这片土地。

西毒何殇：当代性最大的特征是“包罗万象”和“瞬息万变”，在巨大的现实“黑洞”里，其他艺术形式已经全面坍塌，整体垮掉，只有先锋诗歌在政治与资本之外顽强生存，与当下现实毫无违和，并把腕足伸向时代的褶皱。

轩辕轼轲：真正的先锋，就是直面现实，就是一把一头扎进当代社会的手术刀，在光怪陆离、错综复杂的现实生活中掏出一个个带着体温的、富有意蕴的切片。没有当代性，就谈不上先锋性。

伊沙：没有后者就没有前者，与此同时，前者也定义了后者，成为后者之宗。中国先锋诗歌最强大之处就在于它在中国特殊、复杂、微妙、严峻的当代现实面前所表现出的惊人表现力。

侯马：先锋性必然体现为当代性，真正的当代性就是先锋性。先锋性作为一种具有价值判断和理想指向的标准，它是对当代性的提炼和概括，也必然表现为当代的革新与变革。

四、如何看待先锋与语言的关系、先锋与口语的关系？

伊沙：无语岂能言诗？落实不到对语言的关注，谈不上先锋，所以韩东“诗到语言为止”在当年属于先锋之言。但如果诗歌与语言的关系是受限制的，比方说只能与书面语发生关系，那先锋便无法生效，写作者也只是消费者而非创造者，先锋必然抵达语言的源头——口语！

西毒何殇：先锋是弓，语言是箭，弓箭一体，一体一用。口语不是选择，口语是先锋的生理需要。

赵思运：语言是先锋诗歌外化的必然载体。如果语言老旧，无论多么优秀的诗歌，其先锋性都会黯然失色。口语不仅是一种语言现实，一种思维现实，更是一种汉语诗性思维方式。由于汉语口语强大的生命力和丰富的表现力，口语诗体应该是先锋诗歌回归汉诗本土性和汉诗本体的非常有效的路径。

阿吾：没有语言还原就没有摆脱集体无意识的可能。对于中国先锋诗歌而言，语言与内容是先锋这枚硬币的两面。口语无疑是可堪大任的最佳选择。

轩辕轼轲：语言为诗的材料，用什么材料当然重要。即使你有天纵之才，在当代用古汉语写作也会被其五花大绑以至寸步难行。口语诗的形成，是经过了白话诗的泛口语、民歌体的假口语、朦胧诗的反口语、第三代的前口语乃至知识分子写作的一支把书面语带进修辞沼泽的沟里后，拨乱反正的结果，是中国诗歌发展到这个节点上的应运而生，应势而为，应时代而立。

莫小邪：非口语很难传达先锋性，想跳出文字层面的局限，必须先抵达口语化写作。如果诗人把重点放在诗句的押韵上，只是不断重复书面语的技巧。

西娃：诗歌先锋的核必须要以最适合它的语言呈现。口语是人类最初开口说话的语言，每个时代都有不同的口语出现，口语是人们不断创造的还是个人不断创造的？还是现成的？基于以上种种，口语与先锋诗歌的关系，我还没想明白。因为大量的口语诗的内核并不先锋。

徐江：先锋一定要在诗歌的语言形态建设上有所探索和试验——无论你从哪个维度。就当下汉语诗歌而言，唯有使用口语写作的现代诗，才能进入先锋的行列。

湘莲子：口语不是语言，口语是语言的主要构成，口语是有声音的、有通道、直接影响呼吸、带动呼吸的。口语与语言的其他分支有生理区别，比如手语、肢体语、书面语等。口语有地域、有声调、有体温、有性别，甚至有年龄。先锋与语言的关系就是与口语的关系。先锋语言不一定是当下的流行语，但很可能影响未来，成为未来的流行语、关键词、常用语甚至是成语，比如饿死诗人、一把好乳、猪泪……

君儿：先锋自身就包含着对语言的探索与创新，中国有几千年书面语书写历史，然后是五四以后的新诗，然后在20世纪七八十年代开始逐渐迎来了口语诗的发扬光大，感觉先民的《诗三百》特别是其中的“国风”一脉，经由一代代杰出诗人之手，绕了一个大大的圈，终于彻底破除了格律与形式的限制，又回到了与身体、与灵魂、与当下的个体生命直接相关的真实现场。正如伊沙所说的，说人话的诗。

艾蒿：“先锋”和“语言”没有太大关系，因为我们要强调的先锋是一种创作意识；狭义的“口语”已无须讨论，如果把“口语”放在中国的口语诗创作的前提下来谈论的话，口语就是先锋。

王立君：先锋带来新鲜的语言内容和形式。先锋应该是口语的。口语是一种形式，尽管也是对传统诗歌形式的一种挑战，但口语不一定先锋。

三个A：陈腐的语言形式无法承载先锋写作丰富的信息量，口语写作的灵活性和高难度体现了先锋的前沿性及精准的表现力。

唐欣：诗歌是语言的艺术，先锋首先当然要落实和表现在语言上，没有诗歌语言的创新，根本就谈不上什么先锋性。在今天，我觉得，一首诗如果不用口语（我们日常使用的、活着的语言），而采用各式各样旧式的、“腔调化”的“文学语言”，几乎可以肯定，与先锋无关。

沈浩波：1.语言是诗歌的结果。语言是诗人内在意志的体现。所以诗歌的先锋性必然会体现在语言上，但又绝不仅仅是表面的语言那么简单，而是一种真正的语言结果。2.什么样的语言最能体现先锋之自由意志？什么样的语言能够形成个人生命意志的极大活跃？什么样的语言最能构成对旧的文化经验和经典的反抗？在今天，我们已经看到了这种因先锋精神而带来的语言结果——当然是口语。3.口语也是最能体现后现代主义真谛的诗歌语言。4.你可以说很多诗人因口语而先锋，但更可以说，诗人因先锋而口语！我更信任后者。我不认为，只要你使用了口语你就一定是先锋的，你可能只是不自觉地因此获得了天然的先锋性；但只要你是真先锋、最先锋，你就一定会口语，这是先锋诗人内在生命意志的结果，来自生命意志的大自觉。这种来自生命意志的大自觉，又将推动语言，推动口语的发展，相辅相成，拓开新的局面。5.在新世纪以前，中国当代诗歌的先锋性是在追赶世界。但新世纪以后，时至今日，我们至少看到了开世界诗歌风气之先的可能，这是因为在一大批诗人那里，口语已成为常识，先锋已成为常识。这个时候要考虑的已不是追赶或同步于世界，而是快马加鞭，继续向内在的先锋性与语言的未来拓展。6.在一部分诗人那里，当口语成为常识，成为其诗歌的基因。那么口语就只是先锋的前提，如何更先锋？更先锋又将带来什么样的语言结果？这将是一种更刺激的追求。7.更偏书面语的诗歌可能会带来其他的美学结果，但从美学趋势上一定不指向先锋。

侯马：先锋和语言是一种呼和吸关系，相互依存，先锋性经常表现在语言的自我解放中。今天的口语诗，已全面体现出一种从意识观念到身体情感的统一的、成熟的、生动的气质。

五、如何看待先锋与经典的关系，以及先锋诗歌的有效性？

阿吾：不能将经典内在化的先锋是假先锋，也是无效的先锋。

西娃：所有的经典诗歌都是被一个时代里意识最先锋的诗人写出的。怎样让一首先锋诗歌变得有效，不知道，如果我知道我将是世界先锋诗人，也会是写得最先锋的那一个。

三个A：先锋就是在不断地革新，艺术的生命力就在于创造，没有创造就没有经典。发现和创造力决定了先锋是否最终能成为经典。先锋的有效性就是写作中的前瞻性。

湘莲子：先锋总有一天会变成经典，否则，就是不太先锋。先锋的目的是影响和创造未来乃至历史。所以，先锋必定生产经典。从1989至今，伊沙不仅仅出了老三篇和新三篇，而是一大批，既涉及当下又介入了历史（如《唐》），还模糊了国境（如《蓝灯》），一个人制造了一个帝国。而沈浩波从《蝴蝶》《文楼村记事》到《白雪棋盘》，从形式到语言，长枪短炮，风格迥异，气象万千。

侯马：经典就是沉淀下来的先锋。必须指出，经典和当代是先锋的“父亲”和“母亲”，你不亲历当代，就没有真实可表达，但没有经典，也就没有价值标准可捍卫。所以我们热爱经典、尊重经典。人类文明积淀到今天，不可能有横空出世的天才。文明必然表现为一种生长的文明。但是我们在生活当中，看到的更多的，是用经典来扼杀先锋，用经典来抹杀先锋。就是因为他没有看到，经典之所以是经典，就是因为它在不同时代，捍卫了文学的标准，并且以这样的标准，最深刻地表达了它所处的时代。人们创作的一种潜意识，就是“身后留名”。我们可以断言，你今天不是先锋，明日绝不可能成为经典，你就会被淹没在你所在的时代。当然，是先锋也未必能成为经典。但是，无论如何它对你的人生是有效的，对你短暂的创作生涯也是有效的，因为它是认识你自己、解放你自己的一个过程。

徐江：先锋肇始于现场，经典来自于时间筛选。不是所有的先锋作品都能构成经典的，但现在被视为经典的作品，绝大多数都来自先锋的行列。成为经典不是先锋的唯一目的，先锋的目的在于颠覆传统和现场发声，它除了为未来贡献新的经典外，还肩负了时刻将诗歌拉回人间、回归人类体温的重任，它让诗人不至于在对超验和哲学的向往中迷失得太远。先锋诗歌诞生自现场，肯定也会在一定程度受到现场的制约、时效的制约，但更主要的——还是不同作者自身才华的制约，摆脱了这些制约的作品，将载着它们的作者，成为新的传奇。

唐欣：先锋肯定是对以往经典的挑战、偏离、颠覆甚至超越。但既是先锋，可能就要引领未来的方向和潮流。所以今天的先锋也没准儿成为明日的经典。先锋诗歌和经典既有断裂关系，又有承继关系，先锋诗歌的有效性，往往不是在多大程度上背叛了经典，而是在多大程度上对经典的包容、改造、重塑和创新。

西毒何殇：文学史上每一次争论，其实都是把先锋作品送入经典的程序和步骤，使其具备经典的正义性和合法性。

沈浩波：1.先锋天然带有“去经典化”的追求。2.按照既有的经典模式进行的诗歌创作，其成就一定不会指向先锋性。3.经典是一代代推陈出新的结果，先锋会带来新的经典，只有先锋，才能带来新的经典。4.先锋不是无法无天，不是乱来，不是胡写，不是摆POSE。诗歌有其内在的真理，唯有洞悉其内在真相的诗人，才能获得先锋的有效性。很多表面先锋的诗人，其诗歌其实不具备有效性。不具备诗歌有效性的先锋，是伪先锋，是假的，是装的。5.诗歌的有效性是衡量表面先锋和内在先锋的一把尺子。

轩辕轼轲：经典都是当时的先锋。但每一个后到的经典都是敬个礼后绕开经典的独特创新。不断焕发的创造力可以有效保持先锋诗歌的有效性。经典需要时间的沉淀，水落后石出。

艾蒿：反经典写作是先锋创作的其中一项品质，而基于“先锋性”写出的经典好诗与经典本身并不冲突，前题是把为了写出“经典”与为了“把诗写好”理解到位。先锋诗歌不是为了阐释什么是“先锋”的概念性创作，也不是实验主义或者敢死队，所以先锋诗歌的有效性只有一个判断标准：写得好。

邢昊：先锋当然不是一个固化的、一成不变的东西，它是敞开的，它是发射状的，甚至应该说它是螺旋体的。我所认为的经典，应该是一代又一代优秀的诗人们，在一次又一次诗写过程中积累起来的丰厚智慧的沉淀。从诗歌史来看，各个国家各个民族都已经形成很多诗歌巨著，但并不是每一部所谓的巨著都能成为经典。有些所谓诗人和所谓诗歌评论家，往往会对经典产生误读误判和误导。比如他们会非常可笑地认为，弗罗斯特是经典，布考斯基就不一定是经典。这样的误读、误判和误导，是相当害人的。

伊沙：文学史上所有经典无一不是来自所在时代的先锋。所有照着既往经典写的诗，都是自欺欺人、空忙一世。

六、如何看待先锋与形式主义的关系？

沈浩波：诗歌当然构成形式，形式也是诗歌内在意志的体现。但很多人会误把一些实验性的形式主义尝试，或者表面化的形式主义当成先锋，这往往是南辕北辙。实验性并不一定意味着先锋性，很多热爱奇技淫巧的小诗人更热衷于在形式上的实验。

伊沙：后者是前者之形式一种。极端而有意义的形式实验属于先锋，不过此处也是伪先锋甚至诗歌骗子最易藏身之地。

西娃：纯粹的形式不一定先锋，怎样的内容有它最相应的形式。大多形式只是一个空壳。

南人：少女和妇女之间的关系。

轩辕轼轲：形式主义属于内容主义的一部分。新颖的有意义的形式都是戛戛独造的内容。假大空的、只为哗众唬人的形式主义绝非先锋，是先疯。

徐江：先锋必须对诗歌在形式上有所建设。每个先锋诗人，或多或少也都会对诗歌形式的建设做出过尝试、探索。比如我自己，早在大家开始玩“截句”体之前的十几年（2002年），就开始致力于精短诗的写作。对于许多人来说四行之内的诗，都可通称为截句。但在我自己，一行、双行、三行、四行体的短诗，各有各的妙处和挑战，我把它们分别收录在《花火集》(一行、双行体)、《截绝句》(三行体)、《树声集》(四行体）之中。我曾经以《花火集》为例，把它和《杂事诗》中的那些常规长度的篇目作对照，“相较于《杂事诗》那种‘松弛下的凝聚’，《花火集》更偏重于一种‘规整下的自由’。”(《说说〈花火集〉》)。同样，作于我腿部两次负伤期间的诗著《隧道》，其外形与《杂事诗》相近，但主旨更集中于“从黑暗走向亮光之处”，它更接近于一部巨型组诗，而不是长诗。至于不习惯于《杂事诗》这种拼贴式长诗的读者，大家则不妨关注一下我另一部一直在写的长诗《生生长流》，那部长诗的结构更“有形”一些。但长诗，也没有谁规定一定必须要有逻辑性强烈的结构支撑，所以《杂事诗》这些年还是一直长大、丰富着。需要补充说明的是，不是每个热衷于形式主义的作者，都能被纳入先锋诗歌的范畴。先锋是艺术精神，形式主义则更多时候是一种技术追求。

君儿：先锋不一定非要和主义挂上钩，但和形式一定会发生关系，因为任何内容与形式的创新都有可能是先锋意义的，从《诗经》到《楚辞》、乐府诗是丰富和创新，从楚辞到五言诗是创新，从五言到七言是创新，新诗是语言和形式的解放、是创新，口语诗是更彻底的创新，它们相对于旧有的文学样式，都是或曾经是先锋的。口语诗创作成果斐然，但仍处在诗坛的强烈敌对与非议中，它的“形式主义”是什么样的呢？我以为是不拘一格，是一种“生命体形式”，或者说舌尖上的诗歌语言形式，它一定带着写作者自身的个性与体温，而非千人一面的空泛语言铺排和鬼打墙。

三个A：先锋不需要做形式主义，先锋本身就具有这样的功能，撇开先锋谈形式是毫无意义的伪话题。是否是真正的先锋写作，要取决于诗歌中所承载的信息是否具有现实意义或启发作用，其次才是形式的功能是否有效。

唐欣：诗歌同所有艺术一样，都是“有意味的形式”，可能最触目的正是它的形式，但它的形式一定是有内容的形式，有意味的形式，没有内在的精神追求，靠一点形式上的花样翻新，也成不了先锋。

赵思运：先锋性必然会在形式上体现出来，但是与形式主义绝缘。任何形式主义都不是真正的先锋主义。20世纪80年代流行的在形式上玩花拳绣腿，故作晦涩高深，已经被抛弃。

西毒何殇：先锋的探索必然包括形式的探索，但一旦上升为主义，把形式绝对化，就违背了先锋的自由和智性。

七、说说你视野中中国当代诗歌在不同历史阶段的先锋性体现。

唐欣：先锋总是被当作另类和异数，被视为新的、冒犯性的、有点危险的。这样说来，20世纪七八十年代之交的“朦胧诗”，八十年代“现代诗大展”中的“他们”“非非”“莽汉”等，九十年代至今被称为“口语诗”的很多创作，我觉得它们都体现了中国当代诗歌的先锋性。

赵思运：在20世纪50到70年代的环境里，郭小川在《望星空》里流露出一点关于个人有限性的反思、在《一个和八个》里流露一些人性的温度，都是先锋。20世纪80年代，带有现代主义色彩（舒婷、顾城那个时候并不是现代主义诗人）的诗人，冲破了革命现实主义和革命浪漫主义的规训，带有强烈的先锋色彩。20世纪80年代后期，带有一些后现代主义色彩的第三代诗人，以“pass北岛”“pass朦胧诗”的姿态象征着新的一轮先锋色彩。可以说，先锋性的价值一直是在与压制它的“庞然大物”的紧张关系中确立的。随着“庞然大物”（意识形态方面的和审美规范方面的）的实际操控能力的消失，先锋性存在的合法性也就减弱了。如果说20世纪的先锋诗歌更多的是西方诗学话语和文化话语冲击的结果，带有浓厚的殖民色彩，那么，21世纪网络时代和自媒体时代，下半身诗歌对于意识形态的撕裂和口语诗体意识的自觉，则是当下的先锋性表现，更带有本土性生命力。现在，我们召开《中国先锋诗歌地图》书系研讨会，重提“什么是先锋，以及为什么要先锋？”为重新寻找先锋诗歌的合法性及其中国先锋诗歌的本土性定位，具有新的文化语境下的重大意义。

西毒何殇：口语诗以前的汉语诗歌算不上当代诗歌，只是对西方现代主义诗歌的临摹和臆造。口语诗出现以后，与世界同步，中国诗歌的先锋性才是有效的。

沈浩波：超前于历史的诗歌都应该被认为是属于那个历史的先锋诗歌。对于1949年到20世纪70年代的诗歌来说，北岛、芒克们的“今天派”

让中国诗歌重新接触到了在欧美已落后的象征派抒情，但对于那时的中国来说，就是先锋的。“第三代诗歌”开启了中国诗歌现代主义和后现代主义的大跃进。很多非常可贵的先锋理论和文本纷纷出现。平民主义、生活流、语言诗学、反崇高、反文化、反修辞、莽汉派等等，都是极其可贵的，奠定了中国诗歌走向真正的先锋精神的开始。但这个可以被视为中国当代诗歌第一次口语运动的阶段短暂而混乱，姿态远大于文本，潮流过后，弄潮儿们纷纷后撤回经典、传统、抒情、修辞，他们中的大部分诗人还是远远缺乏内在的先锋自觉性。不自觉，令很多人的先锋沦为青春期的短暂探险。但是他们对中国当代诗歌史非常重要。王小龙、韩东、周伦佑、蓝马、杨黎、于坚、李亚伟等，不管他们后来的走向如何不同，他们都为中国先锋诗歌的发展做出了巨大贡献。伊沙坚定地继承并自觉地拓展着第三代中后现代主义一脉最有价值的部分，一人独行于20世纪90年代，一人独扛起口语之重担，并对口语诗作出了重大的革新和发明，为新世纪的第二次口语运动奠定了基础。互联网催化了中国当代诗歌的第二次口语运动。我和尹丽川、巫昂、朵渔、南人、李红旗等人发起的“下半身诗歌运动”，成为新世纪的第一个十年中国当代诗歌最大的亮点，对于生命意志和身体性的强调，放肆的挑衅和冒犯、凌厉的口语、题材上肆无忌惮地突破，对于城市气质和让诗歌变得更酷的追求，在互联网平台上令中国当代诗歌的先锋性获得了最大限度的放大。杨黎、何小竹革新了“非非主义”，打出“废话写作”的大旗，摈弃了“非非主义”中的非口语因素，也获得了一大批年轻诗人的追逐。伊沙、沈浩波等以下半身诗人南人创办的“诗江湖”论坛为平台，中国当代口语诗开始更大规模地在草创中成型。“诗江湖”时代之后，伊沙以个人主持的“新世纪诗典”为平台，极大地释放了其口语美学意志，将新世纪以来第二次口语运动推向纵深，大量杰出的诗人涌现或走向成熟，唐欣、侯马等纯口语诗人成为中国当代最重要的诗人，伊沙、秦巴子、朱剑、西毒何殇、艾蒿、黄海兮、王有尾等诗人组成的“长安诗歌节”，徐江、君儿、李伟、图雅等诗人组成的“葵”诗歌群体，沈浩波、里所等主持的“磨铁读诗会”，轩辕轼轲、东岳、盛兴、铁心、天狼、岳上风等诗人共同形成的山东口语诗人群体，在中国北方形成了强大的口语诗生态。以上，就是中国当代先锋诗歌的真实发展史。

侯马：作为当代诗歌，最本质的、最有价值部分的发展过程，先锋性的特质始终是鲜明的，也是一脉相承的，脉络也是十分清晰的。从我亲身经历的感受而言，朦胧诗、第三代、口语诗（前口语、下半身、后口语），就是不同历史阶段的先锋性的真实体现。

轩辕轼轲：仅就朦胧诗后开始的口语进程而言，严力之于口语化的智性写作，王小龙之于口语诗的初创，于坚、韩东、丁当、李亚伟、阿吾之于前口语，伊沙之于后口语。是上述诗人和他们的同道在当代诗歌的不同阶段率先实践了打得一拳开的美学革命。

伊沙：在贺敬之、郭小川为主流诗体的年代，食指的部分作品就是先锋，后者开启了20世纪70年代北岛、芒克、多多、严力等为实体的北京地下诗群。在朦胧诗为主流诗体的年代，王小龙、韩东、于坚、丁当、阿吾等开启的前口语诗就是先锋，后者掀起了20世纪80年代中期第一次口语诗浪潮。在海子为主流诗体的年代、汪国真为大众流行诗体的年代，伊沙开启的具有鲜明后现代主义色彩的后口语诗就是先锋，后者绵延至今成为新世纪声势浩大影响广泛的第二次口语诗浪潮的导火线。

八、你觉得自己是先锋诗人吗？请给出理由。

伊沙：当然是。证据是我各个阶段的作品。我很怀疑：从20世纪80年代末至今，中国当代诗所有新的有效的增长点，哪一点与伊沙无关？没办法，生为先锋，处处先锋。

沈浩波：1998年，我在北师大读大三的时候写的一篇文章《谁在拿90年代开涮》成为第二年“盘峰论争”的导火索。2000年，我是“下半身诗歌运动”发起者。我是《一把好乳》《淋病将至》《文楼村记事》《玛丽的爱情》等诸多新世纪重要先锋诗歌名作的作者。有没有先锋诗歌的名作，是衡量一个诗人先锋性的最重要标准。

阿吾：这个问题我习惯于不回答，让历史去选择。

徐江：我当然是先锋诗人。一直遥遥领先、俯瞰着自己的时代，并在一个人人骂诗、恨诗的国度，用作品把汉语带到了它应有的尊严和高度。

侯马：在我看来，文学的本质就是先锋，从事文学创作就意味着先锋创作，无法选择一条不先锋的道路。我不标榜先锋，因为我认为先锋是应有之义，不言而喻。在我对文学的探索当中，感觉最珍贵的一点，就是始终保持了对文学的初心。我在提笔写诗之前，一方面要追求一种真实的表达，另一方面也要追求一种有抱负的表达，完全走上了一种与所谓的“文学职业”不同的道路。我一开始提笔写的就是口语诗，但是对口语诗的认识也有一个逐步深化的过程。1993年我写了《醒来写下第一行》，得到了一种深刻的启迪，但只是观念上的启迪，还不是语言上的启迪。1999年“盘峰诗会”后，我创作的组诗《九三年》，在口语诗道路上又往前走一步，但更多的是一种表达上的需要。直到2013年，我写出《一个女孩》，才深切地感受到一种从观念到语言的完全释放。

西娃：我有时先锋有时不先锋，因为我到目前为止还不完全明白先锋是什么，只有创造本身能指引我，如果我完全知道先锋是什么，我会每天写先锋诗，这就像如果我时时知道下一首好诗歌在哪里一样，我会每时每刻写出好诗。而实际上我并不知道。

湘莲子：有时以为自己很先锋，有时又很怀疑。写现代诗之前，我写了近三十年的旧体诗，那时候认为自己先锋，是带着镣铐的先锋诗人。因为，我写着跟古人不一样的现代文明，跟“老干体”意识形态更是毫不相干的旧体诗。近两年我对自己不太先锋有些气馁。我认同徐江说的“先锋是一种精神”，从这个意义上看，我觉得自己应该是先锋诗人，因为我在写作上一直秉承先锋精神。

三个A：好作品都包含着先锋写作元素。而先锋指数的高低决定了作品的创造力和生命力。先锋就是敢于硬碰硬，并在细微处显出真功夫。先锋的力量就是四两拨千斤，她就像导弹一样可以穿越几万公里精准到达目标。先锋成就经典，虽然它可能不会一出生就很成熟，但它背负的是一种使命，它是万里长城的先遣队，最终要解放人类陈旧的文学观和重建符合新时代的艺术殿堂。作为先锋写作者，必须向伟大创造者看齐。只有与高手在一起，你才能成为高手，只有与光荣的队伍在一起，你才能成为历史的一页。故，我必须先锋。

唐欣：我觉得是，因为好多人认为我甚至连诗人也算不上。

赵思运：我是先锋诗人。我一直在向第一题的答案靠近。

轩辕轼轲：如果每个诗人都认为先锋诗人是个褒义词的话，都会欣然自诩。但是对先锋的千差万别的认识决定了只有和先锋本意暗合的那些诗人才有可能成为先锋诗人，意识到了才有可能写出先锋文本，但不能打保票。眼到手到，眼不到手根本不知在哪里，我力争眼手同行，跻身先锋。

九、为什么要先锋？以及我可以不先锋吗？

徐江：先锋是诗歌和整个文学的先天基因。后一问，我建议搞文学的人想都不要想。需要强调的倒是告诉每个写诗的人：先锋应该是一生一世的事，贯穿写作的始终。

西娃：作为一个现代人，先锋是提纯和净化自己的一种方式，即：不断地求变求新，如果只有创造的生命是有意义的，我需要生命的意义，所以我争取内心先达到先锋，而文本只是我的反射。

莫小邪：因为我不可以不先锋，先锋属于少数，非主流不代表不是主角。

唐欣：先锋源于自由的灵魂，也源于创造的激情，诗歌本质上就是创新，任何有自尊心和荣誉感的诗人，都不会愿意只是尾随和模仿已有的诗歌，但能不能，算不算先锋，还要看个人的精神和创造力是否强大了。先锋既是一种精神气质，也是切实的创造。先锋不是凝固不变的，它是一个历史概念，也是一个相对概念，昨日先锋也会成为今天的保守派。而在先锋内部，可能也还有急先锋和慢先锋，强先锋和弱先锋之别。先锋既是自觉的追求，也应该是自发的需要，如果刻意去弄，假装新潮，就跟先锋无缘了。还有，它也不光是个前缀定语或标签，它的冲击波、影响力、前瞻性和有效性，都需要衡量，也好像可以衡量，有人提出的先锋指数是个可以参考的标准。不先锋当然也没人逼你，甚至不先锋还更安全呢。

轩辕轼轲：因为诗歌的竞技场和足球的绿茵场不同，没有什么中场、后卫和守门员，首发的只有先锋。不是先锋，就是观众。一个踢着死球还生龙活虎的观众，还不如一个货真价实稳坐板凳的观众。

阿吾：这个问题在艺术圈内几乎是常识，问题是又有几个人能做到。

沈浩波：因为要战胜时间，通向未来。因为这样才酷。因为想成为最好。因为想做最好的自己。我不认为所有诗人都必须怎样，中国当代诗歌需要更多可能的尝试。有人更先锋一些，有人不那么先锋，有人的先锋更激进，有人更趋于保守，这都会创造出不同的美。只要是在现代性的范畴内，至少在中国当代诗歌的语境中，都可被称之为广泛意义上的泛先锋诗人。先锋性不是衡量诗歌有效性的唯一标准，但同样是好诗人的话，先锋之好一定大于不那么先锋之好，更先锋之好，一定大于略先锋之好。布考斯基是当代以来世界范围内最好的诗人，与他相比，那些得诺贝尔奖的诗人不过是二三流诗人而已，所以好到布考斯基这个程度，诺贝尔奖就配不上他了。而现代性范畴之外的诗人，尤其是近年来在中国大行其道的土鳖泛抒情诗人（其实是乡土伪抒情的变种），他们是腐烂的，不值一提。对我自己来说，我几乎在诗歌中尝试了我所能尝试的各种可能，但先锋是我的原点，是我的根本，是我与历史互相选择的宿命。最先锋的写作令我自己最舒服，这是我的身体选择。

伊沙：不想此生白写，身后无名。可以不先锋，只要你想白写。

十、如果给先锋设置一条底线，你的底线是什么？（也就是说什么样的诗一定是不先锋的？）

西娃：陈旧的意识、观念、语言方式、看问题的视角。

南人：别装。

徐江：模仿先锋诗的诗，一定是不先锋的。因为丧失了原创精神。骂口语的作者，一定是不先锋的，因为他们根本不明白先锋是怎么一回事。整天喊先锋万岁的作者，一定是不先锋的，因为先锋虽然不排除喊口号，可中国人一旦热衷于喊口号，显然就很难再专注于文字本身。新诗一定是不先锋的，因为既没有原创，也不存在现代精神。

君儿：不人云亦云的空泛抒情，这是最起码的底线，中国有多少所谓的诗人还在这个圈子里绕着线团。其次是坚定地进行口语诗写作，我手写我口，写到自己能写出的极致。

三个A：不会写些不知所云的东西来混诗坛，不为五斗米折腰写些迂腐的文字，绝对不与内心的愿景背道而驰。

唐欣：不要人人喜欢的，雅俗共赏的一定不是先锋。

赵思运：先锋没有模板和套路，因此，必须旗帜鲜明地反对把诗歌写得像某一类诗歌。简单化地把诗歌当作某种抒情言志的工具，就是还没有从传统的“诗缘情”和“诗言志”等这些诗歌工具论中走出来。

西毒何殇：从文本来说，一定是口语。从做人来说，必须独立。

沈浩波：我对别人的底线是现代性，我对自己的底线是后现代性。

轩辕轼轲：如果强调诗歌语言方式的话，口语诗是底线。写口语诗也不一定先锋，但不写口语诗一定是不先锋。

艾蒿：充满了强指的泛抒情主义诗歌、停留在语言层面上生涩难懂的学院派诗歌是我最无法容忍的底线。

伊沙：针对中国目前的诗歌环境，我想说：口语（也就是说非口语诗一定是不先锋的）。

《中国先锋诗歌地图》书系第一辑研讨会现场纪要

《中国先锋诗歌地图》书系总策划：沈浩波

《中国先锋诗歌地图·北京卷》主编：西娃

《中国先锋诗歌地图 · 北京卷》特别推介诗人　任洪渊

五位主编与策划人沈浩波

三个A（左一）湘莲子（左二）沈浩波（左三）西娃（右三）

君儿（右二）西毒何殇（右一）

《中国先锋诗歌地图》书系第一辑新书发布研讨会与会人员

时间：2017年10月15日
地点：小众书坊
主题：《中国先锋诗歌地图》书系第一辑新书发布诗歌研讨会
主持：沈浩波

沈浩波：

我们现在就正式开始这场研讨会，所有的嘉宾都到齐了，除了阿吾还在路上。我们今天的研讨会是借着《中国先锋诗歌地图》书系第一辑这样一套书的出版，邀请五位主编聚在一起，我们想能够留下一些历史的资料，留下一些讨论。今天关于“先锋”这样一个话题的讨论，在最近几年口语诗运动越来越往纵深的方向发展的大背景之下。从1999年前后，整个中国诗歌也越来越趋向于分化成民间和学院两大诗歌体系。近年来随着官方诗歌的发展，整个诗坛是越来越趋向于分化成民间、学院和官方这三大类型的诗歌生态。在这样的生态里先锋意味着什么？口语诗的运动和先锋之间的关系是什么？这是一些值得探讨的话题。而我们出版的这套诗丛，起名字时叫《中国先锋诗歌地图》其实也并没有多想，只是用了这样一个名字，用了这个名字出版之后也没有对是否先锋或者什么叫先锋来做一个厘清或者梳理，昨天在言几又的朗诵会上，赵思运讲非常重要，他简短地概括了先锋诗歌的发展史，也讲了他对先锋的理解——他理解的先锋意味着面对压迫的一种反抗。这更多指的是对压力、传统、既有、固化的文化力量的一种反抗，一种更前卫的东西或者更先锋的东西，往往都是带着这样的反抗而前进的。在这样的语境之下先锋的意义在哪里？先锋对于中国诗歌的发展意义在哪里？前不久我们做了一个问卷，后来把大家的回答整理成一篇文章，那篇文章也非常有价值。当时看到问卷之后，我有一个计划，每年主编一本《中国先锋诗歌年鉴》，因为我们手里已经有了很多资料，再加上现成的文章，像十问十答这样的文章都是现成的。以一本书为一个体系，并一年一年做下去会形成一种庞大的先锋诗歌体系。所以说今天我们这个研讨会也是要为这个体系添砖加瓦，也形成这个体系中的一部分。今天研讨会首先要请五位主编作为主要的演讲者，因为他们是我们这五本书的主编，在编辑的过程中自然会思考，选不选这首诗，选不选这个诗人的诗，主编的责任会迫使大家来思考什么是先锋，或者你们内心理解的什么是先锋，我们也认为这种声音不可能是一致的，甚至可能会截然相反，但是我觉得所有的声音都是宝贵的思考。

首先从北京卷的主编西娃开始做演讲。

西娃：

我在答问卷的时候是这么说的，也是根据我最实际的情况说的，什么叫先锋，我说如果我知道先锋是什么，或者先锋在哪里，我每天都会去写先锋诗。我实际上也是挺困惑的，但我却带着这种困惑一直在编这本北京卷的先锋诗歌，因为我知道什么是不先锋的作品。我想在语言、意识、沉淀方式还有你的视角这些方面，一点都没出现好的东西的话，我认为是绝对不先锋的。我是在这个基础上选诗的，当然还有很多要拓宽的东西。比如，现在年轻诗人的写作，看不见20世纪80年代到20世纪90年代的那种沉痛，他们的诗变得轻盈，我觉得这个也算先锋，因为以前的诗人还没有达到的他们已经达到了，或者正在开拓。能带来惊喜感的诗我也视为先锋。

什么叫先锋？我自己给自己定下了几点，作为梦想。我自己在写作的过程中作为写作者也是往这个方向努力的。我认为个人生命独特的经验是第一条，如果没有个人独特生命经验的话，你的诗歌可能就会被其他的声音淹没。因为我们出现在这个世界上，发出个人独特的声音这一点是非常重要的，你身为人如果连这一点都没有的话，你的诗是站不起来的。个人独特经验还存在是否能够有效发声的这个问题，假如你感悟到，因为外在的一些原因，使你没办法把声音发出来，我认为也是不先锋的。

第二条是前卫的意识，这个在写作诗歌的过程中非常重要。前卫的意识是指我们要生活在当下并能不停地更新自己的感知力，使我们重新拥有接受能力和对现实生命的感悟能力。要站在当下这个地方，作为诗人、作为现代人、作为灵敏的人才可能走在最前面，这个意识非常重要。比如以前他们就认为海子的诗写得非常好，但是如果你现在也还这么认为，我觉得是非常不前卫、非常落后的。

第三是灵魂的无碍。人没办法在现实中获得完全自由的空间，但是我们有办法让自己的内心和灵魂达到无碍。无须参照物，如果你总想着要把前人的诗歌当参照物的话，我觉得你还没具备有先锋的意识。做到这点是非常困难的，一方面要有生命的修行，另一方面就是要大量地写作。

我们为什么要先锋？就个体而言，是为了我们在写作过程中可以不停地提纯自己，比如我们前辈们的诗歌写得非常好，但是我们可能就会被他们压在这个地方，我们就会停滞不前。我觉得在这个过程中需要提纯自己、净化自己。我们写的诗要具有破坏性和反抗性能从他们的诗里跳出来。有时我们觉得很多东西不可能，但是先锋精神会让一切不可能变成可能。我们经常会遇到障碍，说诗歌不可以这么写，但是为什么不能这么写？不停地反问，把一种不可能变成可能，这就是破旧的过程，新的东西就会于其中诞生。

先锋意识也可以让我们不停地质疑自己，不停质疑自己的这个过程，会使自己的内心空间变得开阔。先锋是让我们自己看清自己的方式，也是自己跟自己对峙的方式。我们作为一个写作者要不停地质问自己，这个质问的过程也是打破自己写作和阅读空间的一种方式。我们面对现实的时候会碰到很多问题，可能只有先锋精神才能让我们大胆地去正视这些问题，不停地做出自己的判断、勇敢地面对，然后去破坏。破坏的过程本身就是一种重建，在破坏的过程中你也许就知道自己要什么了。

沈浩波：

刚才西娃在发言的时候我也一直在做记录，我觉得有几个点她说得非常精彩，不知道大家注意到没有，在她开始发言的时候有一句类似于对于先锋的定义的话。大概的意思是，先锋是站在最前面的，这句话很有意思。什么是先锋——站在最前面的，这个大白话有助于我们厘清什么是先锋。

她说“先锋是让一切的不可能变成可能”，这句话也特别重要。实际上我们仔细来思考这句话，我们看今天的诗歌，看大家写的诗，其实过去几十年来我们认为有各种各样的不可能：不能这么写、不是这样的，但后来全部都变成了可能，甚至我们现在所采用的各种写诗的方式也跟以前写诗的方式是完全相反的，反而是以前的可能变成了现在的不可能、不能那么写。各种各样的关于诗歌应如何如何的固定说法、套路，在今天几乎都被推翻了，包括诗意在哪里，如何来写，以什么样的速度来写。比如我们过去说我们写作要求精，要精打细磨，现在我们突然发现可以加速度写，现在可以一天写几十首。过去有各种各样关于诗歌的理解，在今天都有诗人在推翻这些结论。这个推翻结论的过程就构成了让一切的不可能变成可能，我觉得这是个非常伟大的突破。所以刚才西娃的那句话——让一切不可能变成可能，就是“破旧出新”的过程。

她也讲了先锋对于个人的意义，在她的逻辑中先锋者是要不断创新、不断怀疑自己的原点、不断怀疑自己固有的认识和看法，即不断质疑自己的过程。因为只有在创新的过程中才有可能让自己变得更好，因为更好是没有止境的。

从另外一个角度看，我们对于诗歌的理解也是没有止境的，某种理念或许在今天不能被理解，二十年后自然有人帮你理解，如果二十年后不被理解，那么到五十年后一定有人帮你理解。

西娃说她不是特别先锋的诗人，那究竟是不是每一个诗人都一定要成为先锋诗人呢？这也是一个疑问点，我倒也不赞成轻易下这样的结论，是不是所有人都一定要站到最前面去？不一定要下这样的结论，这是我个人的观感。

下面请《天津卷》的主编君儿来演讲。

君儿：

我写了几段话，其实都是想感谢浩波、伊沙的先锋创意，按照地理的方式把新世纪以来一线的先锋诗人一网打尽。至少这套《中国先锋诗歌地图》放在这，是口语诗对书面语还有知识分子诗歌的一种回击。这样说可能有点激烈，但是这套书的存在价值是这样的。

感谢伊沙的《新世纪诗典》，使我们有法可依，有了选本的参照。刚才我想到先锋的问题，我觉得先锋至少不是温室花草，至少不会安于现状，先锋不会人云亦云，先锋不是落在陈旧修辞里的那种写作，先锋也不是为了虚构而虚构，而且我觉得先锋不是线性的、一条道往前冲的。应该是不断地迂回往复，在更高的深度和层次上，也许表面上是回到原点。想保持先锋，肯定要不断地学习，如果你的意识、你的创作意识很落后的话，你肯定就会不断地落后，所以我觉得先锋就是甘愿冒险，一直要往下走，不能停步。先锋是一种灵魂的修行。

沈浩波：

君儿的发言都结束了，我还在记她的话。刚才君儿也讲得比较感性，我觉得其中有些话也挺有意思的，最后她用了一个很传统的比喻，就是灵魂的修行。她把灵魂的修行用在甘冒风险、不断进取的这样一个通向先锋之路上，当她把这样两个动作融为一体的时候，我觉得她说出了一个真相，很多人把诗歌写作当成是一种灵魂的修行，但是灵魂的修行是以一种什么样的姿态来进行的，你是披荆斩棘、浴血奋战地往前，还是静坐在一个禅室念经，念到过往的经里，这是两种不同的修行。

君儿她选择的修行是一种甘于冒险、披荆斩棘、不断前行的修行，这个话跟刚才西娃讲的是一种意思，即不断成为更好的自己。我自己在写作过程中发现诗歌能让人成为更好的人。因为它会反哺你的内心，不是你在写的这件事能反哺你的内心，而是你永远要思考你该怎么写，思考对和错，思考怎么是更好，那么你所有的思考、行动，一定连接着你的灵魂。因为诗歌归根到底是通向心灵的。

下面请陕西卷的西毒何殇。

西毒何殇：

大家好，在座的几位评论家都很德高望重，我作为一个年轻人有点诚惶诚恐，但是我也有一些自己在写作方面、在编选《中国先锋诗歌地图 · 陕西卷》时候的思考。今天早上醒来之后，我大概整理了一下思路。这本书的编选过程也不能说是纯粹依照我个人先锋标准的评选过程，毕竟有一定的妥协性在里面。首先，先锋是一种追求，作为一个诗人来说，先锋诗歌是我们对这个世界的一种表达，以及让它变得更美好的一种方式，我们选的诗肯定不能跟大众、读者对立。在这个过程中，我肯定需要一些作品，是普通人能看懂的、能接受的东西，而不是让他们一看就反感，一看就炸了的那种东西。

我简单说一下我编这本书的标准，这也是我写口语诗这些年的一个心得。第一条是“事实”，更抽象点说是“真”，传统写作艺术是真、善、美的传递，如果没有真的话就不存在善，善就变成了一个虚伪的东西，那你的美当然就变成一种虚假的美。第二条我特别注重形象感，如果形象感不存在的话，我认为一个艺术品是失败的。从经典到今天的这些作品，我们能记得住的东西都是能在我们脑海中形成一种形象的东西，而不是一种价值观。第三条是你的在场感，看你在不在场，是你听来的或者是你读书读来的，或者是你臆想的，这些我们可以通过读作品进行判断。你生活在当代，如果你现在还在写古代的东西，你现在还写古诗，那你肯定就是不在场，如果你现在还在写过去的那种东西，我就觉得你不在场。第四条就是你个人的口气，是你个人自己发出的语言，还是你读书读来的语言，或者是你听媒体说的。现在媒体轰炸非常厉害。以上是我在编选这本书的几个标准。

关于先锋，我那天在答卷里面也答了几点，我今天把这几点再展开说一下。什么是先锋，先锋如果有标准，那就有四个标准。第一个是独立精神，其实每一个人都必须有独立精神，作为诗人来说更需要独立精神，在中国这种大环境下，尤其要强调独立精神，你如何保持你的独立精神，这一点非常值得思考。那么对诗人来说什么是独立精神呢？就是伊沙写的“不为所动”，这句话很重要。有一句话说“我在写诗，哪怕洪水滔天”，过去我在书斋里写作，窗外洪水滔天跟我没关系。但是在今天我要强调我在洪水之中，洪水滔天我还是不为所动，我认为这是一个当代诗人应该具备的品质。第二个就是自由意志——你的生命状态是不是自由的。很多人一到西安，非要在诗里写一个大雁塔，非要写一个兵马俑，非要写一个城墙，非要写一个历史，我认为你到西安写作，你在街上遇到的事情、眼前看到的东西是什么，这才是属于你个人的。有些人根本没有去过大雁塔，回来还是要写大雁塔。作为诗人，你如何让自己的生命摆脱这些文化概念的束缚，摆脱这些东西对你的纠缠，这是一个重要问题，这甚至是你看这个世界的方式。第三个就是对世界的认知。这一点是指一个诗人对世界的认知高度和他的表达方式。这对个人的要求特别高，但是如果对个人要求不高，你也做不了先锋。你首先要通过学习，通过各种学习的过程变成一个有智慧的人，智慧有高有低，你选择哪一种方式去切入这个世界，切入之后你是怎么把这个世界呈现出来的，这其中就包含着你艺术审美的倾向跟文本创新的问题。就拿口语诗来说，口语诗有先锋的，也有不先锋的，口语是一种方式的表达，我也没有说过口语一定是先锋的。第四个我认为在所有答卷中，我的答案中比较特别的一点，即先锋的牺牲品质。可以说这是先锋的一个最深刻的本质。比如对于杜尚，他对过往所有艺术概念的一种革新，就需要他抛弃自己那么多年所有的艺术教育，要把所有这些东西全都抛弃了，这就有一种巨大的风险和牺牲。再举一个例子，以兰波为例，他这种诗人代表了很大一批诗人，他的牺牲意味着对生命的放弃，包括自我放逐、自杀、疯狂。第三个例子是布考斯基，他主动成为这个世界里的失败者。基于这一点我认为他是先锋指数非常高的人。我们在谈论先锋、谈论写作的时候，我们其实向往的还是一种扬名立万。但对于一切有关成功的东西，布考斯基都主动选择放弃，主动成为这个世界的失败者，所以他才能不为所动，不以这个世界任何的评判标准作为自己的标准。作为先锋诗人，首先你就是要成为一个祭品。因为可能你所有的牺牲最后都被证实是无效的，至少对这个趋炎附势的世界来说是无效的。但这样做依然是值得的，对于伟大的先锋者来说，生命只有一种可能就是牺牲，要成为“圣先锋”，当他成为祭品的时候，我们能看到他生命燃烧的光环。

我认为写作本质上是基于对生命终将结束的一种恐惧，试图在世界上留下自己存在过的痕迹。对于诗人来说怎么留呢？肯定以文本的方式留。这就涉及如何让写作变得有效的问题，飞蛾扑火般的精神是先锋精神，但只有最先锋的人才能成为吃到长生不老药的嫦娥。只有飞到月亮上的嫦娥，才能成为人们心中的经典。文学，是有宗教力量的，它能让一代又一代天才主动献祭，这是很多人没法理解的。我们的写作，什么都换不来，尤其在今天，我们花十分之一的力量也许就可以去谋求一个能交换到很多东西的事情，而写诗什么都换不来，那我们为什么还要写诗？回到艺术本身来说，正是在先锋精神和牺牲精神的刺激下，一些文学流派和团体，才能掀起风起云涌的文学运动。

先锋永远都是个体性的，这一点也提醒我们，并非只有在大变革时代才能进行艺术革命。我经常说，没有一个时代是独一无二的，最冗长平淡的时代也有实现先锋的可能性。我们经常容易把自己存在的时代说成一个很特殊的时代，其实每一个时代都差不多，每一个时代都是这样过来的。就因为你的存在这个时代就不一样，那你也太自大了。人类当中的每一个人都没有那么强大。面对这个不特殊的时代我们要做什么的问题，是我们要写什么以及今天的我们是什么的问题。如果说你真的是一个先锋者的话，你对这个时代一定会产生影响。时代的每一次变革都是这样缓慢推进的，都是需要一些这样敢于牺牲的人，政治也罢，文学也罢，包括其他艺术形式也罢，都需要这样一种牺牲精神才能带来这种变革。谢谢！

沈浩波：

刚才西毒何殇的发言一半是文稿，一半是即兴，这两者结合起来是非常重要的一篇文章。作为《中国先锋诗歌地图 · 陕西卷》的主编，西毒何殇不但是个越来越好的诗人，也会成为一个越来越重要的理论家。他刚才的发言信息量特别大。他花了很大的笔墨，正好讲到了先锋的两端，一端我认为是起始端，是常识端，他把常识端定位在"真"，他一开始讲"事实的诗意"。其实我在写作过程中，特别能体会到"真"是一件极难的事。求真这个事情为什么几千年来人类都在做，写作也是在求真。比如最近几年官方诗歌中一些特别丑陋的乡村土鳖诗，它一句真的都没有，那个叫纯虚假的诗。难道我们自己的写作就足够真了吗？我觉得挺难的。我写每一首诗的时候都觉得挺难的，但是你往真上多一点你诗就好一点，有时候抵达真，你的诗就变得更好了。

当然他迅速从先锋的起点又讲到了先锋的高点，讲到先锋的制高点，这个制高点他用了一个词“圣先锋”，就是完全把自己当成祭品的先锋，他用整个生命来和世俗对抗。布考斯基说在他之前几个世纪人类写的诗都不怎么样，我觉得他有资格说这个话，甚至我认为他说这个话是对的，那些诗人跟他相比确实不怎么样。整个美国的学院体系到现在也不认可布考斯基。2006年我读到美国学院派批评家的文章，在那个文章里我很惊讶地看到，至今依然有很多美国大学教授认为金斯堡写的不是诗。布考斯基在法国、中国莫名其妙获得一大批读者，但是他当时在美国就是一个牺牲者。这样的牺牲是不管不顾的、不屑一顾的。所有的先锋诗必然要这样的牺牲，不可能名利双收，不可能大家都认可你。

去年年底的时候我突然有一天在朋友圈里说，我放弃一切中国国内的诗歌奖。这显然是我的态度，这个态度是我内心的选择。因为生活里充满诱惑，大家在跟你交往、交朋友，各种利益都给你，给你发各种奖，跟你成为哥们，这种一点点腐蚀你的方式，是很危险的。我不太看好自己抗腐蚀的能力，索性我就先用刀把各种诱惑的可能性都割掉，我现在清静得很，很多活动没人喊我了，因为我不要那些奖了，我把话说出去了，你拿我没招，咱们互相无所求了，我就可以做我自己的了。人有时候不要高估自己，八面逢源还能保持独立，其实挺难保持的。

下面有请广东卷的主编湘莲子。

湘莲子：

大家好！编选《中国先锋诗歌地图 · 广东卷》的时候，我知道广东诗坛什么样的牛鬼蛇神都有。广东本地的诗歌活动，我参加过一两次，但感受并不好。在那种情况下我觉得广东是需要解放的地方。所以在我的编选标准里，我最先想起“解放”这两个字，可能我把先锋跟解放搅到一块去了。我之所以强调解放心灵、解放各种束缚，可能跟我儿时的童年教育有关吧。我觉得先锋跟解放有关，首先要解放自己的思想，才会冲到最前沿去。你要解放自己的身体，你才会释放自己的灵魂。

广东还有一些垃圾派诗人，比如管党生就在我们东莞。他的诗能说不先锋吗？他也很后现代，可我从他博客里翻了很久，从头到尾查看，但他的诗中有很多口水、无效的东西，甚至这些内容占了极大部分。还有像典裘沽酒，他的诗我无法不认可，比如在一首诗里，他写到对母亲举起椅子，这种破坏性一点都不先锋，对母亲拿起椅子来砸，虽然砸偏了一点，这种行为写在诗里，我接受不了，所以他的诗我也没有选入进来。

我编选这套诗集的时候我真的认为自己不怎么先锋，我受传统的影响很深，我的道德感也比较重，所以我不认为自己是一个灵魂真正得到了解放的人，正因为这样，我才把“解放”作为基本要求。

沈浩波：

湘莲子主编《中国先锋诗歌地图·广东卷》，难度可能是最大的。因为主流的广东诗坛是一脸俗像，充斥着世俗的交换，有时候跟他们见面觉得跟做生意一样，精神上过于世俗，很难导致文本上的精致。有些东西要用灵魂去交换，而在灵魂交换的过程中，你其实是不知不觉的，今天以为没交换多少，明天以为没交换多少，时间长了可能就全部被换掉了。

为什么我当时很坚定地选择湘莲子来当广东卷的主编呢？因为湘莲子本身是一个不断蜕变的诗人。湘莲子一开始是写古体诗的才女，新世纪以来才开始写现代诗，一开始写得比较修辞化、意象化，但是她的诗里有生命爆发力，她骨子里有先锋诗人的意志在。而且她挺敢写的，特别敢写，也是先锋。她虽然看起来仪态万方、明艳照人，实际上已经当了外婆，以一个外婆之名写现代诗的人，她确实是在不断地解放自身，这种解放是从身体、心灵到灵魂的，并且她在解放的过程中获得了力量。

下面有请《中国先锋诗歌地图·广西卷》的主编三个A，这也是在座的五位主编中普通话最差的一位。

三个A：

关于为什么要先锋，我说一下感受。大家都知道磨铁为当代诗歌的发展做了大量实实在在的事情。比如成立“磨铁读诗会”，不定期做诗歌活动，推广优秀诗人的诗歌作品。现在又做《中国先锋诗歌地图》书系的出版工作，对中国诗歌界来说无疑是开创性的大事件。在全国范围来讲，它的意义远远超过了各种诗歌奖。因为它更加专业、纯粹，且更具有先锋性。磨铁此举无疑是还原了诗坛的真相。

几年前，磨铁的创始人沈浩波说过“诗歌让我们成为更好的人”，这句话一直在流传，因为他道出了诗歌的意义。最近他又提出“不要让好诗成为秘密”，更立体地体现出他作为先锋诗人的责任感和担当精神。作为一名被边缘化的广西诗人，能够有幸在《中国先锋诗歌地图》书系里担任广西卷的主编，我感到非常荣幸。

众所周知，写作环境对作者来说太重要了。有个好的环境和良性的引导，能让有潜力的作者迅速成长为优秀诗人。什么叫好的环境？就是有一个展示作品的公平和公正的平台，不需要你在写作之外考虑复杂的人际关系，只要你的作品足够优秀就可以发表。磨铁现在就是在为好诗歌创造这样的平台，让刚子、蒋彩云、荷说、蓝敏妮、石薇拉、张黄成、沈天育、石仲安等这样的广西作者，得以在这么重要的选本中展示自己的优秀作品，看似这么简单的事情在过去是很难想象的。

在中国写作，所谓的先锋不过就是写下现实的一种真相。我们很多诗人的写作是缺失真相的，它们造成了种种假象。文学的重要功能就是揭露伪装，就像黑夜里坚守在十字路口的路灯。先锋就是一种对现实精神的坚守。具体到写作上，就是对现实的关注，对你所生活的环境和事物的关注，洞察时代所隐含的诸多问题，揭露出它的真实面貌和生态。作为主编，评判一首诗好不好，就是看作者是否以自己的经验去发现当下社会存在的各种现象，并以鲜活的语言和独特的文本表现出来。准确来说就是中国经验。什么叫中国经验？就是用中国人的生活经验和感知方式写你在中国经历的事情。这包括不同地域和不同文化所表现出来的不同民族间的差异性。在黄仁锡、拓夫、刚子、蒋彩云、荣斌以及刘频近两年来的作品中，以及陆辉艳的部分口语诗和我本人的长诗《纪念》中，中国经验尤为突出显明。

最后，我要向磨铁致敬，向敢为人先的总策划沈浩波和伊沙致敬！是你们坚守的先锋精神一直激励着我，也让我看到了中国诗歌的未来。

沈浩波：

刚才三个A的发言着重讲了他编选广西卷的一个思路，以及广西诗歌的一些特点。之所以在《中国先锋诗歌地图》第一辑的五本里有广西卷，就是因为有三个A这样一个人存在，这像个奇迹一样，因为在此之前没有人意识到，诗歌先锋指数比较高的省里会有广西，但这个事情之所以能发生，本质上是三个A自己一个人办成的。并不是因为我、伊沙跟三个A关系好，完全不是。三个A把广西那些从来没有听说过的诗人一个一个推荐出来，让我们看到了一群广西诗人，而且这一群诗人写得都很好。三个A虽然住在广西的一个小城，但是他胸怀广西。比如，蓝敏妮、荷说、刚子，如果他不推荐，我们也不知道这些人写得好。我觉得人的胸怀真的是要大，要有这种责任感才行。三个A的精神力量不容小看，我觉得《中国先锋诗歌地图·广西卷》里体现了一个中国当代诗歌先锋性非常重要的指标，那就是平民精神，从头到尾，整本《中国先锋诗歌地图·广西卷》都是一次平民精神的胜利。三个A以前的职业是理发师，现在在卖石头。我们可以把这整个事件形容成：一个理发师在胸怀广西诗歌，一个理发师在缔造广西现代诗歌。这个意义是极其重大的。我觉得《中国先锋诗歌地图·广西卷》真是一个奇迹。

刚才五位主编都发完言了。接下来我们有请到场的其他几位诗人嘉宾发言。下面先请唐欣。

唐欣：

我说一个简单的想法，是不是只要我们写出不曾有过的作品，我们就可以叫作先锋。实际上这也就还有一个问题，如果仅仅是写出从未有过的，比方像咱们中国历史上的一些豪放的文人，这些人算不算先锋呢？因为他们写得也不错。我想到我自己是如何接触先锋的。在1990年，北京要搞亚运会，大概是夏天的某天，伊沙拿出他的写诗本给我念了他的一首诗，这首诗后来好像也没有被收到他的集子里，大意就是一个人举着火炬跑进赛场，这个人是衣衫褴褛的乞丐，但激情满满，还代表中国。既像赞美又有点讽刺，他说这就是后现代主义。我与他的这种感觉深有同感，因为光是批判和讽刺好像也不足以概括我们的全部感觉。我们怎么去描述这个世界呢，这个世界确实跟过去不太一样，实际上还是发生了很大的变化，迫使我们动用新的眼光去看。所以有一些先锋可能就是反叛，反叛是先锋的应有之意。但是这个反叛需要有效性，能不能反到点上，这个还是值得考虑的。

沈浩波：

刚才唐大师的发言，发言的量虽然不多，但里面的信息量还是蛮大的。唐欣的发言和西毒何殇的发言构成了一种对话，西毒何殇更强调一往无前，而唐欣则更强调先锋的有效性。如果具体到唐欣个人的写作，他的写作是非常追求有效性的，唐欣写作有很强大的经典性，是在今天口语诗环境下的新的经典。我通过对唐欣诗歌的认识也不断修正了我自己对先锋诗歌的认识。

我并不认为先锋是衡量一个诗人价值最重要的指标。你的诗还是要和有效性结合起来，你可能没那么先锋，但是你就是写得很好，当然你也是一个非常杰出的诗人。我也不认为唐欣是先锋诗人，但是他写得非常好。其实我有一个反思，在我过去的理解中我把唐欣定位成经典意义的诗人，我认为先锋诗人首先不应该是经典意义上的诗人，老唐走的是经典化之路，他最好的诗都是经典。老唐诗歌里面的情感、价值观是传统的，从他对于母亲的爱，可以看出他是一个蛮传统的人。但是我们看到传统的人用了全新的写法，构成新的意境，从这个角度讲唐欣又是一个先锋的诗人，也就是说看待先锋也应该有不同的角度和维度，我们确实不能固化的思维。

其实我们在“十个问题”里也列出了关于先锋有效性

的问题。因为先锋有时候是姿态的先锋，不考虑写作内容的有效性。但写作还是有它的内在律令的，你没做到就是没做到。比如布考斯基，他在写的时候并没有考虑诗歌内在的真理，但是他恰恰符合诗歌内在的真理，他没有逾越诗歌本身的真理，这才构成了有效性。这个很难界定，我们现在看很多诗人的姿态都是张牙舞爪的，看上去很先锋，但实际上没有有效性。

结合老唐本人的写作，他是不是个先锋诗人，这一点很值得探讨，成了一个案例。唐欣创造了一种新形态的经典，他自身的写作和先锋之间，足以构成一个很大的话题。

下面请赵思运。

赵思运：

昨天其实我聊了很多了，不过那还只是一个态度式的发言，今天我就回到诗歌的内部谈一些东西。关于先锋，我看到大家谈的最多的是给它下定义的时候，使用最多的词就是自由、独立。从哪里独立呢？我说点更常识的东西，从工具论中独立出来。工具论往往把文学当成各种斗争的工具，比如阶级斗争的工具、世界观的工具等等，从这些里面独立出来也是一个常识。但我想谈另外一个问题，我们古代诗学中很重要的两个说法，一个是诗言志，一个是诗言情。这两个说法其实也是工具论，我不止一次提出来，写现代诗，要从这两个工具论中走出来。六月份在杭州有五个青年人出了一套书，我在那个座谈会上提出要放弃抒情，我说的是放弃一般意义的抒情，结果遭到很多很多人的反对，捅了马蜂窝。

我说放弃抒情不是绝对意义上的反对抒情，是指把诗言情当成工具论的时候诗就没有意思了。古人说的那两点，实际上是一种工具论，只说诗干什么，没说诗是什么，没有解决问题。所以中国古代关于诗歌文本内部的探讨非常非常少，诗歌在中国就是工具论，这是一个传统。

回到诗应该是什么的问题，怎么建设？这几年在诗歌上表现得比较有生命力的就是口语诗。我一直说不要泛泛地谈口语诗，其实应该从建设的角度来说，应该上升到诗体的角度，口语诗体，从这个角度来说。我觉得应该正视的一个概念叫事境。以前我们经常提到意境，意境是靠意象营造的，但是我觉得意境它是一种境界，而不是呈现一个画面。事境通过叙事来呈现诗歌的境界和诗人精神的境界。怎么营造事境，其实伊沙提出的概念是非常有意思的，就是“事实的诗意”，这是非常重要的一个说法。应该充分重视去探讨事实的诗意是怎么生成的。很多人说你们写口语的怎么老玩一些段子，说把段子等同于口语诗是绝对不对的。但是我说并不能全盘否定段子，有很多段子就是诗，关键是看段子里有什么想法，并且有些段子呈现的语感、节奏感，那种细节，那种现场感，本身就是很漂亮的诗。当然，绝大部分段子是达不到这个段位的。段子跟口语诗不是绝缘的，谁说段子与诗歌无缘，我觉得不对，有些段子确实是事实的诗意。有很多口语诗，包括有很多影响不错的诗人的作品，靠的就是最后一句段子，这种也可以有。只不过不要形成一种模式，抖包袱成为一种模式的时候也就变得鸡贼了。

沈浩波：

赵思运在浙江那个讨论会上所遭到的反击很悲哀，因为他仅仅讲了一个尝试的可能性，有些很年轻的诗人就不愿意听了，这个是挺悲哀的。这也证明了我们工作的必要性。我对思运印象好极了，我跟他十几年不见，他是学院里的教授，他敢提出谁说段子不是诗，他敢这么去思考特别可贵。今天很多人写段子，以至于很多口语诗人自己都怕了，自己也在骂，不要写成段子，赵教授却敢说谁说段子不可以是诗，他是一个先锋者。思运老师很了不起，大学教授能保持这种意识很了不起。下面请阿吾发言。

阿吾：

首先道歉，迟到了。希望我能以精彩的发言弥补我的过错。先给自己点压力，把自己逼出来。我讲两个方面：第一，我想讲先锋的逻辑。这个肯定有人反驳，诗人有什么逻辑，没有逻辑，但是我们就是在没有逻辑的地方讲一点逻辑。第二个方面我想讲一下中国今天的先锋诗歌可以在哪些方面先锋，这个是具体操作的层面。其实我十月份就开始写一篇文章，叫《中国今天有真正的先锋诗人吗？》，没有。我先做这个结论。不过大家不要灰心。我的文章是这样写的，很多人理解先锋的时候有误区，在语意上有误区，我是学分析哲学的。先锋绝不仅仅是在前面，这只是第一个规定要素，先锋的第二个规定要素，经常被人们忽略了，就是它朝着某种目标。如果没有了目标，在前面就没有意义。大家马上想到艺术有什么目标，在哪里。这个我一会儿来讲。

诗歌的先锋，不但要走在前面，你还要朝着一个未来能够被接受的目标。无论是中国古典的诗歌，还是西方到此时为止的诗歌，几乎百分之九十九的先锋诗人，都不是诗人里面最杰出的诗人。真正最杰出的诗人都基本不是什么先锋，这又让大家失望了。

我讲先锋的两个规定性：走在前面，同时是要朝着一个未来的目标。而且这个目标，未来要被受众所选择，不是由你一个人定了，我们在打一场篮球，但不是你一个人在打，也不是一个裁判在吹。那么怎么能够成为这两个目标的实践者，就触及诗歌的根本。所以作为先锋诗人，如果想达成前面这两个目标，表面上要做的一件事是改变诗的感受方式，就是你要写一首诗，这首诗的感受方式必须都是跟以前完全不一样的。这个当然非常有难度。实际上我认为中国当代诗歌根本没有改变以往的诗歌感受方式。

第二部分我要说，你们还可以冲锋到哪里，我早放弃了冲锋，20世纪80年代我已经改变了诗的感受方式，我就在自己的感受方式里，把诗写得更深、更全、更广，这就是我现在做的事。一个先锋诗人你就要去改变以往所有的诗感受方式，要全新的诗感受方式。我最近在惠州也狠狠地打击了一下江湖海，我说最近的零零后诗人展里没有一个是天才，没有一个人的诗是完整的，泼了一点冷水。其实这里我要说明的一个根本性的问题在哪里呢？是价值观。西方现代文学里，公认的最早的现代诗的先锋人物，是法国的波德莱尔，他改变了对外界的感受方式，他就是当时的先锋。其实作为中国诗人，有时候是很痛苦的。这个痛苦来源于哪里呢？我们根本没有建立自己的价值观，而我们过去几十年的奋斗无非是想在东方的这一块土地上建立起现代价值观。但是今天连价值观里最基本的东西都没有得到承认。

过去几十年关于先锋诗歌的理论，是远远不够的，这又回到了刚才浩波的问题，为什么有的人牛哄哄，写的诗却一点都不先锋，这样的人我不敢相信他知道先锋在哪里。我可以给大家解答为什么我们看到垃圾派运动里有那么多的痞子，因为他们天生就是一些农民，所以他们写的诗根本不具有工业文明人的素养，最后你会发现这些人就是靠着自己的垃圾诗在诗歌圈里骗吃骗喝，连基本的工业文明的价值观都没有。工业文明的基本价值观是什么？当然我们可能会说一些很空洞的东西，比如民主、自由。其实我想讲一个最简单的，那就是人与人的关系，中国人喜欢帮助人。就有一帮痞子利用了你喜欢帮助人的心态，有事没事找你，需要你的帮助。但是就连坐飞机的时候都有一句安全须知，提醒你要帮助别人之前，请先系好自己的安全带，这跟以前不一样，不要不顾一切帮助别人，比如自己不会游泳就别跳下去救人。我们每一位中国诗人其实都需要提升自己的价值观。这种提升直到现在都没有完成，为什么我发表保守的言论？因为中国现在的诗歌延续的还是20世纪80年代的诗感受方式和价值观，唯一的改变是与今天中国的生活有了深度的结合。而在这一方面，做得最好的是沈浩波。

我针对这个逻辑来讲讲沈浩波，在我看来你的诗的绝大多数诗感受方式并没有太多颠覆性，不过浩波听到这样的评价也别生气，你可贵的地方是，沿着之前那样的观念，却把整个的生活，无论是自己经历的，还是从父辈那里听来的，都做了更多有效的书写。我恰恰认为这是我们现在的先锋能做的最有价值的事。

按照我刚才说的大的方向，我并没有给先锋下准确的定义，我只是描述了一些要素。在这些要素里，可以发挥的方向非常多。而为什么我说零零后里没有一个是天才呢？因为我坚信，他们之中如果有一个天才，一定会写出一首具有全新的诗感受方式的诗。这就是我的标准。能写还写得不错的小孩是有的，但是他就是天才吗？肯定不是。

我们现在讲讲在先锋方面具体的可以突围的方向。我这里要说第一点就是批判现实。因为中国所有的艺术，首当其冲是文学，没有完成批判现实主义的任务。从这个意义上中国呼唤一个杰出的作家，批判现实主义是我们非常好的方向。接着就是浪漫主义，在座的人都知道海子有多火，这是中国民众内心对浪漫主义的需要，但是真正跟我们今天的生活所结合的浪漫，真正自然的东西在哪里，我也没有看见，这是我写的第二个方向。

接下来我继续要谈的是语言。我其实想要提醒大家，如果你真想做一个文学家，想做一个诗人，必须警惕自己的语言，因为就连过去十年里最先锋诗人的语言也都被污染了。我认为今天写口语诗的人，也不要太轻易就承认现在把口语诗写得比较好的诗人们，我认为我们要做的减法还有很多。

我们其实看见很多事，看见很多作品的时候，都不动脑筋，马上就拷贝出来一套东西，有时候还非常自得其乐，而这有时候全是一些陷阱。所以在这个里面怎么去做突破，就是个大问题。我真的认为在过去二十年里，在诗歌领域，这个事做得最好的是沈浩波。我那次在西安也是这么讲的，先锋文学、先锋艺术、先锋诗歌是什么？按照艺术的流派来分，一定是形式主义的，但沈浩波的形式主义成分很低，他在诗歌的内容上做得特别好。我真的是想给在座的各位同道提一个建议，那就是回到一个老问题，按照陈词滥调来说叫内容，把内容写好，如果按照语言学来说，叫意义。我刚才听了赵思运的演讲很有启发，但是我建议能不能修改一下事境那个词，就是如果要把意境跟口语诗的叙事结合，可不可以叫意事，而沈浩波写的非常多的诗，都具有意跟事之间的碰撞。

沈浩波：

阿吾的发言具有特别个人化的意志。我一开始想做点记录，后来就停下来了，因为他表述的信息量有点大。而且讨论的问题更多地在其自己的逻辑范围内。比如他提出的是否能够改变诗的感受方式的问题，显然是一个在他的语境中特别重要的一个问题，那么我们如何理解阿吾所说的改变诗的感受方式？如何在阿吾的语境中去理解阿吾对先锋之难以实现的沮丧和质问？包括阿吾在此基础上更愿意重提批判现实主义和浪漫主义这两个特别不先锋的老词，所有这些足够构成了进一步探讨的启发，都需要被进一步消化和思考。

今天我们也特别请来了一位八十岁高龄的诗人，我的任洪渊老师也来到这里，任老师放弃参加昨天的朗诵会，而坚持参加今天的讨论会，我觉得任老师应该是对思想的交流和交锋更有兴趣。有请任老师发言。

任洪渊：

朋友们好，上面几位的发言，语音还在绕梁，在阿吾的大理论、大逻辑之后我怎么发言呢，我想寻找另一种声音，我的声音。

真是非常好，在先锋诗人论坛上，有这么多先锋诗人围坐桌边，我还找到了一个位置，而且他们的话还打动了我。我希望我的声音他们也听得见。

西娃说诗人要找到自己，我是去年十月才认识西娃的，她是一个很有才气的诗人。今天我听了西娃说这番话后，发现西娃是可以写诗歌理论的。那是她自己内心声音的回响。

何殇提到的祭品，湘莲子说的解放，都很有趣。而且湘莲子谈的不仅是灵魂的解放，还连同着身体的解放，没有上半身的下半身有用吗？没有思想的肉体有用吗？或者没有肉体的思想有用吗？

总之我想说在你们的旁边我还找得到自己的一个小位置，这对我来说真的很愉快。同时，先锋诗，我想用朴素的话说，诗是在新的语言形式中展开的新的生命姿态，至于什么定义、概念是另外一回事。因为我始终有一个迷信，我认为在文学和艺术中不应该谈什么逻辑。要谈逻辑，搞你的哲学去，到文学中来，我认为没有逻辑、没有理论。生命直接的呈现是最有价值的。

第二个感觉是，今天上面这些人的发言，还有浩波主持过程中说的话，我觉得把这些综合起来真是一篇非常好的大文章。

今年首都师大的孙晓雅教授给我打了电话，她说要给我写一篇传记，我没有听懂，我说你在说什么，她跟我重复了两遍，我的反应就是还没有盖棺就有人来定论了。我说的这个意思是什么，回过头去看，一代代的诗人出现，所以我传记的最后一章就是“他从几代人身旁走过”。从我和顾城的第一次接触，然后一代一代，最后是《伊沙诗集》的首发式。我记得当时浩波问了一个很尖锐的问题，让我不能顾左右而言他，只能直面。他问伊沙的语言风格和你的语言风格如此不同，伊沙处处称你为老师，而伊沙几乎骂遍了天下，你们是怎样的师与生？这个意义上沈浩波是大理论家，问题问得都这么尖锐，点出了当前文学中的根本问题，就是真正对语言的关注。伊沙的语言是透明的深邃，看得到的无限，他达到了这个极致。这里的透明中包含了很多很多内容，而我希望写的是深邃的透明。我写生命直接经历过的，是我自己经历过的、自己撞击过的，不是想出来的，没有一句是想出来的，而是直接呈现的。我认为在这个意义上，人和其他的生命、生物不同的就是，我们有语言，而且语言可以再叙述。我在伊沙的那个会上说，伊沙、浩波一直叫我老师，我很感动。我当时就说了，实际上我是一个一直在追赶你们的人，你们新的语言长出来你们新的生命姿态，这都在我的前面展示了一个新的可能，对我是一个触动。我很羡慕你们，而唯一我可以欣慰的是，我好像也写出了20世纪80年代我真正经历过感受过的，这些是你们不能写的，就是那一点点。

最后我要讲的就是，今天提出什么是今天的先锋，这在当下是一个极大的问题，你们有今天这样的认识，那就算是跟这个时代相称的真正的诗人。这是一个八十岁老家伙的一点感受。谢谢！

沈浩波：

任老师还是很厉害，他对先锋有他的定义，这个定义挺深的：在新的语言形式中展现新的生命姿势。他一直强调生命姿势，其实我觉得在我对于先锋的认知里，始终是把生命意志看得非常重要，你是不是具有一个鲜明的生命姿势，很多人通常对先锋的理解都是外在的姿态，但先锋不仅仅是外在的姿态，而是内在的生命姿势。刚才任老师的发言今天第一次把生命姿势这个重要的问题点提了出来，还是很了不起的。

接下来有请南人。

南人：

我也是任老师的学生，在任老师后面发言我有巨大的压力。当然今天的场面，我感觉很亲切，仿佛回到了十几年前新世纪开始时诗江湖的时代，那个时候网络上的观点有时是很鲜明的，针锋相对。作为这场讨论会的摄像师，我的发言就是给这个讨论会发言垫底的。

我发言的第一个主题是，作为个体我们可能是先锋的，但是作为一个群体的我们是不可能先锋的。回到长期以来讨论的话题，不管诗歌也好，其他文学艺术形态也好，都要解决我是谁、从哪来、到哪去的问题，我今天只想在诗歌范围内讨论这个问题。首先出生之后，人会接受家长、老师、单位领导各种各样的人对你的一个塑造，或者也可以叫捏造。不知道把你捏成什么样。所以我相信后天的我不是真正的我。有一个问题，知识能不能形成生命意识，能不能形成自我？这个是否定的。我为什么持这个观点？大家想我们人出生之后，有很多的能力是与生俱来的，就是先天的，在你的生命里本来就有的。但为什么知识没有遗传给我们，因为知识是有局限的，是虚假的，有的甚至是完全错误的。知识分子不可能出先锋诗人，不可能出优秀诗人，他们只是搬运知识、加工知识而已。所以从这一点上我从来没有认为任老师是知识分子，我认为他就是诗人。

第二个，这个环境对人的影响，让你可能离人越来越近，我们是从动物进化过来的，这个社会会逼迫你变得更像一个人，而不是像一个动物，但是有可能同时你就离你动物的本能越来越远，而我觉得动物本能不应该完全被否定，有很多东西可能会伴随我们的成长，未来还会伴随我们的生命。为什么遇到危险的时候把人逼急了人会咬人，这是我们生存的本能。不是所有动物性的东西我们都必须抛弃，遗忘了动物性之后就不配做动物，更不配做一个人。

我们要活成一个好人，活成自己，其实在现实生活里，我们的自我已经退缩到了一个可能没法再退缩的角落。可能你就活成一个国家需要的样子，单位领导需要的一个样子，老爸老妈需要的样子，孩子需要的样子，朋友需要的样子，而慢慢地，你不知道自己跑到哪儿去了。

我想说，先锋只能是个人的，而不是一个群体的。如果我们想成为群体的一个部分，或者成为一个领袖，比如说拿沈浩波举例子，你一个人跑得快，还是你背着里所跑得快？你不光背着里所，手里还得拉着李柳杨呢？所以我想如果你想当一个先锋，不要想着别人，不要扶老携幼，你没有那个能力。这是我的一个观点。

再进一步打比方，沈浩波在监狱里先挖了一个洞自己跑出来了，没有必要拯救监狱里所有的人，已经有一批人顺着你的洞爬出来了，但是我觉得更重要的，是所有的人都要在各自的方向上把监狱给挖穿，扒开所有的墙，去挖地下所有的土地，有人挖到了金子，有人挖到了水，有人挖到了水管，每个人挖到的都不一样。四面八方不管东南西北，东南、西南、东北、西北都可以出去，我觉得所有的人都具有各自的先锋精神，比有人带着大家成为先锋群体更有意义。那是对生命的幻想。

我，还有在座所有的人，我们不会是一个先锋的集体，我们不能成为一个集体，我们要有自我，在各自的生命里找到自己的精彩，所有人都活成自己的样子才是最有意义的。沈浩波跑出了一条路，还有很多人在继续跑，我也是。谢谢大家！

沈浩波：

刚才南人的发言里提到的对个人的强调是很重要的，先锋很重要的一点就是把人从上帝那儿抢回来还给自己。

人怎么从上帝那儿把自己给抢回来，把个人还给个人，如何成为自己，这是一个永恒的话题。群体不可能是先锋，我当然也同意这个话，反正我现在做的所有事情是想搭建一个平台，我也不想带着人跑，我也不觉得能跑出自己一条路。

今天这样的一个研讨会，确实是非常有价值，有时候我们在做一件事情的时候，其实你不会想到它的价值会有多大，所以事情要去做才会知道。最初我们出版这样一套《中国先锋地图》书系，是觉得中国有多么好的诗人却得不到展现的机会，我们可以一个省一个省地找到这些人。然后找到了这五位主编，然后出版了这第一个系列的五本诗集，然后到之前的“十个问题”的先锋诗歌问卷，再到今天的研讨会。所以你会发现很多事情是在不断往前推动的过程中，发生了意想不到的化学反应。所以今天我听到大家的发言，对我的启发也比较大，我们在会后也会认真地做一个整理，希望把今天的成果呈现出来。

其实我们同时还在出版另外一套书，其中有两个作者今天在现场，唐欣和阿吾，那就是《中国桂冠诗丛·第二辑》，我们选择从出生于1960到1965年的五位诗人。如果以这五位诗人举例子的话，特别能够说明中国当代诗歌先锋性的一些问题。比如韩东，韩东曾经是中国先锋诗的地标，他怎么成为地标的呢？是因为他是中国诗歌运动的第一人。这个开端从王小龙、韩东开始了，是理论上的先锋性。但是我们也会看到韩东成为了今天的韩东，今天韩东不再是先锋指数最高的诗人了，或者甚至他的先锋指数比较低了，他越来越多的诗歌是偏经典性的，而且是越来越偏书面语，但是他依然是一个重量级的、杰出的诗人。所以有时候我们也会看到，当我们过于从单一维度，或者平面地强调先锋性的时候，对像韩东这样的诗人是不公平的，因为那会忽略掉他的重要性，虽然说他没有当年那么先锋了，但他在另外的向度上成为了中国汉语诗中非常杰出的一个诗人。

每个人身上都可以折射出很多东西来，比如潘洗尘是他们五个人当中最传统的一个，他的诗能写好完全是传统的复兴诗人。但是我们也会看到，传统的诗人要想写好，要花的成本是多么的巨大，你是要以生命为成本，你才能够达到抒情的这样一个状态。但是从另一方面来看，如果潘洗尘能更现代一些，能更先锋一些，他今天花这么大生命成本写出来的诗可能会更高级，可能会更好。既然他有这样的生命意志、有饱满的情感，如果以这种东西打底，他能更现代、先锋一些，他可能会写得更好，会给我们提供更璀璨的文本。

我们再说杨黎，他也是一个个案，他是中国最先锋的诗人之一，他彻底不一样，展现全新的生命姿态，甚至已经到了我所不能接受的无意义的、废话的写作。而我恰恰认为他的好诗，反而是有内容、有事实、有意义的那些作品，而不是那些无意义的。在杨黎的身上又可以反馈出来先锋姿态和先锋有效性的问题。

比如回到唐欣，唐欣是不是一个先锋诗人，刚才讲了他身上的经典性，也讲了他的情感和精神模式，是士大夫式的、文人式的，但这些东西他用新的语言和新的诗歌形式绽放出来了新的生机和新的生命力量。这个东西从先锋的角度怎么来衡量呢？

再像阿吾这样的诗人，从一开始姿态单一的先锋诗人到现在的这个胸怀更博大、吞吐能力更强的他。很长一段时间里，阿吾曾是一个会被自我定义的诗人，但他这几年的写作就是在打破自己对自己的定义，重新解放自己，让自己的生命重新活跃起来，展现出更多不一样的生命姿势，让自己变得自由起来。

他们五个诗人恰好从五种不同的维度体现了先锋与诗歌之间的关系，在这里一定不意味着就能下这样的一个判断：越先锋就越好。但是在同样好的情况之下，我认为更先锋的好一定比不那么先锋的好要更好，我觉得一切是相对的。关于先锋这样的话题是很多元的，话题本身是多维度的。只有从这些维度思考它，不要陷入单维度的思考，也不要把先锋变成非此即彼的事情，才能找到一条属于自己的路。

这是我的总结发言，谢谢！

刘溪点评阿吾《许多药名都有诗意》

许多药名都有诗意

许多药名都有诗意
这是我连续服药
十四年以后才有的顿悟
此时
三种意境的药片
正从我的食道滑向胃
我已经习惯
吃药的时候默念它们的大名
文迪雅、格华止、维格列汀
这种感觉很像
一个久违的梦境
在双螺旋的时间通道中
我飞驰而去
完全处于失重状态
对于一个慢性病人来说
通过美化服药的过程
期待可以收到神奇的效果
就像传说中的阿司匹林
先是镇痛解热
后来用于预防血栓
最近几年
我甚至怀疑
有些药片就是诗神的化身

这是一首需要经验才能写好的诗，而作者正是一个拥有丰富人生经验的人。

里尔克说“诗不是情感，是经验”，如果这是对感性与智性两极化的强调，那似乎是成立的。但是要不特指地这么说，我是怀疑的。从人的感知的一般性上说，谁说情感不是经验，情感与经验何曾分开过？按我的理解，这应该是指诗人感知状态的厚度与否，所谓读万卷书，行万里路是也。智性诗人是相对而言。你老年时写的东西，年轻时写不了，同样你年轻时写的东西，老年时也写不了。由此，我特别羡慕那些激情型的少年诗人，比如盛兴，那是合乎逻辑的诗人状态。但不排除有些诗人似乎天生就是拥有智性的，阿吾算是一个。

阿吾这首诗，就文本来说没有什么费解的东西，就是讲述了一个吃药的感悟，就是标题说的，药名带有诗意。我所读出的是，虽然阿吾信基督教，他默念药名的做法倒像佛教徒。有过禅修经验的人都知道，默念咒语会进入一种奇妙的状态，虽然未必是经由双螺旋通道，但那种状态接近通灵。他所说的诗意，特别是最后说的“有些药片就是诗神的化身”，我们从宗教实修的角度切入或许会理解得更好。

阿吾是理科生的这个背景，使我猜测他有过类似经验。我的一位曾经立志要做“中国爱因斯坦”的学物理的朋友，现在出家做了和尚。对阿吾，我更感兴趣的是他的理科生背景对他诗歌的影响。就这首诗来看，治疗二型糖尿病的那三种西药不算，“双螺旋”的DNA结构，即使对我这种生于20世纪60年代的文科生都不陌生。它用于股市分析和人与宇宙关系的比附则是后来的事情。类似科学术语的使用或是他有意为之，或是无意中他的知识构成对他诗歌产生的影响。这还是浅层的影响，更深的影响是他诗歌中的客观精神和分析性的哲学思维。

大家知道，阿吾是“不变形”诗歌的倡导者。“不变形”强调了对现实的直接描摹，如他所说，现实就是诗，而且是一流的诗。我以为，这与其说是一种诗学主张，不如说是一种认识论和方法论。读阿吾的诗，尤其早期的诗，会发现他每一首诗都是客观冷静琐细分解的过程。比如《相声专场》《跟杯子交谈》《他只是出去了》《一生都在飞》，也包括这首诗，带有明显的科学主义痕迹。其中似乎也用了现象学方法（阿吾是哲学硕士），主要是叙事式研究这一点，先验和解释学的主观性操作并不明显。20世纪80年代，国内正盛行现代主义，阿吾的诗歌受到这些哲学和艺术思潮的影响一点也不奇怪。这种源于科学或哲学的认识论和方法论用于诗歌创作，的确会带来耳目一新的感觉，只是一直这样写，其类型化的问题就出来了：不厌其烦地对所写的对象作一层层客观的陈述和说明，确实会带来不同的新鲜认知，但诗的最终指向却是不及物的形而上理念。这与克制情感甚至零度写作不同，那种写作最终的指向还是及物的形而下的人。说是不变形、不修辞、不意象，但实际上却做着科学和哲学的变形，不是哲学落实于形象，更像是以形象解读哲学，切割分解后的现场还是不变形的现场吗？

我无意褒贬这种写作，我只是想指出来，它已不是被我们常规解读的不变形的现场。我举出杜尚那幅《下楼梯的裸女》，大家就更明白了。那幅画被杜尚称为“反画”，这与阿吾称自己的诗为“反诗”有否关系？当然他们“反”的对象和时间不尽相同。我想说的是，阿吾的诗是一种现代或后现代的尝试，乐观的判断，它是未来诗歌的一种可能。悲观的判断，它会走向诗歌的反面。这就回到了开头，感性与理性、情感与经验的不可分。诗歌不是哲学，更不是科学，我对搞哲学的人写诗始终保持着警惕，包括我本人。

这涉及中西哲学的差异，打个不太恰当的比方，西方的思维是线，有始有终，中国的思维是圈，无始无终。按照这种区分，西方的诗歌与绘画必然地会做出极端化的尝试，去点这个，去点那个，无限趋向极点，最后连自身都去掉了。中国的古典绘画再写意，再留白，也不会废掉可感的形象。中国的古典诗歌再空灵，再意境，也没去掉具象的依托。最抽象的书法再狂草也没有丢掉字形。我注意到，阿吾后期的诗作有所调整，他那首《我们一家都生在河边》，读起来生活的气息与质感就好得太多了。他这种调整是合乎逻辑的。我以为，阿吾作为第三代诗人，一个重要贡献是对口语的率先使用。与韩东、于坚一样，他应该也是口语诗的一个源头。

说到二型糖尿病，我想推荐阿吾试一试中医。我上次点评宋壮壮的诗提到过针灸可调治血糖。除此以外，还有若干方剂可用。我想阿吾吃中药的感觉与吃西药片的感觉肯定不同，由此会让他的诗更加本土化也未可知。

刘溪点评黄海兮《在父亲的病房》

在父亲的病房

我和父亲对视了一会
他的眼睛充满灯光一样的清澈
他嘴角微微一动
好像说了什么
我没听清
我靠近他的病床坐下来
看到从病号服的裤孔
露出来的阴茎
从未像今天那样
顺从和柔软
像婴孩那样一动不动
我又把它悄悄塞回
父亲的裤裆

读了黄海兮这首诗，一时不知如何下笔点评。真情实感的诗就是拥有如此的骇人效果。还有就是感同身受，去年我也刚送走父亲。在病房里陪过老人的都知道，躺在病床上的人是怎样一种状态。寿则多辱，对病床上的人来说，尊严等同于奢侈。

黄海兮的诗向来以冷酷狠辣的客观主义描写著称，敢写别人所不敢写，似乎是在故意挑衅我们的审美极限和伦理极限。这首诗写病床上父亲的阴茎，大胆直露，既是父子感情的新视角抒写，也是一种复杂的性心理呈示。想想看，父亲的阴茎，是一个与你的生命有关的物件，你看到它，与看到其他男人的物件，包括你自己的，会是一样的观感吗？还有，从性心理来说，雄性之间是有天然竞争关系的，这与父子伦理无关，而是动物与人类性选择进化的留存。接受这个观点，你只须承认一个事实：成年男人的你与你的父亲都是动物意义上的雄性。这方面，男女是有区别的，我相信女诗人看到这首诗，与男诗人的感受会很不同。这是性别差异，没办法。请注意诗中的描写：从未像今天那样/顺从和柔软/像婴儿那样一动不动。这当然是在借以说父亲身体的虚弱。那么它退回婴儿了，顺从和柔软了，是否恰在反衬出你此时的男性优势呢？黄海兮这首诗讲的不仅是父子之爱，也不仅是人生的无奈。它还含有更深的人性以及对人类动物性心理的溯源。从这个意义上讲，黄海兮是一位心理诗人，也是一位思想家。他写出这首诗，所思所想一定不是字面上这么简单。

口语诗强调事实诗意，但注重事实诗意的诗不一定是口语诗。黄海兮这首诗无疑是一首好诗，但请注意伊沙对这首诗的最后点评。我以为，伊沙主张的口语写作至少包括两个方面，一方面是事实的诗意，诗歌要写真实的现场，这是对口语诗内容的要求。另一方面则是对语言本体的强调，要口语而不要书面语。为何要这样强调口语？按照我的理解，口语的鲜活、多样与日常，是当代诗歌先锋性的最重要载体，在语言本体上不做改变，诗歌的先锋性也最终无法体现。当代诗歌的现场感、日常性、陌生化以及一般的去抒情、重叙事等等，都需要依托一种新的本体语言去实现。由此，所谓事实诗意与口语写作就不是两张皮，而是皮肉相附相融的关系。具体到黄海兮的这首诗，它是真正的口语诗吗？请注意它所使用的一些字眼，要是用更口语化的文字来写，是否会有不同的质感？

这里我想举出英国诗人拉金的例子，他前不久刚进入威斯敏斯特“诗人角”。他是写格律诗的诗人，同时也是用口语写日常的高手。正是方言俗语、大白话和脏字，与他使用的背时的传统的精致的诗律所形成的对比和混搭，才使得他成为带有鲜明特征的后现代诗人。我英语不好，但我还是看出他描写男女性行为时，不用Make love或Sexual intercourse，而用Fuck所制造的完全不同的效果。

黄海兮这首诗太具有典型性了，很有必要从事实诗意和口语使用两方面仔细推敲。节前忙乱，前天回家太晚，未及点评。昨天又细读一遍，深感伊沙点评话里有话。我的体会，把一首诗琢磨透，比粗读百首收获更大。我的解读未必精准，但黄海兮这首诗值得细细解读。

刘溪评读里所《喀什》

喀什

牌楼下几个卖旧货的
维吾尔族老人
揣着手蹲坐成一排
黑帽白髯
像几只歇脚的大鸟
尚在隆冬
老城的天空通透如冰块
散射着白色的寒光
不远处的铜匠铺叮当作响
那些挥手嬉戏的小孩
从风中飞落到屋顶的鸽子
猛地回过头来咩叫的
短尾绵羊
都按着某种神秘的旨意
铺排在巴扎之上
喀什的天空是一个巨型放大镜
这座被太阳和月亮
共同搅拌的城市
一直在飘浮着上升
如那些老者呼出的热气
如必定受难的灵魂

现在才知道喀什是里所的故乡。在那样一座城市里出现里所这样一位诗人，开始感觉有点突兀，结合这首诗再琢磨一下，也属正常。因为喀什多民族混居的环境以及独特的文化氛围，与里所诗中若隐若现的、既亲近又疏离的心绪十分吻合。

说真的，读到这首诗，我有点舍不得点评，它让我浮想联翩了。我对新疆一直怀有神秘的感觉，读到斯坦因那本《沿着古代中亚细亚道路》之后更加深了这种感觉。还有高仙芝帕米尔高原行军的壮举，当然还有玄奘，都让我神往不已。我去过两次新疆，第一次到了和田，却没到喀什。因为一个朋友非要去和田看看出产和田玉的喀喇昆仑河，结果大失所望，只看到满布河道的挖掘机。第二次2014年到了喀什，最想去的是高台民居，但当地的朋友没敢让我们去。很遗憾！里所诗中描述的情景只有那些地方才最典型。

里所诗中的景物主要取自巴扎，喀什最大的巴扎是在东门，但我感觉诗中景物更像我在和田看到的巴扎——维吾尔族人日常生活的实景。里所这首诗最大的特色在于景物描写，她所叙写的主题正是通过景物来一一呈现的。写景状物本是常规手法，古典诗词和现代诗歌中都经常使用。但我留意到，在口语诗人中使用的频率并不高，原因可能与需要更直接的呈现事实有关。而在表达某种难以明晰言说的主题或情绪时它却可以派上大用场。王维写景是为写禅，让难以言状的东西借以景物示现，因此他诗中有画，画中有诗。里所这首诗的画面感很强，她对家乡的丰富情感因此得以抒发。美国的深度意象派也注重写景状物，他们很多形而上的表达多是借助景物来实现的。

细读这首诗会感到里所对家乡除了寄情以外，还带有冷静的审视，这种审视的基调是悲悯的，其形而上的推及则是宿命的、宗教的。去过喀什的都知道，时差的关系会让你对日月和昼夜产生错觉，而且它的气候，尤其是冬季非常干燥。从巴扎写过来，里所至此更加诗化了景物。这种描写并非简单的移情，而是带有另一重意义：它把诗人对家乡的认知升华了。面对这样的家乡，这样的主题，这样的心绪，她选择了最好的表达方式。这首诗是我近来读到的最好的写景状物的诗。它并非严格的口语诗，它尝试用一种常规的手法叙写博大的题材，取得的经验不仅对她，对其他诗人也都具有示范意义。

刘溪评读宋雨《万物生长》

万物生长

玉贤嫂子只穿白汗衫
凸着乳
两点前一片奶渍
追小牛犊
那天的阳光白花花的
我的书包带子
变成了单肩背
依旧在为小小的起伏为难
那天的嫂子
让我有多眼热
追着小牛犊一颤
一颤
她说噢
她又说驾

坦率地说，我还沉浸在宋雨的抒情诗中。她的抒情诗写得太好了！那种敏锐的物象和心象感知，那种接近李后主和李易安的语言的精细拿捏，我只能说这个诗人的天赋太高了，自愧弗如。

然而我必须点评当下口语诗的宋雨。从前面那个样子变成现在的这个样子，她究竟做了什么？很简单，她只是做了几步减法。一是减掉了有些奶胖的多姿多彩的各种明喻隐喻。二是减掉了遮挡着现实诗核的、非现实的同样多姿多彩的心象意象。三是减掉了并非刻意涂抹，作为女诗人又忍不住涂抹的浅浅脂粉。这样的结果是：事实的诗意得以强烈凸显，语言依然精准却不再是粉嫩面皮而带有骨感。

宋雨的转型是成功的。但是就这首诗来说，她抒情时代的一些优点依然顽强地保留着。比如她的诗有天生的画面感，她对各种形象的使用感觉是信手拈来的，却都带有可触可摸的质感。比如她的诗天生的音乐感。这种音乐感或许得自于她从小生活的西域歌舞民族的熏陶。这种音乐节奏，既是她抒情诗的亮点，也是她口语诗中的一个亮点。这首诗自有整体的节奏，尤其后四句，俨然是口语的音乐。

我在读这首诗的时候，还萌生一点想法。我们要是继续往下减，会出现什么效果。会不会像绘画从塞尚的物象体积和结构，到毕加索的立体的面的解构，再到德库宁的线的抽象表现呢？或者就拿过年期间伊沙推荐的老中青几位诗人来作大致的比较，是从任洪渊到唐欣再到马非的演进吗？如果是这样，我们看到的就是诗歌从抒情到口语，从审美诗意到事实诗意，从诗表、诗体一步步抵达诗核的过程。

我不能说这是一个准确的口语诗演进模型。但就几个七零后和八零后代表性诗人来看，越来越注重事实诗意，越来越强调口语的动感表达，甚至越来越呈现为直达诗核的极简主义，应该算作几个明显的特点。当然伊沙的荐诗更是直观的说明。那么抒情女诗人宋雨，诗风的下一个变化会是什么样子，她从抒情到口语的那些优秀的特质还会得以保留吗？这不仅是她，也是我们所有写诗的人都会关心的问题。我相信以她的天赋会很机智地避开或跳过眼前的各种沟壑，径取大道，更上一层楼。

刘溪评读西娃《我隐蔽的丑陋》

我隐蔽的丑陋

我提着两袋蔬菜
从奥柯勒超市出来
不小心与一个棕色皮肤的男人
撞了一个满怀

我说对不起之后
他邀请我喝一杯

我的第一个反应
喝完之后
他要求我与他上床怎么办?

尽管，他有深邃的眼睛和高鼻梁
身上的岩兰草味道
也是我最爱

如果他是黄色或白色人种
我确定不会这么果决地
拒绝他

我以为自己已经过了
“种族歧视关”

是的，那是我没有具体设想
与他们上床
之前

口语诗写到这个份上，真是可以自吹自擂了！又一个小题材，让西娃写大了，写高级了。

这首诗在磨铁读诗会上见过，现在再读更觉精彩。买两袋菜，撞了一个棕色皮肤的男人，就引发这么一大堆联想，西娃也太有思想了！是的，这正是我佩服西娃的地方，她能由此渲染出那么多带有具体形象和鲜活质感的细节，特别是，最后还上升到一个绝不庸俗的自我批判的高度，真的厉害！我还想说，这是小说的手法。与诗人使用这种手法不同，西娃是收着就展开了，因为她本就是小说家出身。她这一“收”，比起诗人的“放”，得到的却是更干净利索的“诗”。事情就是这么吊诡，最近读西娃的诗，感觉她可能是开悟了，我说的是佛家意义上的开悟——诗路走得那么自然而然。

这是一首内心独白的诗，这种独白稍不注意，就会写成概念性的东西，西娃显然是留意到这一点，一直让其形象化地展开，最后才点出主题。说起种族歧视，我们常会想到白人与有色人种。这主要是我们没有见过太多带颜色的人，其实我们心理上的种族歧视要强得多。西娃认识到自己“隐蔽的丑陋”，比我们很多人的种族观念已然高出了一筹。我想这也是她潜心修行无分别心的结果。可是她为何要用各色男人和上不上床这样高难到以至犯戒的题目来考验自己呢？我只能说她心里还有一个仓央嘉措。

祝贺西娃！真的是越写越好。好诗，点评起来也带劲，虽然好到用不着多说什么。

新世纪以来的中国先锋诗歌（代跋）

文 | 沈浩波

序幕：盘峰论争，是20世纪的尾声，也开启了新世纪的中国当代诗歌

1999年4月16日到4月18日，由中国社会科学院文学研究所当代文学研究院等四家文学机构组织的“世纪之交：中国诗歌创作态势与理论建设研讨会”，在北京郊区的平谷县盘峰宾馆召开。在这次诗歌研讨会上，持不同美学立场的诗人之间，爆发了一场尖锐的论战，整个论战从会前到会后，持续了约三四年之久，对中国当代诗歌的走向，产生了深远的影响。也正因为这个原因，围绕这场研讨会的诗人论战后来被中国诗歌界命名为“盘峰论争”。

“盘峰论争”并非是从盘峰宾馆的这场研讨会才开始的。论争的氛围早已在会场外酝酿成熟。最初的肇始，来自于我的一篇文章《谁在拿90年代开涮》，其时我正在北京师范大学中文系读大三，这篇文章最初也只是发表在我所创办的北师大校园文学报纸《五四文学报》上。文章的批评对象是中国人民大学教授程光炜主编的，试图对20世纪90年代中国诗歌进行总结的诗歌选集《岁月的遗照》，并进而批评了在20世纪90年代新崛起的学院派诗歌写作者试图借助学院式的文学批评权力，构建一个完全由学院派美学主宰的当代诗歌秩序。

我认为这种秩序的建立是对中国当代诗歌进入现代主义先锋性写作以来的一次重大的美学倒退，而学院派利用学院式的批评权力，对中国当代诗歌中明显的，并且成就卓著的先锋诗歌一脉进行了最大限度的遮蔽。《谁在拿90年代开涮》应该是20世纪90年代最早的一篇批评整个学院派写作体系并揭示出遮蔽的文章。这篇文章发表后，立刻由北师大校园传播到了整个中国诗坛，20世纪80年代成名的中国第三代诗歌代表诗人韩东和于坚，20世纪90年代中国先锋诗歌的代表诗人伊沙纷纷给我写信，认为这是一篇非常重要的文章。20世纪99年年初，韩东将这篇文章拿到南京的《东方文化周刊》发表，伊沙则将这篇文章拿到西安的《文友》杂志发表。

1999年初，广州诗人杨克主编了一部《1998中国新诗年鉴》，于坚、韩东都是这部年鉴的编委，盘峰论争之后，我也成为这部年鉴的编委。《1998中国新诗年鉴》选入了大批被学院派遮蔽的，涌现于20世纪90年代的年轻诗人。后来成为中国小说界重要批评家的谢有顺，其时刚刚硕士毕业，来到广州从事媒体工作，为这部年鉴写了一篇书评，名叫《内在的诗歌真相》，同样有意无意地将批评的锋芒对准了以北京为根据地的学院派诗歌。我和谢有顺其时一个还在大学就读，一个刚刚开始工作，写这两篇文章的时候都还没有与中国当代诗歌发生什么关系，却因为这两篇文章，意外地成为中国诗歌界关注的对象。这两篇文章后来被视为“盘峰论争”的先声和导火索。我们虽然没有参与1999年4月的“盘峰会议”，但却在会上被学院派诗人愤怒地“缺席审判”，其后也都成为论争中笔战交锋的主力，也因此进入了中国当代诗歌的现场。这也是中国20世纪70年代出生的一代在诗歌界的第一次真正意义上的出场。

《谁在拿90年代开涮》和《内在的诗歌真相》其实侧重点差异性很大。这种差异性，几乎也就是“盘峰会议”被命名为“民间立场”一方的内部差异性。后来对“盘峰论争”进行研究的学者们一直如坠云雾，至今难以阐明“盘峰论争”中被称为“民间立场”的一方，到底意味着什么。

盘峰会议的主持人，首都师范大学的教授吴思敬在“盘峰会议”上将论争的双方命名为“民间立场”和“知识分子写作”，这是一个即兴的命名。“知识分子写作”一词，从20世纪80年代末到20世纪90年代末，经过西川、欧阳江河、臧棣、程光炜等人的不断解释，含义非常清晰，几乎成为中国学院派写作的代名词，程光炜在《岁月的遗照》的序言中已经将90年代的中国诗歌直接等同于“知识分子写作”。“民间立场”这个词，则来自杨克主编的《1998中国新诗年鉴》的一句封面广告语，其实并不能包含“盘峰论争”中作为“知识分子写作”的对立面存在的一方。

在“盘峰会议”的现场被主持人指认为“民间立场”一方的诗人，有于坚、伊沙、徐江、侯马、杨克和批评家沈奇等（代表“知识分子写作”一方的诗人和批评家则是王家新、西川、臧棣、唐晓渡、程光炜等），而在会前会后论争过程中的重要参与者还有沈浩波、谢有顺、韩东、杨黎、何小竹、宋晓贤等。这个阵营实际上是20世纪90年代学院派试图树立起“知识分子写作”这一主流秩序之外的诗歌力量的聚合，并不是一个严格意义上的美学整体，因此也很难进行严格的命名。被指称为“民间立场”的诗人，有的认同这一命名，比如《1998中国新诗年鉴》的推动者于坚、韩东和杨克，韩东在“盘峰会议”后写作长文《论民间》，试图对“民间”一词进行解释；也有的对这一指称并不认可，比如伊沙、徐江、侯马、沈浩波等20世纪90年代涌现的年轻一代先锋诗人。

另外，“民间立场”的诗人们对于学院派将自己命名为“知识分子写作”并不赞同，他们认为学院派诗人们只是将诗歌当成了一种“学问”，一种可以操作出来的写作技术，而并没有体现真正的知识分子精神。在20世纪90年代，学院派诗人们的诗歌被通过学院的批评力量，在所有官方报纸杂志上通行无阻，而真正的先锋诗人们的作品仍然更多在“地下”流通，很难被发表。这似乎也证明了学院派的“知识分子写作”只是一种偷换概念式的自我命名，而并非1989年以后，中国知识界真正呼唤的那种反抗的道德。

盘峰论争中被指称为“民间立场”的诗人其实包含了这几个部分：

一是中国当代诗歌中口语诗人的集合。于坚、韩东、杨黎、何小竹分别是20世纪80年代中国最重要的两大诗歌流派“他们”和“非非”的代表诗人，也是20世纪80年代中国口语诗歌运动的代表人物；而伊沙、侯马、徐江、宋晓贤则是中国20世纪90年代最重要的口语诗人；沈浩波则在盘峰论争后，成为新世纪中国口语诗歌的代表人物。20世纪80年代的中国口语诗歌，被称为“前口语”，20世纪90年代的中国口语诗歌，被称为“后口语”。“民间立场”是当代中国诗歌中，三代口语诗人的第一次，也是最后一次作为一个整体出现，来对抗以学院派书面语修辞写作为主要语言方式的“知识分子写作”。从这个意义上来讲，“盘峰论争”在语言上的对抗，就是精神上更自由开放的当代口语写作与越来越陷入修辞崇拜和词语崇拜的书面语写作之间的对抗。

二是中国先锋诗歌力量的一次集合。在中国当代诗歌中，每一次诗歌发展，都意味着一场先锋与传统的对抗。“盘峰论争”被学术界认为是中国当代诗歌史上第二次重要的诗歌论争。第一次则是20世纪70年代末20世纪80年代初的“朦胧诗论争”。“朦胧诗论争”的主角是中国当代文学史上第一批真正意义上的诗人北岛、顾城、舒婷、芒克、多多、杨炼、江河、严力等，和三位支持这群年轻诗人的重要批评家谢冕、孙绍振和徐敬亚。由于这群年轻诗人的诗歌官方主流文学界读不懂，因此被命名为“朦胧诗”，北岛对这个命名显然并不认可，他更愿意将这批大多数成长于北京的，在他创办的地下文学杂志《今天》上发表作品的诗人称为“今天派”诗人。《今天》杂志也成为后来中国诗歌界民间的、地下的文学杂志的开端。所以，如果不知道“民间”一词中所包含的“地下”性质、对主流和秩序的反抗性质、以更自由和不断打破美学禁区为特征的“先锋”性质的话，就不能真正理解“民间”一词。自《今天》开始，到新世纪网络诗歌的兴起而终结，当代中国先锋诗歌的发表阵地主要在各种各样的地下出版物上，也被称为“民刊”，即民间诗歌报刊。从1978年北岛、芒克创办的《今天》，到20世纪80年代的《他们》《非非》《莽汉》《倾向》《海上》，到20世纪90年代的《诗参考》《葵》到2000年创刊的《下半身》，构成了长达二十二年的中国民刊时代。所谓“民间”，正是民间诗歌报刊的“民间”，正是地下、反抗主流与权威、自由意志与打破美学禁区的体现，是诗歌先锋性之所在。

进入20世纪80年代以后，“朦胧诗一代”战胜了主流文学，北岛、顾城、舒婷们成为年轻人心中的偶像，他们所代表的文学经验成为新的主流和权威。这时，更年轻的一代诗人已经在“地下”孕育和成长，随着中国社会的开放，欧美的更多美学思潮大规模进入中国，现代主义的文学经验不再是居住于北京的少数人能接触到的特权，而是更多地延伸进平民阶层。在这样的气氛下成长起来的新一代诗人，他们普遍出生于1960年到1965年之间，更多地集中于成都、重庆、南京、上海等地，而不再是北京。这一代诗人后来被命名为“第三代诗人”。“第三代”这个叫法的含义，至今莫衷一是，但最初出自四川成都的大学生诗人之口。“第三代”诗歌形成了三个对当代中国诗歌有重大影响的诗歌流派，分别是“他们”“非非”和“莽汉”。韩东、于坚、杨黎、李亚伟等20世纪80年代的重要诗人均来自这三个流派，并且都选择了口语化的诗歌写作，“口语写作”从一开始，就意味着对主流诗歌语言的一种反抗。他们不满于“朦胧诗”一代建立于“意识形态对抗”基础上的诗学，主张诗歌与意识形态分开，建立一种更纯粹的诗歌，也可以被称之为“纯诗”。尤其是“他们”和“非非”，其诗歌美学的根基构筑在“语言”本身——韩东明确主张“诗到语言为止”——而不再是构筑在通过意识形态对抗展现的抒情诗意上，不再是依附于庞然大物而存在的那种崇高感、悲壮感和道德感上。以韩东和于坚为代表的“他们”诗派，是中国当代诗歌中“平民化”的开始，强调日常生活的诗意；以周伦佑和杨黎为代表的“非非”诗派，在诗歌文本上进行了更多的语言实验，追求一种更极致的语言探索（杨黎在这种语言探索过程中成长为至今为止中国最重要的语言诗人之一，并在新世纪的网络时代最终形成了自己的“废话”诗学），在精神上则明确反对那种建立在文化基础上的诗歌和建立在崇高道德基础上的诗歌；“莽汉”诗派则是中国最早的彰显生命意志的诗歌群体，也是“身体诗学”的最早尝试者，可惜在这两点上都没有形成自觉的理论系统，在写作上也只是不自觉地浅尝辄止，其后，这个诗歌流派的代表人物如李亚伟等更多地热衷于在诗歌中彰显自己的修辞才华。“第三代诗人”在20世纪80年代中期之后迅速成长为与“朦胧诗一代”分庭抗礼的诗歌力量，虽然没有明确的“争论”事件发生，但却有着确凿的美学对抗。这同样是新的先锋对新的主流、新的秩序的一次对抗。无论是口语诗的产生、平民意志的伸张、语言诗学的建立、纯诗的态度，对文化、道德等“庞然大物”的反抗和对浪漫主义抒情诗歌的反对等，都是“第三代诗歌”的重要贡献。

在以口语化的先锋诗歌为主体的第三代诗歌运动如火如荼地席卷20世纪80年代中后期的情况下，与“第三代”诗人同一代的，更多地继承了朦胧诗一代诗歌经验的一批诗人（后来在更多场合被命名“后朦胧诗歌”，以作为和“第三代诗歌”的区分），显得缺乏美学上的创新。这批诗人以海子、西川、骆一禾等北京大学毕业的，具有浓重精英意识的诗人，和以欧阳江河等部分四川诗人为代表，也包括其时在《诗刊》杂志工作的一度被视为“朦胧诗一代”晚期诗人的王家新，他们在早期更多地继承了“朦胧诗一代”建立在象征、隐喻基础上的早期现代主义诗学，和建立在浪漫主义美学基础上的崇高抒情，乃至肇始于杨炼和江河的史诗写作等。1989年之前，在他们的前辈“朦胧诗一代”和同辈“第三代诗人”的双重挤压下，他们的声音并未被彰显。尤其是海子、欧阳江河、廖亦武等人的史诗写作，更被证明为虚妄和无效。也正是在这个背景下，1988年，西川、陈东东、欧阳江河等以民间刊物《倾向》为阵地，开始尝试性地提出“知识分子写作”这一概念，这一概念在当时影响力很小，也并没有能够浮出水面。进入20世纪90年代后，“知识分子写作”则成为以书面语修辞写作为特征的整个北京学院诗歌体系的代名词，因此容纳进了更年轻的、以北京大学毕业的诗人臧棣为代表的、更极致地以修辞和词语构成“纯诗”的一批现代性表征更强的诗人，这批诗人是肇始于20世纪80年代的现代主义语言诗学在口语之外，向学院书面语体系发展的一支力量。

1989年是中国当代诗歌的一个巨大的分水岭，这来自于两个意外事件的发生。一是三月份，北京诗人海子在山海关卧轨自杀，这种惨烈的死亡方式令海子成为某种殉道士般的悲壮的抒情符号，同一年五月，同样毕业于北京大学的海子挚友骆一禾病故，更加重了这种悲剧的抒情氛围。海子和骆一禾的写作，都带有浓烈的根植于农业文明社会的浪漫主义抒情特点和根植于道德和文化的史诗写作特点，而这些正是第三代先锋诗人所反对的。海子和骆一禾的死亡，在20世纪80年代末尚未真正变成一个现代化国家的中国，构成了根植于农业文明社会的浪漫主义抒情诗歌大规模死灰复燃的道德基础，也令北京大学成为中国诗歌的重要阵地，这是当代中国诗歌中学院派力量的第一次爆发，也为根植于学院体系的“精英诗歌”的崛起提供了可能。

第二个意外更为巨大和深刻。发生在这一年的巨大悲剧，一举将20世纪80年代中国的知识精英们积攒起来的自由、开放的精神力量消耗殆尽，由此文化和文学上的自由派和先锋派失去了社会根基。在文化领域的一切层面上，保守主义大行其道。以先锋、实验、反抗和自由为根基的第三代诗歌运动戛然而止。与此同时，被压抑的中国知识界又在呼唤能为他们带来泪水的、能满足他们的良知和道德需求的文学，尤其是诗歌。而朦胧诗一代如北岛、顾城、多多等都已离开国内，远在海外，在1989年去世的海子和骆一禾因此如同祭品般被推上了神坛；其时在《诗刊》工作的朦胧诗晚期诗人王家新以一首

《帕斯捷尔纳克》迎接着俄罗斯“白银时代”的诗人们大规模进入20世纪90年代的中国诗歌。

与海子、骆一禾并称北大三杰的西川，和继承了朦胧诗一脉道德抒情传统的王家新，以及从四川来到北京，早期写作史诗，后来转为隐喻和修辞写作的欧阳江河，代表了“知识分子写作”的几股重要力量。欧阳江河、程光炜等诗人和批评家敏锐地把握住了这一时代特点，开始将“知识分子写作”这一概念扩大到整个根植于北京的学院派体系，扩展到以学院书面语修辞写作为特点的诗人群体，北京著名的诗歌批评家唐晓渡以及程光炜等大学教授的加入，使得“知识分子写作”获得了整个北京的大学院校批评力量的加持，北京重新成为中国当代诗歌的重镇，大学院校取代了过去的官方作家协会体系成为新的秩序中心，第三代先锋诗歌力量的现代主义诗歌成果被一点点吞噬。直到1998年，程光炜主编20世纪90年代诗选《岁月的遗照》出版，将“知识分子写作”与“90年代诗歌”直接画上了等号。这才直接导致了我的那篇《谁在拿90年代开涮》的产生，也催生了谢有顺为《1998中国新诗年鉴》所写的那篇《内在的诗歌真相》，令20世纪80年代第三代中国先锋诗歌的代表诗人于坚、韩东、杨黎与20世纪90年代中国先锋诗歌的代表人物，同时也是20世纪90年代“后口语诗歌”的倡导和实践者伊沙、徐江、侯马等汇集为“盘峰论争”中的“民间立场”。

所以“盘峰论争”从诗歌精神上来说，就是中国当代先锋诗歌第三次对主流和秩序的反抗。也是先锋派对传统诗歌价值观的反抗。与“朦胧诗一代”当年面对的官方文学相比，这一次的主流和秩序的代表者，是中国新成长起来的学院文学系统，“知识分子诗人”正是依靠这一系统获得了20世纪90年代的诗歌话语权。无论是官方文学的诗歌体系，还是学院诗歌体系，都是借助于社会化的庞然大物而得以存在并获得美学话语权，但真正的“民间”“地下”和“先锋派”则永远站在任何庞然大物的对立面，更多依赖内在的精神探索、美学探索和先锋的魅力而生长。这一次的论争和对抗，也证明了20世纪80年代以来，中国地下的、民刊时代的先锋诗歌发展道路并未被中断，从前口语到后口语，从第三代诗人到伊沙、徐江、侯马、宋晓贤、贾薇；从《他们》《非非》《莽汉》到《诗参考》《葵》再到《下半身》，现代主义语境下的中国先锋诗歌一直在承继和发展，从未停止生长，只不过被新的主流话语体系遮蔽了光芒。

三是中国外省诗歌力量的一次集合。除了我在上文中所陈述的口语诗歌与书面语修辞诗歌的对抗、先锋诗歌与主流和秩序的对抗，“盘峰论争”其实还隐含了一层外省文学与首都文学之间的对抗，这同样意味着对主流的反抗。正如上文所说，“知识分子写作”的诗歌体系首先是借助北京的，以北京大学为代表的学院体系完成了文学话语权的占有。而盘峰会议前后参与论争的诗人中，除了我和侯马之外，其他诗人都来自外省，尤其是南京、成都和广州。南京和成都分别是第三代诗歌运动的重要诗歌城市，从某种意义上讲，第三代诗歌运动本身也包含了年轻的外省诗人们对位居首都的

"朦胧诗一代"的反抗。杨克和谢有顺生活在广州，广州是中国最具平民性和世俗性的城市，《1998中国新诗年鉴》在广州出版，主编是杨克，云南的于坚和南京的韩东是其核心编委，而于坚和韩东在20世纪80年代，又是以诗歌的平民精神和日常生活美学为特征的"他们"诗派的代表人物。《1998中国新诗年鉴》与程光炜主编的《岁月的遗照》直接形成了选本与选本之间的对抗，如果我们把杨克、于坚、韩东、谢有顺称为"盘峰论争"中的"年鉴派"的话，就更能清晰地看到"盘峰论争"中这种外省与首都的对抗，平民主义精神与学院精英派写作之间的对抗。可惜的是，"盘峰论争"中构成"平民主义"精神的"年鉴派"在日后并没有真正成为中国当代诗歌中彰显平民精神的文学人物，有的甚至完全走向了反面。

盘峰论争中，"年鉴派"之外的另一支"民间立场"的重要组成部分，后来被称为"北师大诗群"，包括伊沙、侯马、徐江、沈浩波和宋晓贤，均毕业自北京师范大学。这批毕业自北京师范大学的诗人是中国学院文学体系的"逆子"，他们直接承继了20世纪80年代中国当代诗歌中的先锋意志，并以更强烈、更坚决的先锋性与主流、权威和秩序对抗。在"盘峰论争"中，"北师大诗群"更多地代表着"民间立场"中的口语写作与先锋精神。这群诗人中，徐江与侯马的写作直到新世纪以后才臻于成熟，伊沙是20世纪90年代中国先锋诗歌真正意义上的代表诗人。

如此抽丝剥茧，方能呈现"盘峰论争"的美学真相。这是先锋与主流、先锋诗学与传统诗学的对抗，是口语诗歌体系与学院化的修辞诗歌体系的对抗，也包含着平民意志与学院精英主义的对抗。

“盘峰论争”从20世纪末延伸到新世纪初的头两年，时间大约是从1998年到2002年。一场论争为上个世纪的写作画上了句号，也为中国的“民刊”时代画上了句号，同时也开启了新世纪以来互联网为主要发生现场的诗歌时代。

一、下半身诗歌运动与中国诗歌的互联网时代

有学者指出，“盘峰论争”的一个重要结果是，催生了出生于20世纪70年代的一批中国年轻诗人的出场。说的正是我和我的同人们在2000年所发起的“下半身诗歌运动”。

从1998年到2000年，我在大学毕业前后，陆续结识了一批年轻的天才诗人，他们与我年龄相近、志趣相投、蔑视权威、生机勃勃，等待着一次出场的机会。2000年5月，《下半身》诗歌杂志创刊，又正赶上互联网时代的到来，这群年轻的“下半身”诗人聚集于诗人南人创办的“诗江湖”bbs上，通过互联网的快速传播，激进的诗学主张，与以往诗人完全不一样的诗歌写作，在中国诗歌界引起了轩然大波，一场名为“下半身诗歌运动”的先锋诗歌潮流向中国诗歌界的所有壁垒和角落发起了冲击，并引起了巨大的争议。20世纪90年代中国先锋诗歌的代表诗人伊沙发表文

章《我寻求加入下半身》，20世纪80年代中国先锋诗歌的代表人物杨黎与何小竹在“诗江湖”bbs联名发表公开信，声称这是“一群天才集体冲上街头”，而更多的诗人和批评家则通过各种方式表达着他们的愤怒和无法接受，甚至发出了“诗歌死了”的哀鸣。“盘峰论争”所撕开的秩序裂口被“下半身诗歌”进一步冲击，互联网加速了这种主流秩序的倒塌。沈浩波、尹丽川、朵渔、巫昂、南人、李红旗、盛兴、马非、朱剑等《下半身》杂志的创刊同人，和在2001年、2002年在《下半身》杂志第二期和“诗江湖”论坛上陆续亮相的“下半身”同人如轩辕轼轲、李师江、阿斐、春树、水晶珠链等出生于20世纪70年代和80年代的诗人们成为新世纪前几年中国先锋诗歌的主角。这些年轻的诗人带来的争议、刺激和狂欢般的带有强烈荷尔蒙味道的青春写作氛围，是20世纪90年代以来仅见的一道诗歌风景，也由此拉开了中国当代诗歌在互联网时代的帷幕。

“下半身”这个命名来自我和朵渔、李红旗的讨论中，朵渔的一次脱口而出，我和李红旗反复琢磨后，觉得这个词组正好包含了我们想表达各种诗歌美学和诗歌精神的意图。这个词组其实是由两个核心单词组成，“下”和“身”，“下”是指“形而下”“向下”，“身”是指“身体”。

“下”，从诗意的实现美学的角度说，指的是通过具体的现实、事物和人性来承载诗意和精神，通过“形而下”来抵达“形而上”，而不是空洞地从“形而上”到“形而上”。这一美学主张，是对20世纪90年代后口语诗学所强调的“在场”和“及物”的进一步强调，也是对传统的浪漫主义诗歌通过抒情、通过“诗言志”来承载诗意的进一步否定。抒情、言志作为传统的浪漫主义诗歌方式，早已因其空洞、矫情和虚伪而被现代主义文学质疑，但在农业文明根基深厚的中国，仍然大行其道；亦是对早期中国现代主义中，通过象征和隐喻来构成诗意的一种否定。“下”，意味着一种更直接的诗意，直接面对具体的现实、事物和人性；甚至也是对现代主义在书面语系统中通过意象来承载诗意的一种否定，通过意象来承载和实现诗意依然显得过于间接，不够直接，“下”所强调的不是意象，而是实像、事像、物像和基于人性的心像，是具象中最直接的部分。通过具体的直接的“形而下”来抵达诗意的“形而上”，从而使诗意和精神变得真实、具体、准确、结实、可被把握。

“下”从诗歌精神上来说，试图体现一种“向下”的精神，这是对诸如崇高、文化、社会学意义上的道德体系、权威、精英秩序等一切高高在上的“庞然大物”的反抗，也是对诗歌中“人性”价值的确认，以及对“真实”的确认。诗歌需要神性，但神性应该包含在人性之中，神性不应该凌驾于人性之上，真实的人性构成最真实的诗意，真实大于一切虚伪的情感。对“人性”的揭示，对“人性”题材的挖掘，其背后包含的世界观正是对“人性”的尊重。对“人性”这一题材的大规模书写，以及直接、真实的写作风格，是“下半身”诗歌对于中国当代先锋诗歌的重要开创和贡献。

“身”是指“身体”，伊沙在20世纪90年代率先在诗歌领域提出了“身体感”这一概念，后来于坚试图对这个概念加以文化性的阐释，反而南辕北辙。“身体感”的提出，正是对各种文化诗学概念化诗学的反抗，它更强调一种原初的力量，原创的力量，带有强烈的本能感。对“身体”的强调亦是对“形而下”强调的一种更直观的、更性感的表达，亦是代表着对“形而上”的各种庞然大物的反抗。“下半身诗歌”试图将“身体感”的强调，融化入他们对“人性”主题的开掘，融化入他们直接、真实和充满青春荷尔蒙气息的诗歌文本中。可以自己夸自己一下的话，在对“人性”题材的开掘方向上，在真实、直接的诗歌表达力方面，我是中国当代诗人中做得最好的。

另外，“身”还包含着对生命力和生命意志的强调，而“下半身”诗人，也确实曾被第三代诗人中“莽汉”诗群们激发过，又被他们自己掷若敝屣的带有强烈生命意志的诗学自觉地重新实现了。后来有评论家认为“下半身诗歌”是对“莽汉”诗派的承继，这个论调当然不对。但就对生命意志诗学的开掘而言，在这个美学的局部，确实具有一定的承继关系。

“下半身”这个词组，虽然初衷是由“形而下”“向下”以及“身体感”这样的美学概念构成，但当我和朵渔、李红旗选择了“下半身”这个完整的词组，这个词组在保守的、禁欲的、被农业文明萦绕的世纪初中国文学秩序中，体现出了巨大的“挑衅性”。我们其实意识到了这个词组所包含的挑衅姿态，也意识到了这个词组将给我们带来巨大的争议，我们对此感到兴奋。当这群急于冲上中国当代诗歌现场的年轻诗人找到了“下半身”这个挑衅意味浓烈的命名时，就意味着传统的诗歌美学将在互联网时代遭遇最大的冲击，而“下半身诗人”群体也将因此遭遇各种围剿和被污名化的诽谤。“下半身”这个命名的确认，也诱惑着这群年轻的、充满荷尔蒙气息的诗人，在撕开中国当代诗歌的“人性”题材区域的同时，也一把撕开了“性”这个对于上个世纪的中国人来说的“道德禁区”。在20世纪八九十年代和新世纪初的中国，“性”作为一种题材和文学内容，在小说里的存在完全可以被中国人接受，唯独在诗歌中很难被接受，因为中国是一个有着过于悠久和伟大的诗歌传统的国家，传统的中国古典诗歌在中国人心目中的位置等同于宗教，他们甚至难以接受任何对“唯美”诗意的挑战，现代主义诗歌在中国的发展之路一直艰难曲折地存在于“地下”和“民间”，诗歌界本身和官方诗歌体系以及学院文学体系好不容易才被迫接受了口语诗的挑战，“性”成为所有人捍卫中国诗歌道德尊严的最后一块禁区。当“下半身”诗人一不小心地以某种凶猛的挑衅意味十足的姿态大规模地闯过这片禁区后，构成的贡献在于，从此，中国当代诗歌在题材上再无禁区，现在更年轻的中国诗人涉及“性”题材的诗歌已经被司空见惯；而“下半身诗人”们为此付出的代价则是，进一步将“下半身诗歌”推向了极端的被污名化，直到今天，官方文学体系和学院文学体系提起“下半身诗歌”仍然充满愤怒。甚至出现了这样一种景象，“下半身诗歌群体”中的任何一个诗人单独出现时，都被视为是新世纪重要的诗人，但“下半身诗歌”作为一个诗歌流派，至今仍在遭受诽谤和排斥。

如上文所揭示的，发生在21世纪初（2000年到2004年）的这场“下半身诗歌运动”，其美学追求和文学世界观可被具体描述为：以生命意志为基础，以自由和反抗为根本价值观，以一种更直接和真实的口语语言和文学态度，在现实、事物和人性的基础上构建诗意，反对构建在任何“庞然大物”基础上的诗歌写作方式，无视基于道德禁忌的题材禁区，在“人性”这一文学主题上进行深刻挖掘。

“下半身诗歌运动”的兴起，是建立在盘峰论争后，20世纪90年代建立起来的学院诗歌铁幕被推倒，新世纪的中国诗歌呼唤新的声音和新的活力，互联网时代正在来临，诗歌发表的门槛被互联网取消，传统的秩序和标准不再有效，年轻的70后和80后诗人纷纷涌现的全新氛围上。这样的氛围与“下半身诗歌群体”所展现出来的新鲜、刺激和激进正好互相匹配。但必须更客观地看到，“下半身诗歌运动”仍然是20世纪80年代以来，以口语化为基本标志的，中国当代先锋诗歌发展的成果。“下半身诗歌”无论从其诗人同人的构成，还是从他们的诗歌作品所展现的美学特点，都至少包含着这样几个方面的积累：

一是对20世纪90年代后口语诗歌成就的汲取和承继，特别是对后口语写作对在场感、及物感和身体感的强调。

二是对20世纪80年代中国早期口语诗歌运动中，建立在口语语感基础上的语言诗意的承继，并在此基础上更为凸显个人语言的生命气质。

三是对第三代诗歌运动以来，中国地下先锋诗歌的精神底色——反文化、反崇高的反抗式先锋价值观的承继。

四是对早期莽汉派诗人的荷尔蒙式生命意志诗学的重新挖掘和彰显。

五是明显吸收了西方摇滚音乐直到朋克音乐以及更多当代艺术领域的营养。这让“下半身诗歌”拥有了某种迥异于过去中国诗歌的艺术气质和当代都市的气质。

事实上，中国当代先锋诗歌一直有着明显的发展线索，从第三代的20世纪80年代，到伊沙在20世纪90年代继续扛起先锋诗歌的旗帜，放大并深入了萌芽自第三代的先锋价值观，再到“下半身诗歌”在新世纪再次树立的先锋形象，这是一条完整的脉络，是现代主义诗歌在中国衍进的主线。

“下半身诗歌”既是一个完整的流派，亦是由写作特点完全不同的一群诗人组成。比较完整并典型地体现了以上所说的美学特征和世界观的，是沈浩波和尹丽川，以及在更晚的时间成长起来的出生于20世纪80年代的诗人春树，这三位诗人在“下半身诗歌”群体中具有更强烈的先锋意志；与尹丽川一起成为新世纪第一个十年中国最重要女诗人的巫昂，则为这种写作风格增加了幽深和神秘的女性感，甚至是某种黑暗、深沉的部分；南人则为这种风格注入了更多的戏谑、幽默和某种荒诞、快乐的因素；朵渔在下半身诗歌运动中，扮演着更为沉稳的角色，他在语言上保留了口语的直接，又增添进书面语的典雅，他并不是一个坚决的“下半身主义”者，但“下半身诗歌”的美学追求为他的写作注入了足够的生命强度，他后来更多地成为了一名真正意义上的“知识分子写作”的诗人；盛兴和李红旗拥有天才般的诗歌感觉和气质，尤其是在语言诗学的层面，“下半身诗歌”的基因令他们的诗歌比20世纪80年代的口语先驱们拥有更结实的身体感；马非和朱剑是伊沙在20世纪90年代倡导之“后口语”诗歌美学的坚定拥护者，也因此是“下半身诗歌”群体中在“口语”这一语言方式上浸淫最深的诗人，成为后口语诗歌在新世纪的发扬光大者；轩辕轼轲创造了一种奇特的诗歌景观，他的诗歌核心建立在两种超强的能力上，一是超强的狂欢式的语言繁殖能力，这令他的诗歌往往像一辆失控的火车，二是奇崛的超现实主义想象力，他这一部分诗歌则更像一架精致的飞行器，他是新世纪中国当代诗歌中特点最鲜明的诗人之一。

尤其需要重点指出的是诗人南人，他不仅仅是“下半身诗歌运动”的核心创建者和重要诗人，更为中国诗歌的互联网时代提供了长达十年的舞台——“诗江湖”bbs。南人创建了这个bbs，我和南人共同主持这个bbs。在新世纪头十年，“诗江湖”就是中国先锋诗歌最重要的现场，几乎所有重要的诗歌事件都发生于此，几乎所有重要的先锋诗歌流派和诗人都曾经活跃于此。最初，“诗江湖”更像是“下半身诗歌运动”的互联网诗歌阵地，但在“盘峰论争”在2000年和2001年尚在继续的情况下，盘峰论争中“民间立场”一方的重要诗人也都将“诗江湖”作为他们在互联网时代发表诗歌和言论的阵地，尤其是于坚、伊沙、徐江、侯马、杨黎、何小竹、谢有顺等，他们与沈浩波、尹丽川、朵渔、巫昂等出生于20世纪70年代的诗人，以及更多的，正在涌现的出生于20世纪80年代的诗人一起，活跃在这个论坛。直到2001年，我和韩东在“诗江湖”论坛发生了一场意外的争吵，四十多位知名的诗人和作家都被卷进这场争吵，第三代诗歌中“他们”诗派和“非非”诗派的元老们（除了于坚）都站在了韩东那一边，而下半身诗歌的同人们和20世纪90年代后口语写作的核心诗人如伊沙、侯马等则站在了我这一边，双方足足吵了七天七夜，最后完全变成了公开的骂街。这也是互联网时代bbs的一个特点，大家在同一个广场上，拥挤而嘈杂，距离太近容易擦枪走火，诗人又是热爱吵架的好斗动物，这种吵吵闹闹在“诗江湖”bbs几乎贯穿了整整十年。正是由于这场争吵，韩东离开了“诗江湖”，带领除了于坚之外的“他们”诗派的重要成员创办了“他们”bbs，杨黎、何小竹、竖、乌青等则创办了“橡皮”bbs。从此，诗江湖论坛就成了某种意义上的孵化器，很多诗人带着自己的诗学理念来到诗江湖论坛，在这里找到更多志趣相投的诗人，形成了某种更为独立和强烈的声音，然后再创建一个完全忠实于自身诗歌理念的个人性或群体性的bbs，比如伊沙和黄海创办的“唐”bbs，武汉诗人张执浩和小引创办的“或者”bbs；20世纪90年代出现的一位重要的语言实验诗人余怒创办的“不解”bbs；徐江所创办的“葵”bbs，广西诗人刘春创办的“扬子鳄”bbs；宋晓贤和阿斐等诗人在广州创办的“白诗歌”bbs；年轻的80

后诗人们也希望拥有自己的舞台，西安的一群大学生诗人创建了“解放”bbs，这个群体中后来涌现了后口语的重要诗人西毒何殇和艾蒿；中国北方的一群年轻诗人创建“秦”bbs，其中的两位女诗人旋覆和鬼鬼，在80后一代中有比较重要的意义……但“诗江湖”因为更像一个热闹的广场，也继续成为这些不同诗歌群落和不同诗人共同的舞台。

杨黎、何小竹、吉木狼格等第三代时期“非非”诗派的代表诗人，正是在这个bbs时代，形成了他们在新世纪的重要诗学理念——“废话诗学”，并在更年轻的70后年轻诗人中，找到了这一诗学理念的完美继承者和实践者，其中比较重要的有竖和乌青。他们一起构成了一个新的诗歌流派——“废话诗派”。“废话诗派”将20世纪80年代“非非诗派”的核心理念直接与“语言”，并且仅仅与“语言”挂钩，并进一步彻底化和极端化。杨黎试图建立一种“语言乌托邦”式的诗学，即在诗歌中取消一切价值和意义，仅仅用“语言”本身构成诗意。在此基础上，进一步取消语言的及物性，不主张语言具备明确的所指，这几乎构成了“语言的玄学”。杨黎们的“废话主义”与“后口语诗歌”和“下半身写作”一样，都建立在口语的基础上，但废话的不及物和无所指，与“后口语诗歌”及“下半身写作”所强调的及物性、身体性以及生命意志诗学产生了强烈的冲突。

在新世纪的头五年，“废话诗派”是唯一能够与“下半身诗歌”争夺年轻人的诗歌流派。一度，在诗江湖bbs上，新涌现的年轻诗人们要不就是“下半身诗歌”的拥趸，要不就是

“废话诗派”的信徒。

“下半身诗歌运动”作为一种年轻先锋诗人的群体性集结，到2004年结束，但作为一种美学追求和先锋精神，却持续不断地推向深远。正如最早研究“下半身诗歌运动”的海外汉学家。荷兰莱顿大学教授柯雷在一次访谈中所说，“我并不认为下半身写作退潮了，如果从更大的格局来看的话。虽然这个群体不再是以下半身为旗帜的定义明晰的运动，但它从2000年开始的汹涌势头仍然意义重大。”

一方面，“下半身诗歌运动”所代表的以自由、开放、反抗为特征的先锋精神和生命意志美学逐渐成为当代中国先锋诗歌中非常重要的组成部分；另一方面，其掀起的争议以及“向下”的诗学主张，仍然在中国诗歌的互联网江湖发酵。一些新的诗歌流派打出了“崇低”“更下”的旗号，比如“低诗歌”和“垃圾派”，试图用比“下半身诗歌”更激进的姿态，更好勇斗狠的道德挑衅和更庞大的写作人群来获得在当代诗歌中的位置。这股风潮一直延续到2010年左右，在互联网的各种诗歌bbs上，充斥着这种类似于“排泄”式的诗歌写作。当“向下”变成了一种“垃圾崇拜”，“反崇高”变成了一种对“低”的崇拜时，诗歌就完全变成了姿态和标签。事实上，无论基于什么样的美学立场，诗歌始终是心灵、精神和语言的艺术，如果说先锋意味着自由、反抗和创新的话，传统的本意则是忠实于心灵。当姿态和观念脱离了心灵，变成姿态崇拜和观念崇拜时，无论什么样的姿态和观念，都会变得和先锋诗人所反对的一切庞然大物一样面目可憎。

南人创办的“诗江湖”bbs，其1999年的前身是为北师大诗人群体提供的一个网络展示空间，2000年，随着《下半身》杂志的创刊，才打上了鲜明的“下半身”烙印。2005年以后，“诗江湖”bbs不再作为“下半身诗歌运动”的网络基地，但我和南人仍然作为版主主持着这个论坛，伊沙、徐江、侯马等20世纪90年代成名“北师大诗群”代表诗人以及他们所代表的“后口语写作”成为“诗江湖”bbs又一鲜明的美学根基。“下半身诗歌运动”所形成的生命意志和身体写作为基础的美学态度，中国学院诗歌体系最大的反对者，自身也同样出身于著名学院的，堪称学院逆子的“北师大诗群”所坚决秉持的“民间立场”，“后口语写作”内在的口语美学探索，伊沙、沈浩波、春树等三代先锋诗人所代表的先锋意志，1980年后一代更年轻诗人的大面积涌现，共同构成了2005年到2009年诗江湖bbs的丰富景观。

“下半身写作运动”与萌芽于20世纪90年代，并在新世纪得到深入发展的“后口语诗歌”，都可被视为中国当代诗歌中“口语诗运动”的重要组成部分，但“后口语诗歌”更为专注和凸显于“口语”，对“口语诗歌”本身在语言、技术、口语诗内部的诗意拓展、口语诗歌的纯诗化等方面贡献巨大，如果说在20世纪90年代的时候，还只是伊沙、侯马、唐欣、徐江、贾薇、宋晓贤等诗人分别的个性化探索，而被伊沙总结归纳为“后口语诗歌”的话，那么在新世纪第一个十年的“诗江湖”bbs上，很多年轻的70后、80后诗人加入进这个探索的过程，并将在下一个十年抵达口语诗美学的自足与成熟，对此我在下文中还将详细论述；而“下半身诗歌运动”则更多地采用了“口语”这一语言形式，放大了口语诗歌在精神、心灵和生命意志层面的先锋性，实现了口语诗歌的身体感，但也正因为其首先是精神向度，而不是技术向度的，所以“下半身诗歌运动”并未在口语诗的内在口语技术上着力过多。

“后口语诗歌”和“下半身诗歌运动”在“诗江湖”bbs的各自生长与交汇融合，对中国当代先锋诗歌的发展和口语诗运动本身，都有着至今远未被厘清的重要价值。其中，伊沙虽然是20世纪90年代“后口语诗歌”的首倡与命名者，但他同时也是“身体写作”在中国诗歌中最早的提出者，其在先锋向度和口语向度上的美学探索是全方位的，而沈浩波虽然是“下半身诗歌运动”的倡导者，但同时也是“后口语诗歌”的重要践行者。在“后口语诗歌”之于“口语诗”内部的经典化技术探索方面，我以为侯马有卓越的成就，并将在新世纪的第二个十年越发体现出其口语诗技术领袖的风采。

2008年，第三代诗歌运动中的中国早期口语诗歌领袖之一，同时也是盘峰论争中“民间立场”一方重要诗人于坚，因为沈浩波在一篇文章中对他的不点名批评，以及伊沙在一首诗中对他进行了嘲讽，在诗江湖论坛愤怒地宣布与伊沙、沈浩波绝交。这几乎意味着，盘峰论争所形成的三代口语诗人的结盟至此彻底断裂，新世纪的中国诗歌的口语运动与草创于20世纪80年代的早期口语诗歌（亦被称为“前口语诗歌”）渐行渐远，而几位第三代时期重要的早期口语诗领袖，在他们从20世纪90年代到新世纪的诗歌写作中，口语精神也确实越来越弱，李亚伟转向了某种依赖修辞的语言写作，韩东的语言越来越具备书面语的典雅特点，诗歌中的抒情因素和知识分子特质不断增强，于坚更是在新世纪越来越走向口语诗和先锋派的反面，变成了诗歌中的东方文化主义者，试图以民族主义的东方文化概念来图解诗歌。

“诗江湖”的十年，营造了一种自由、开放、狂欢、喧哗的诗歌气氛，这既是一种精神的开放以及自由意志的成长，也是民刊时代的“地下”精神、“民间”立场在互联网时代的延续，同时也为下文中我将要提到的，在新世纪第二个十年，中国口语诗歌走向成熟提供了一切准备，一大批出生于20世纪70年代和20世纪80年代的年轻口语诗人将诗江湖作为诗艺磨炼的练兵场，他们中的佼佼者将在不久的将来站到中国当代先锋诗歌的前沿，成为新世纪的重要诗人。正因为如此，“诗江湖”bbs几乎就是新世纪头十年中国网络诗歌的代名词，几乎所有的诗人、诗歌研究者和文化现象研究者都在持续地观看着“诗江湖”上诗人们生机勃勃的表演，当然也包括他们所展示出来的令人不适的荷尔蒙、攻击性、争吵、脏话、污言秽语、战斗、绝交。“诗江湖”是一个广场，以前中国诗歌从来没有过这样一种广场，可能以后也不会再有了。这一时期以“诗江湖”诗人为代表的中国“地下”“民间”“先锋”诗人们，几乎将官方诗歌体系和学院诗歌体系的影响力削弱殆尽。

发端于新世纪的互联网诗歌现场都成为了中国先锋诗歌最

生机勃勃的现场，也是最混乱和嘈杂的现场。很多新的优秀诗人都涌现于新世纪的头十年，出生于20世纪70年代和20世纪80年代的诗人在这10年中崛起于中国诗坛。除了上面提到的诗人们，还有两位出生于20世纪70年代的诗人在这个十年里体现了他们的重要性——山东诗人宇向和辽宁诗人刘川。宇向与尹丽川、巫昂一起，成为新世纪头十年最重要的三位女诗人，她写作于这十年的诗歌，敏感、细腻、锐利，同样具有强烈的身体性；刘川则塑造了一种非常鲜明的诗歌风格，戏谑、幽默、尖锐、夸张、奇异，具备辨识度很高的文本先锋性。此外姚风、欧阳昱、唐欣、祁国、李伟、君儿、马海铁、独化、吕约、琳子、花枪（现改名为蔡根谈）、篱笆（又名江南篱笆）、老德、张羞、谭克修、莫小邪、东岳、魏风华、方闲海、魔头贝贝、管党生、巫女琴丝、鲁布革、金轲等诗人也都或短或长地在这十年的互联网诗歌现场中体现过重要性或写出过标志意义的作品。尤其是出生于20世纪50年代的姚风、欧阳昱和出生于20世纪60年代初的唐欣，这几位晚熟的诗人在互联网时代体现出了远远超过他们同龄人的惊人的创造力，他们在这个十年为自己成为汉语里的最重要的诗人做好了一切准备，唐欣的《北京组诗》是这一时期中国诗歌的重要收获。

二、口语的成熟与“新世纪诗典”

科技的发展、媒体的革新，对文学尤其是诗歌传播方式有重要的影响。谁都没有想到，随着智能手机的普及，诗歌这一相对于主流社会来讲显得过于边缘的文体，在手机的自媒体上获得了意想不到的关注和欢迎，越来越多的人开始阅读和写作诗歌，社交媒体中的诗歌自媒体多如雨后春笋。而原先的基于PC端的bbs早就随着社交媒体的崛起而越发边缘化，大约在2009、2010年，包括“诗江湖”在内的各种bbs陆续宣告消亡。在新崛起的移动互联网社交媒体上，诗歌的交流同样便捷，并且不像bbs时代那样具有嘈杂喧闹的广场特性。bbs在其后期越来越成为肇始者的天堂，而很多性格内敛的诗人则在移动互联网的社交媒体上找到了属于自己的发声管道。同样，在20世纪80年代后期尤其是20世纪90年代，被地下诗歌民刊和学院体系双重挤压，已经显得边缘化的官方主流诗歌刊物，也通过移动互联网获得新的生命力，迎合了很多互联网时代的读者。诗人商震担任中国官方最权威的诗歌杂志《诗刊》的常务副主编后，在移动互联网端创建的《诗刊》新媒体平台，拥有了数十万读者。无论是口语派的先锋诗歌阵营，还是学院派的修辞学写作体系，抑或是以泛抒情写作为主要特征的新世纪官方诗歌体系，在移动互联网时代，都各得其所。从盘峰论争一直蔓延到新世纪前十年的，充满硝烟的争论与驳难，似乎暂时告一段落。

2011年，伊沙收到网易微博主编、诗人欧亚（也是早期“下半身诗歌运动”的参与者）的邀请，在网易微博开设“新世纪诗典”栏目，每天向公众推荐一首中文现代诗。第一首被推荐的诗歌就是我的《玛丽的爱情》，在读者中间引发了很大的讨论。“新世纪诗典”从此成为中国先锋诗歌的最具品牌力和号召力的媒体和先锋诗歌发布平台。截至我写完本文的今天，“新世纪诗典”已经存在和发展了六年，每天推荐发表一首中文现代诗歌佳作，共推荐了七百八十六位诗人创作的两千一百零七首诗歌，蔚为大观。很多重要的诗人崛起或成熟于这个平台。新世纪重要的女性诗人如宋雨、西娃、图雅，年轻一代的诗人如苇欢、苏不归、吴雨伦、里所、闫永敏、莫渡、左右、宋壮壮、易小倩均直接崛起于这个平台，很多诗江湖时代崭露头角但并不成熟的诗人，也在这个平台上展现出了他们越来越成熟的写作和在新世纪诗歌中的重要性，其中的代表人物有君儿、起子、西毒何殇、三个A、马海轶、唐果、梅花驿、艾蒿、东岳、李异、邢昊、还非、王有尾、了乏、李勋阳、韩敬源、唐突等。2011年，我成为《新世纪诗典》纸质书的出版者，每年出版一本，目前已经出版了五本。

如果说以“诗江湖”为代表的bbs时代，诗人的出场和崛起不仅仅要借助自身的文本，还需要借助强烈的个性、姿态和在喧嚣广场上雄辩的言说能力的话。“新世纪诗典”每日推荐发布一首诗的方式，则令关注这个平台的诗人和读者得以用文本细读的方式，更多地关注于诗歌文本本身，这与中国当代诗歌走向语言成熟和文本内部成熟的发展态势正好吻合。从某种意义上讲，“新世纪诗典”所营造的这种细读文本的氛围，促进并展现了汉语诗歌的这种成熟。

由于“新世纪诗典”的主持人，诗人伊沙本人是中国当代口语先锋诗歌的最重要的写作实践和理论推广者，因此“新世纪诗典”当然首先成为了当代口语先锋诗人，尤其是年轻一代诗人聚集的平台。伊沙在主持“新世纪诗典”这一专注于优秀诗歌文本推荐、展示与交流的互联网平台之外，还与和他一起生活在西安的几位重要的口语诗人秦巴子、朱剑、黄海、西毒何殇、王有尾、艾蒿等创办了以线下诗歌活动和交流为主体的“长安诗歌节”，“长安诗歌节”一方面有其建立城市诗歌生态的意义，另一方面，由于其同人都是重视口语技术的口语诗人，也进一步推进了“新世纪诗典”在当代中国口语诗运动中扮演重要角色。在这个过程中，围绕“长安诗歌节”所形成的西安口语诗人群体，围绕徐江所创办的《葵》同人民刊所形成的天津口语诗人群体，以轩辕轼轲、东岳、了乏、张侗、铁心、天狼、岳上风等为代表的山东口语诗人群体，以三个A等为代表的广西口语诗人群体等，均体现了强劲的口语文本创造力和构建着活跃的地域诗歌生态。

至此，从20世纪80年代早期口语诗运动的王小龙、韩东、于坚、丁当、杨黎、何小竹、李亚伟、阿吾；到20世纪90年代后口语写作的代表诗人伊沙、徐江、侯马、唐欣、贾薇、宋晓贤、李伟；到新世纪头十年以“下半身诗歌运动”为标志的，以“身体感”和“生命诗意”为特征的一群先锋诗人，如沈浩波、尹丽川、巫昂、宇向、盛兴、南人、轩辕轼轲、祁国、马非、朱剑、李红旗、刘川、蔡根谈（花枪）、篱笆、方闲海、阿斐、春树、旋覆、莫小邪等诗人；再到新世纪第二个十年，以“新世纪诗典”为平台，以伊沙首倡的“事实的诗意”和徐江进一步极端倡导的“现代诗精神”为理论基础，新一代的口语诗人开始崛起和成熟，其中的佼佼者如西毒何殇、三个A、起子、苏不归、摆丢、艾蒿、东岳、闫永敏、莫渡、苇欢、李异、庞华、张侗、岳上风等；当然也应包括，新世纪以来，一直至今，杨黎、何小竹、吉木狼格、竖、乌青等所倡导的“废话诗歌”，四代口语诗人，近四十年的写作探索，这场中国诗歌史上最重大的美学革命正在结出丰硕的成果。

完全可以这么说，这场诗歌的口语革命，令古典文学结束，现代主义文学兴起后的中国，终于拥有了这个民族自己的现代诗歌语言。2017年被中国学术界定义为“中国新诗百年”，那么，自胡适出版《尝试集》以来的这一百年中，中国诗歌最大的成就就是拥有了根植于这个民族生命底部，根植于中国人日常生活的诗歌语言，现代汉语诗歌第一次拥有了自己的语言！四十年说短不短，说长也不长，今天中国诗歌的口语成就也许仅仅意味着某种开始。

在新世纪近二十年的口语运动中，尤其是进入第二个十年的下半场之后，当代中国口语诗歌越来越呈现出内在的丰富与诗人之间的个性差异。一些重要的美学建树和收获值得被清晰指出：

1. 口语作为中国诗歌先锋派的标志，在一些重要的口语诗人身上，这种先锋性被继续彰显和发展。伊沙、沈浩波、欧阳昱、轩辕轼轲、刘川、春树、苇欢、蔡根谈等诗人是口语先锋派里的急先锋，他们身上的先锋气质，不仅仅来自语言，更来自于开放无羁的写作精神。他们是中国最敢写的一群诗人，精神开放、无所畏惧、敢于冒险。

2.后口语写作以来，部分口语诗人在口语诗的经典化方面做出了重要探索。侯马、唐欣、秦巴子、朱剑、马非、李伟、起子、西毒何殇、三个A、艾蒿等诗人在这个向度上均提供了标志性文本。尤其是侯马和唐欣，在口语语言、口语技术和口语内部心灵诗意的开拓等向度上提供了大量优秀文本，令现代口语诗具备了“探幽入微”的内在文本力量，能在生命的无声处写出雷鸣，能将最平淡的诗意凸显出令人叫绝的微妙感，是口语技术运用和口语诗意建立的大师。而后起诗人中的起子、西毒何殇、艾蒿等，亦开始为当代口语诗歌的经典化，提供了不少标准化样本。

3.伊沙对于“事实的诗意”的概括和命名，令“后口语诗歌”对于“具体”和“及物”的强调变得更加清晰。如果说“口语”是一种语言选择的话，那么“事实的诗意”这一理论的提出，则为当代口语诗歌提供了一具重要的“身体”。自古以来，诗人的努力，就是用“象”来实现“抽象”，英美现代主义诗歌中的“意象派”，就受惠于中国古典诗歌中的意象美学。“事实的诗意”的提出，在诗人们所不断强调的“意象”“形象”“物象”之外，又多了一个“事象”。现代诗歌的诗意凝着物将不仅仅在于“意象”“事象”比“意象”有更充分的“具象”特点，并能包含“物象”与“形象”。理论的提出，只是诗人创作之余的经验总结，伊沙本人穷尽一切题材，穷尽写作可能的口语诗创作，其巨大的吞吐、容纳和消化能力，构成中国当代口语诗运动中的一道奇观。

4.而沈浩波对于人性诗意和生命诗意的强调和探索则带有强烈的精神和心灵指向，为“下半身诗歌运动”所强调的“形而下”的具体感和生命力彰显的“身体感”注入了形而上的精神、立场、态度和心灵，或许可以被认为是建立在“具象”基础上的“心象”。徐江的某种抽象式的心灵书写和在现代文明语境中的驳难、直陈、对话、反抗式写作，亦具备某种带有标高意味的精神力量。侯马的写作大量建立在人性和文明的基础上，但更倾向于对微妙的心灵洞察。“下半身诗歌运动”的另一位干将轩辕轼轲，则用一种即兴色彩浓烈的、带有很大语言表演性质的形式主义书写令诗坛侧目，但其表面的形式主义却又挡不住内在的强烈生命意志，因此轩辕轼轲依然属于那种生命意志强烈的精神性诗人。刘川与祁国，则是两位荒诞色彩浓烈的个性化诗人，只不过前者的荒诞建立在奇异的想象与对当下现实的对抗、讽刺、反对的基础上，带有明显的精神感，而后者的荒诞，则更多建立在通往某种更虚无的生命体验上，心灵感更强。无论如何，当代中国口语诗歌建立在“具象”“事象”的基础上，又被灌注入强烈的精神、立场、态度和心灵，一部分诗歌通往更经典化的口语技术主义，另一部分诗歌则更强烈地彰显着个人意志和生命体验。所有这些，构成了当代口语诗歌的成熟和丰富。重要的口语诗人们，不断为这场漫长的口语诗运动提供着新的经验、活力和可能。

5.随着当代中国口语诗歌的进一步成熟，口语诗歌具备了《诗经》以来，中国诗歌所能具备的最大的题材处理能力。没有任何题材、任何事、任何物，任何念头想法、任何洞察判断不能入诗，没有不能实现的诗意，没有不包含诗意的瞬间。开放和自由是需要能力的，在中国几千年的诗歌史上，中国诗人第一次具备了这么强大的题材吞吐和处理能力。当中国诗人意识到活着的每一个瞬间都拥有诗意的时候，并且进一步认识到生命与生活本身，就是诗意诞生的最有效载体的时候，生命的过程就是诗的过程的时候，诗歌写作就变成了诗人的日常。每天都在写作，每个瞬间都可能感受到生命和生活赐予的诗歌。并且诗人们进一步意识到，诗人的生命质量与诗歌写作之间构成了一种相互作用，生命质量越高，生命中的诗意含金量就越高，而写作能力和意识的提升，反过来又令自己的生命感觉变得更丰富敏感，从而更有质感。在这个意义上，沈浩波说，“诗歌令我成为更好的人”和“向命要诗”；伊沙说，“诗歌是活出来的”；西毒何殇说，“口语是一种世界观”。这几句话在中国当代诗人中流传广泛。

6. 口语诗歌的成熟又令汉语诗歌的主流命题，从现代性转向当代性。口语诗歌更能容纳当代都市的现场经验，更能容纳诗人即时的生命体验，令当代汉语诗歌具备了成为中国诗人生存现场、心灵现场和生命现场的可能性。而这种当代社会的生存现场感，以及独属于当代人的现场生命感受，构成了汉语诗歌的当代性。那些无法承载当代性的诗歌，相形之下，就显得传统和陈旧。

7. 口语诗的成熟和普及，使得自古以来形成的，令中国诗歌掌握在少数文化精英手中的贵族化语言失效。无论是中国古典诗歌的士大夫语言系统，还是现代以来的学院书面语系统，语言本身即为诗歌设置了一个“语文”的门槛。而鲜活、生动的，来自火热现实生活现场的，社会各阶层使用最广泛的，描述范围最广泛的日常口语则往往被视为“粗鄙”。口语诗歌运动则认为，日常口语是一种最活跃的语言，诗歌的高贵与粗鄙应取决于诗人的心灵，而绝不是按照社会阶层来设置门槛。打破了社会阶层门槛的当代口语诗歌，令诗歌从少数“语文”精英的垄断中走向了某种诗歌的民主。诗人本来就应该是跨越一切社会阶层的存在，决定一个人从社会人群中脱颖而出成为诗人的，应该首先是“心灵”，而不是教科书系统所塑造的书面语“语文”能力。新世纪以来，很多优秀的诗人从社会各阶层涌现，几乎所有的社会职业中都在不断诞生新的优秀诗人；无论是一线城市，还是二、三线城市，还是乡镇和偏远的农村，都在涌现新的优秀诗人。他们用新鲜生动的口语，贴着自己的生活和命运写诗。他们几乎写出了一部完整的当代中国“心灵史”，如果将这些诗歌编辑成一本《中国诗篇》的话，人们会惊讶地听到——整个中国的心跳。来自各个阶层、各个地域、各个年龄，击穿生活的现场，直达人生的底座、洞悉人性的幽微。

以上，足以完备地阐释发生在中国的这场口语革命的意义，拥有了语言，获得了身体，注入了灵魂，呈现了个性，可以处理一切题材，能令万事万物入诗。古典格律诗歌结束，自由体新诗诞生以来的一百年，各种流派和运动层出不穷，但实际上，口语诗歌运动才是真正具备了美学发生、美学奠基、美学发展、美学成熟的美学革命全过程，同时具备了语言、身体、灵魂三要素的，带有某种民族启蒙意义的，现代诗范围内的最重要美学运动。

三、现代纯诗与新世纪抒情诗歌

我虽然是口语诗运动的重要倡导和参与者，但并不是一个唯口语主义者。事实上，我自己写作中，亦有重要的部分并非纯粹意义上的口语，对于意象、修辞等常规的书面语诗歌手段多有涉及。我对口语诗运动过程中出现的一些新的倾向亦有疑虑和质疑。

一是，口语诗运动中的偏重技术，偏重口语经典化的一支，正在形成某种更坚决的“纯诗主义”倾向。

当代中国诗歌的发展历程，大抵就是一个不断“纯诗化”的过程。第三代诗人对朦胧诗一代的质疑，以及韩东提出“诗到语言为止”，于坚提出的“拒绝隐喻”，乃至非非主义的“反抒情”“反文化”“反崇高”，再至杨黎、何小竹以“废话主义”为旗帜的语言乌托邦，以及学院派诗人对于词语和修辞的极端强调，其实也都走在一条“纯诗化”的道路上。20世纪80年代纯诗化写作的开始，在更大范围内是建立在语言诗学基础上，即用纯粹于语言本身的态度来反对诗歌的抒情功能和其他社会功能。

随着新世纪以来口语诗歌在语言和技术上的成熟，口语纯诗与书面语纯诗（意象纯诗）相比，具有更为幽微而深刻的迷人魅力，且更能实现当代性和通往后现代主义。也因此，越来越多的年轻诗人开始以“纯诗”的标准来要求自我和同行。这当然是当代中国诗歌在观念上的进步，使得诗歌不再承担额外的社会、文化、政治功能，不再试图通过对任何庞然大物的依附，通过对任何人类集体情感的应和来“打动读者”，诗歌的写作不是为了实现“意义”，更不是依赖读者对诗歌所实现的“意义”的解读来达到诗歌的效果，而是纯粹于微妙的内在“诗意”，选择以心灵智性、心灵洞察力和敏感度为基础的“诗意”和“诗性”，而非“揭示意义”和“抒发感情”，让纯粹的诗歌本身展现内在的迷人美学，让“诗”本身而不是其他动机和目的成为写作的核心。这使得诗歌从观念上来说更为高级，进一步成为某种专业性更强的文体，也越来越形成了只有少数优秀诗人自身才能成为合格读者的现实。这确实祛除了诗歌写作中很多“非诗”因素，明确并凸出了什么才是“诗”这一终极命题。

“纯诗”是诗歌现代性的内在体现，或者可以将其命名为“现代纯诗”。

现代纯诗在中国的发展，其实一直有两条主要线索。一条是口语诗运动中的当代中国口语诗歌，尤其是新世纪以来的口语诗歌，终于大规模地抵达了“现代纯诗”，其成熟的标志在于，不再像20世纪80年代的早期口语诗歌（或被称为“前口语”），更多地将诗意建立在语言本身所形成的语感效果上，而是如上文所说的，不仅拥有了语言，还获得了身体，注入了灵魂，实现了个性；另一条线索是，沿着欧美现代主义诗歌已经被验证过的现代性美学，尤其是从“意象”诗学（从20世纪早期庞德等英语诗人树立的“意象派”，到詹姆斯·赖特，勃莱等诗人倡导的“深度意象诗”，乃至像法语诗歌中博纳富瓦的用现代性美学改造此前的象征主义的美学表现，其实依然在“深度意象诗”的范围内，再至中国当代诗人更为熟悉的特朗斯特罗姆，意象诗学的发展是一条非常重要的现代性诗学线索，用“意象”来成为诗意的凝着物，让诗性显形和形成超现实的通感，反对抽象的抒情、空洞的言说和功能性地解释意义）中汲取经验的写作方向。

可以将这一美学系统的写作称为“意象纯诗”。1983年，接触到特朗斯特罗姆后的北岛，可能是当代以来，中国大陆第一位走向“意象纯诗”的诗人，在此之前的北岛和整个朦胧诗体系，其实都在写作一种抒情诗歌或象征主义抒情诗歌，现代性贫弱。朦胧诗的另一位在当时略显边缘，但后来证明其写作的实际重要性远远高于同代人，并且在新世纪显得越发重要的诗人严力，也是从很早就进入现代意象纯诗的写作体系，并以超现实的语言智性形成了鲜明的个人风格，他在当时之所以没有显示出重要性，恰恰是因为他的诗歌很早就抑制了抒情和意义，在朦胧诗一代普遍以抒情或象征性抒情为特点的风潮中，显得有点超前。20世纪80年代中后期第三代诗歌运动，口语诗逐渐成为现代纯诗的主流，除了孟浪等少数意象诗歌的写作者外，意象纯诗在这一阶段被淹没在第三代运动的口语潮流中。此后的“意象纯诗”在中国书面语诗歌系统中的发展，非常奇怪地偏向了某种带有语言实验性的，以“词语”和“修辞”为写作特点的学院修辞学写作，从意象纯诗转向了其实更带有语言诗学特征的“修辞诗意”，虽然仍然在现代纯诗的写作轨道上，但语言大于内在的心灵感，导致诗性减弱，语文化的组词造句式写作占据了上风，诗歌变成了一种修辞的学问，而纯正的“意象纯诗”越发式微。

这种从根本上来说建立在语言诗学基础上的诗意实现方式，其实与20世纪80年代早期口语诗异曲同工，只不过，一者依赖修辞，一者依赖语感。“意象纯诗”的式微，在我看来，除了建立在20世纪80年代以来“诗到语言为止”的语言诗学大环境基础上外，还有一个非常重要的原因，意象诗的语言载体往往是书面语，而书面语同样也是传统抒情诗歌和象征主义抒情诗歌的语言载体，中国是一个农业文明积淀过于深重的古老国家，即使是时代已经发展到移动互联网时代，中国人内心中普遍的文明意识依然大规模停留在农业文明阶段，对抒情的偏好使得大部分从意象出发的诗人，迅速地滑向了抒情。也可能还有另外一个原因，意象纯诗需要更冷峻、深沉、复杂的心灵，而这好像是中国人天生缺乏的，中国的意象派们又没有足够的耐心和意志去建筑这种心灵人格。这么说可能会更为清晰：口语纯诗对应的是后现代主义，意象纯诗对应标准的现代主义，而带有象征主义特点的抒情诗更多对应于前现代主义。

新世纪以来，即使在学院修辞写作体系内，也没有出现新的重要诗人。虽然中国一些具有诗歌传统的著名大学里的年轻诗人们（尤其以北京大学、清华大学、复旦大学、同济大学等为代表），仍然普遍在用这种方式写作，但很少有人能写出新意。在我看来，作为“意象纯诗”分支，或者说是“意象纯诗”分支进入高校象牙塔后变种的修辞学写作，本身在美学上因过于狭窄而缺乏进一步发展的通路。最能展示出重要性的，仍然是几位出生于20世纪60年代的，成名于20世纪八九十年代的诗人，其中最杰出的代表是已经因病去世的第三代诗人张枣和供职于北京大学的臧棣，此外，桑克、周瓒、姜涛、胡续东、韩博、蒋浩等也是其中的代表性诗人。张枣的诗歌发展大致经历了抒情诗、意象纯诗和修辞化的意象纯诗三个阶段，在新世纪的头几年，张枣在进一步沉迷于他在意象纯诗基础上的修辞实验，展示了他奇妙的词语想象力和修辞想象力，他试图构建更复杂的以词语、意象、修辞为基础的诗歌结构，以达到一种更深刻的语言效果，但我个人还是更偏爱张枣前期和中期建立在情感和心灵基础上的抒情诗和意象诗。而臧棣则创造了一种日常修辞学的诗歌体式，后现代特征明显，他创作了大量的即兴式的诗歌，用自己的语言系统来描述日常生活中的一切，并将一切语言化，呈现出事物被语言化之后的另一重效果。值得一提的是，以臧棣为代表的学院修辞派诗人，虽然在20世纪90年代同样被容纳进“知识分子写作”的阵容，但与王家新、西川等抒情特征明显的“知识分子写作”诗人相比，其实更接近现代纯诗范畴，而“知识分子写作”从命名本身就可清晰看出，具有明显的“反纯诗”特征。

另一些经历过书面语抒情诗、意象纯诗、意象纯诗修辞化路径的诗人，由于更强烈地受到后现代主义美学的感召，以及对意象纯诗和学院修辞诗歌等书面语诗歌系统无法展现足够的当代性的焦虑，进入新世纪以后，开始走上了一条也许可以被称之为“杂语化诗歌”的尝试之路。即在诗歌语言中大量加入各种具备当代社会属性、当代媒体属性的传媒语言元素（也包括各种杂糅进的陌生化语言元素，当然更包括书面语和口语的杂糅），加入一些直接的甚至是口语化的面对当代生活言说与直陈，其中典型的诗人是西川和孙文波，也包括局部的陈东东和柏桦（这两位诗人更多地着力在语言层面）。但这其实只是让诗歌容纳进了一些当代元素和当代特征，体现出一种表面的后现代美学，仍然缺乏内在的，更有生命力的当代性。并且这种写作付出了巨大的伤害纯诗性的代价，或者说，其本质就是“反纯诗”的，是以“不纯”为代价，以一种由内到外的芜杂，来强行实现当代性，有点倒洗脚水倒掉了孩子的感觉。而不是那种，有效地将“不纯”消化进纯诗的内在探索，更不是对纯诗本身美学容量进行不断拓展的美学尝试。齐白石在谈论中国画时，有一句话，用在这种“杂语诗”的尝试上，也很合适：太似为媚俗，不似为欺世。诗如果写得太像诗了，太像传统意义上或大众肤浅理解意义上的诗的话，是媚俗；但太不像诗，太芜杂，太杂语诗化，就有可能完全丧失基于心灵的内在诗性。“欺世”这个词太严重，我能理解书面语体系中滋生出来的这种“杂语诗歌”写作潮流，的确是基于对诗歌创作本身的某种内在焦虑，也尊重他们的艺术尝试，但其效果很可能是南辕北辙。臧棣的诗歌中，也试图容纳进大量的杂语，尤其是现代学院里的各种学术性术语，但控制得比较有效，这些“杂语”只是其语言修辞学的一种组成部分，而不是目的。

同时，另一个迹象是，更为纯正和宽阔的“现代纯诗”，在新世纪一些年轻诗人的创作中，出现了某种复兴的迹象，20世纪70年代出生的诗人李宏伟、20世纪80年代出生的诗人里所等，其写作中都体现出了这一特点，但与此前的现代纯诗诗人相比，他们的写作语言变得更为灵活，容纳进了更多口语特征和基于事实而并非完全基于语言的内在诗意，这种紧密围绕内在的诗意核心的容纳，就显得更加自然和得体，并非是生硬地为了杂糅而杂糅，这使得他们的诗歌既具备了更能被辨识的心灵感，也具备了当代性的可能。而在一些口语特征明显或者说往往被认为是口语诗人的年轻诗人中，也出现了容纳进意象特征，并且因此而充分获得语言个性与个人气质的写作方式，比如出生于20世纪80年代的诗人旋覆和苇欢。纯正意象诗歌的复兴以及口语和意象的交融，可能将越来越成为新世纪中国诗歌的一种现象。

即便我如此清晰地揭示出“现代纯诗”的重要性，但我依然对将“纯诗”的意义绝对化保留疑虑。当“纯诗”变成一个非此即彼的真理式判断标准时，我就一定会质疑。我同意对抒情的限制和尽可能的压缩，但这一定不应该是绝对的，一定有一些足够尖锐、诚实和强大的情感，哪怕采用传统抒情诗的方式，其情感本身的迷人亦足以令诗歌散发另外的光芒；一定有一些站在文明高度上的追问和思辨值得用诗歌这一文体来承载；一定有一些对现实社会的批判和洞察构成批判和洞察的诗意。而所有这些都不是简单的“纯诗”论所能概括和穷尽的。美学的发展永远是辨证的，任何美学思潮成为某种意义上的主流之后，都应该注意其绝对立场所带来的偏见和偏狭。很多时候，美学的惊喜并不来自顺理成章的发展，而是来自意外。先锋与传统，永远是既对立而又在互相汲取。站在一个更高级的立场来说，“纯诗”的文本本身是否有容纳进更多“不纯”的胃口和消化能力，以“纯诗”的现代美学精神来容纳进更庞杂丰富的“不纯”，甚至容纳进意义，容纳进情感，但最后仍然抵达“纯诗”的效果和境界，并让纯诗变得更自由、开放、生动、先锋，裹挟进泥沙和风暴，对很多以现代纯诗为追求的诗人来说，也是一个考验。

同样的原因，我对口语诗运动发展到今天的另一个绝对倾向，或可称为“口语原教旨主义”，亦持质疑态度。当代一些重要的口语诗人，纷纷采用一种更为彻底的日常化口语，并将这种口语形态称之为“纯口语”，并进而将这种纯然的，彻底的口语语言，视为唯一先进的诗歌语言。而在当代中国诗歌中，除了标准的书面语修辞写作和纯口语写作，更多的诗人所采用的语言形式往往处于这两者的中间状态，带有书面语特点的口语和偏口语化的书面语。在我看来，不同的语言形态，在杰出的诗人那里，能展示出不同的美学效果，承担不同的美学责任，具有不同向度的有效性。我对口语诗的提倡和践行，当然是因为其更符合我本人对诗歌的理解，尤其是，我以为口语，尤其是纯口语，到目前为止，最能承担诗人自由、反抗与创新之先锋精神，而这正是我的追求。但我依然不喜欢将口语或者“纯口语”绝对化、唯一化、标准化。我以为这反而与自由与创新的精神背道而驰。比如说，不是已经有足够多的优秀诗歌文本，显现出口语容纳进意象后所呈现的魅力了吗？

基于我对上述几种绝对化倾向的质疑，站在更客观的生态现场来考察新世纪当代中国诗歌的生长，还有一些重要的诗歌现象和美学变化值得被高度重视。

一是，重要的女性诗人越来越多，并且这些重要的女性诗人一旦出现，其精神气质比起男性诗人往往更为凌厉，文本辨识度也往往更高。我并不太喜欢“女性诗歌”这一概念，这一概念的诞生和存在，本来就更意味着男性诗歌的主导地位。但事情正在发生变化。如果说，新世纪以前，每个历史阶段，只有极少的女诗人显示出其重要性的话，那么新世纪以来，不同年龄段的杰出女诗人如井喷般涌现，各具特点，精彩纷呈。王小妮、小安、娜夜、蓝蓝、尹丽川、巫昂、宇向、吕约、君儿、琳子、唐果、西娃、旋覆、春树、鬼鬼、莫小邪、李成恩、宋雨、从容、安琪、图雅、湘莲子、里所、苇欢、闫永敏、冯娜、易小倩、玉珍都是在新世纪有重要表现的诗人。其中，既有在某一阶段体现出极强先锋性的女诗人，如尹丽川、宇向、巫昂、春树、旋覆，也有先锋指数虽然不高，但情感浓度、精神纯度和写作重要性尤为突出的诗人，如王小妮、西娃、君儿、宋雨。王小妮是从朦胧诗时代一直到新世纪，始终保持着旺盛创造力和文本重要性的杰出诗人，其内敛、强硬、深沉的抒情质地，令她成为很多人心目中中国最好的抒情诗人之一，虽然她本人并不认为自己是一个抒情诗人，但其诗歌中的抒情性确实大于现代性，我认为这并未损害其在新世纪诗歌中的重要性。西娃在本质上也是一位抒情诗人，但其诗歌并不缺乏现代性，她诗歌中的宗教感和生命意志，口语、意象、抒情，混杂成了一种奇异的文本质地，真挚、浓烈、神秘、浑浊，她在用一种非常强大的姿态进行写作，用情深、着力大，硬碰硬地往心灵的深处写。西娃与君儿、宋雨、从容都是新世纪涌现出来的，首先以抒情诗人的形象引人注目的女诗人，她们的抒情特征和题材范畴各不一样，均拥有很强的个人辨识度，也都是心灵感和精神性强大的诗人。其中西娃、君儿和宋雨显然充分意识到了抒情性与现代性之间的冲突与矛盾，她们正在走向一种更深刻的，现代性更强的抒情方式，或者干脆走上了口语诗歌的先锋之路，她们是新世纪第二个十年到目前为止写作成熟度最高，也是最重要的三位女诗人。

不仅仅是女诗人，整个中国诗歌，在纯口语写作和学院书面语修辞写作之间的广阔地带内，带有一定现代性的抒情诗仍然是中国诗人的主流写作方式。与上个世纪流行的那种传统的土得掉渣的乡村抒情和情感粗糙嗓门却很大的抒情诗歌相比，互联网时代的中国诗人，抒情的方式也开始多元起来，现代性程度和口语化程度也都在不断加大。

另外，如我在上文中所提及的，中国官方文学期刊，尤其是诗歌刊物，在互联网时代重新找到了立足的读者根基，由于官方期刊必然的保守风格和意识形态下的安全边界所注定，先锋性强烈的口语诗歌和晦涩难懂的书面语修辞写作都不可能被其真正接纳，但它们也必须跟上时代的进步脚步，体现出部分能被接受的现代文学性来，因此，这种带有一定现代主义因素的新世纪抒情诗歌便成为官方刊物的首选和宠儿。很多官方诗歌刊物的编辑自身也是诗人，也大都写作这种抒情主义的诗歌。而且抒情诗歌也确实容易被更广泛的读者接受。《诗刊》杂志成功推出的女诗人余秀华，就是一则典型的案例。

在抒情诗向度上，只有现代性越强、情感纯度和真挚度越高、精神性越强、生命意志越强的诗人，才有机会成为真正重要的诗人。在新世纪的第二个十年，一位出生于20世纪60年代前期，在20世纪的写作并不成功的资深诗人脱颖而出。身患重病的潘洗尘一跃而成为中国当代最重要的抒情诗人之一。我认为潘洗尘和西娃是新世纪以来中国最好的两位抒情诗人。他们都拥有更现代的抒情写作意识，拥有很高的情感真挚度、浓度、纯度，也都呈现出明显的口语写作特征，尤其是，都能直指生命的内核。尤其是潘洗尘，他的每一首杰作都像是命运对他的褒奖，并且越写越自由，越写越开放，他甚至将抒情诗写出了先锋感。值得注意的是，20世纪80年代语言纯诗的开创者，早期口语诗歌的领袖韩东，其在新世纪诗歌中的抒情比重越来越大。韩东的诗歌其实在20世纪80

年代和20世纪90年代，本来有两条美学线索，一条是纯诗倾向明显的，以语言本身构造和实现诗意的口语纯诗，但另一条脉络则让他获得了更多读者，他的一些重要作品深具抒情特点。这两条脉络的并存，令他既成为20世纪80年代中国先锋诗歌的领袖，又同时获得了先锋派之外更多读者的认可。进入新世纪以来，其“语言诗学”的特征仍然明显，但开始更加放大内心中抒情的一面，并更加追求一种优美、温和、润泽的典雅语言效果，语言上也越来越倾向于意象特征明显的书面语。韩东在新世纪的抒情诗歌这一向度上，依然可以称得上是最好的抒情诗人。与韩东这种语言诗学和抒情相结合，构成优美、温和、内敛抒情风格的，还有武汉诗人张执浩，在新世纪同样受到较多关注。另外，在20世纪90年代和新世纪头十年，以建立在奇诡意象基础上的语言实验著称的，并且创建了“不解”诗派的语言先锋诗人余怒，在新世纪的第二个十年，诗歌中的抒情含量也在大幅度提高。

在“新世纪抒情诗歌”范围内，还出现了某种带有明确“主题抒情”特点的写作，比如诗人雷平阳以其故乡——中国边陲省份云南为主题的写作，他试图向尚未被现代文明完全蚕食的边缘生态，向被称之为“蛮荒”的原住民的文明深处拓进，用诗歌记录下这种吞噬、蚕食、对抗与死亡，呈现出一种哀歌与挽歌式的抒情。从某种程度而言，雷平阳的社会性程度较大的写作，恰好是“反纯诗”的。再比如彝族诗人吉狄马加的民族题材写作，抒情性非常浓烈。中国的少数民族诗人往往更是停留在传统抒情诗的写作范式中，藏族诗人德乾恒美、卓仓果羌也是现代抒情诗写作中的佼佼者，其中卓仓果羌更接近现代纯诗的写作，并逐渐开始转向先锋性更强的口语纯诗。近年来，新疆的一批用维吾尔语写作的维吾尔族诗人，他们的诗歌开始越来越多地被翻译成汉语，引起了汉语诗人的关注，这些维语诗人中的佼佼者们也同样是以传统的抒情诗写作为美学根基。相比较于汉族的新抒情诗歌写作者而言，少数民族的抒情诗人们情感更加炽热和尖锐，但内在的现代性则更弱。

同样以这种“非纯诗”的主题抒情，在新世纪获得更大关注的，是被称为“打工诗人”的群体所创作的“打工诗歌”。这些诗人都是有过在工厂、工地打工（以农民工为主）的经历，并通过对打工经历的控诉式抒情诗获得关注。由于“打工诗歌”强烈的社会属性、现实属性和话题性，很容易被知识分子、媒体和欧美的中国社会研究者们纳入自己的解读体系，获得了“被解读”的文本传播力。广东女诗人郑小琼一度是这个群体中影响力最大的诗人；2014年跳楼自杀的年轻诗人许立志，去世后其诗歌开始被广泛流传。以许立志为例，无论是持“纯诗”立场的口语先锋派，还是热爱抒情的更广泛的知识群体和诗人，对他的评价都比较高。这是因为出生于20世纪90年代的许立志，其诗歌写作正处在一个迅速成长的阶段，正在从一个抒情诗人向真正的现代性诗人蜕变。持“纯诗”立场的口语先锋派们已经读到了许立志的几首写得非常现代，去除了“非纯诗”抒情因素的杰作，这些作品从诗歌本身来说显然更为高级，代表作如《悬疑小说》。但像《悬疑小说》这样高级的纯诗杰作，并不能得到更多的流传。那些对诗歌内在美学认识较为浅薄的社会现象研究者、媒体人和学院里的文学批评家、诗歌研究者们，更多地还是在解读和流传许立志那些写得并不高级的“打工抒情诗”，这些诗歌靠其社会性、主题性、控诉式抒情获得了传播。但无论如何，许立志之所以能从众多打工诗人中脱颖而出，获得越来越高的评价，依然是因为其诗歌，哪怕是“打工抒情诗”，其中的现代性含量也比其他打工诗人更高，更经得起时间的考验。

具备一定现代主义特征的抒情诗，与现代纯诗相比，其根本的差异在于诗性与诗意的实现方式。现代纯诗的实现方式是语言和心灵，抒情诗的实现方式则是通过情绪、情感甚至情怀。心灵和情感不是一回事，心灵更内在、更客观化，在诗歌中往往体现为心灵智性、心灵洞察力和心灵敏感，是心动、感受、发现、洞察、创造。或者说，语言敏感和心灵敏感共同构成诗性的根本，其中“心灵敏感”更为根本，口语纯诗中所重视的“事实的诗意”正是或者说必须建立在“心灵敏感”的基础上。而情绪和情感，固然是建立在心灵基础上的，属于心灵敏感的一种体现形式，但与内在的心灵敏感相比，却更外化、更夸大、更主观、更缺乏微妙。所以，纯诗强调内在的诗性，而抒情诗则更外在，更依靠“以情感人”的情感号召。从观念上看，现代纯诗更为高级。但具体到写作实践，却不能完全绝对地以观念的高低来评价诗歌成就。杰出的抒情诗歌，往往因其真挚、锐利、浓烈、深沉、疼痛等品质而具备生命含量。高级的抒情诗，必须具备精神和情感的现代性，如果没有这一点，那就缺乏了现代诗歌美学的一切根基。

一些杰出的当代抒情诗人，比如西娃、君儿、宋雨、马海铁等，也正在越来越自觉地转向现代纯诗的创作，这种转向，意味着诗性基础的改变，一定十分艰难，但一旦内化成功，有可能获得更大的写作优势，即他们有能力让更丰富更复杂的生命体验和人生体验纯化为诗，将情感内化为更敏感的心灵。我们永远不能低估现代诗歌中情感的力量，只不过，情感也需要现代化，需要更现代的情感，并将这样的情感内化入诗，而不是抒发成诗，这样的抒情诗，其实已经同样具备了现代纯诗的那种更高级的艺术效果，同时又有着内在动人的情感力量。在这个意义上，现代抒情与现代纯诗的边界将会取消，现代抒情诗也将成为现代纯诗的一个重要组成部分，或可称之为“抒情纯诗”。而一些以口语技术和口语智性为根基的口语纯诗写作者，也应该意识到，如何完善自己的语言敏感度、扩展自己的生命感受，丰富诗歌的内在心灵空间，而不是自恃观念高人一筹。只有观念，而缺乏内在的生命质量、心灵层次和复杂性的话，容易陷入单调、干燥和另一种意义上的粗糙，尤其是，不能将心灵、心智、智性导向唯智和炫智，那将失去“心”。

在新世纪抒情诗歌的这一特别广阔的范围内，被关注较多的代表性诗人还有娜夜、蓝蓝、李南、商震、树才、杨键、沈苇、周瑟瑟、独化、唐果、陈先发、谷禾、谭克修、朱零、蒋雪峰、明迪、廖伟棠、东荡子（因病去世）等。

最后，我想谈及当代抒情诗歌中的一个重要的写作方向，即真正意义上的“知识分子写作”，或者说是带有强烈知识分子心灵特质的抒情诗歌，这是一种精神性抒情。比如我在上文中提到韩东诗歌在新世纪的抒情化，他的这种抒情化其实还具备了某种清晰的知识分子心灵特征，追求心灵的纯净与崇高，向往某种圣徒式的灵魂。

与“盘峰论争”中自我命名为“知识分子写作”的那些诗人相比，我以为，新世纪以来至今，真正的知识分子写作也才开始成熟。所谓“知识分子写作”，必然首先是精神与心灵层面的，而不是知识层面、技术层面和姿态层面的。追求知识分子式的心灵纯净感或崇高感，站在文明与良知的立场上追问和思辨，追求光明、救赎与正义，洞察邪恶，反省灵魂，体现气节，烛照人性，凡是以上等等，方可被称为真正的建立在知识分子心灵基础上的诗歌写作，这也一直是诗歌这一文体愿意主动承担的一种写作价值。但对于诗歌而言，如何使得诗歌不至于沦为某种社会层面意义上，知识分子的工具和武器，而是恪守诗歌本身的律令，内化为一种遵循诗歌美学的精神性文本，是衡量这种“知识分子”性写作是否具备足够文学性的底线标准。

我愿意将新世纪以来这种带有明显知识分子精神抒情特征的诗歌，称之为“新知识分子写作”。任洪渊、黄灿然、朵渔以及部分的姚风，都是其中的重要代表。事实上，我在上文中放在先锋诗歌序列和口语诗歌序列中重点提及的诗人徐江，也同样是非常重要的“知识分子写作”诗人。

出生于20世纪50年代，偏居于澳门的姚风，直到新世纪才开始显示出其写作的重要性，并在新世纪的第二个十年，越发成为中国当代诗歌中成就较为突出的诗人。他的一些重要作品均站在人类文明的根本立场上，站在文明一边，表达对文明的亲近与渴望，对反文明的质疑与抗拒，是姚风诗歌中重要的主题。他写出了作为一个中国人与现代文明碰撞时的荒诞与隐痛。当然，与其诗歌中的知识分子性相平衡的，是姚风的语言和控制力使其诗歌更具有内在的纯诗特性，甚至其现代纯诗性更大于其知识分子式的心灵抒情；而长期居住在香港，近几年才搬回中国内地的诗人黄灿然，则在诗歌中展现出某种知识分子式的崇高与洁净的心灵感，这与韩东颇为相似；作为“下半身诗歌运动”发起诗人之一的朵渔，在“下半身诗歌运动”结束后，转向了一种“形而上”式的诗歌写作，其诗歌中的道德感，与现实黑暗的对抗感，以及对崇高价值的追寻，均带有鲜明的知识分子书写特质。

诗人徐江往往并不被视为典型的“知识分子写作”式诗人，甚至在很多时候，他被视为这种写作的对立者。这与他作为中国当代先锋诗歌现代性的重要鼓吹者，以及在中国的口语诗运动中扮演的重要角色有关。通常人们更愿意将他与伊沙、侯马放在一起进行讨论。这从某种程度上遮蔽了徐江的独特性。在我看来，徐江是一个真正的“知识分子写作”式的诗人，对良知的秉持、对崇高的憧憬、对文明价值的追问和探寻，均是其诗歌写作的基本底色。只不过，他并不站在任何已被确定的集体价值观上来展示这一切，而是更个人化，更带有后现代主义的怀疑与解构特点。令研究者难以对其进行归纳。他是中国当代诗歌中的一个异类，他在试图让个人心灵、抒情性、口语、现代理性经验、人类文明价值在诗歌中得到共生。

我想特别重点地提到出生于20世纪30年代的任洪渊，今年已经80岁了。在退休前，他一直任教于北京师范大学中文系，伊沙、徐江、侯马、桑克、宋晓贤、朵渔、南人、沈浩波等当代重要诗人都是他的学生，这是一个伟大的奇迹。他在新世纪创作了几组非常重要的涉及历史与文明的史诗性力作，其中《1967：我悲怆地望着我们这一代人》《1972：黄昏未名湖》是自20世纪中国的“文化大革命”以来，中国诗人第一次用如此强硬的内心姿态来撞击“文革”这个在今天几乎已快被遗忘的重大题材。长达十年的“文化大革命”不仅仅是一场对中国社会、中国文化、中国人人格的巨大灾难，对于中国人来说，更是一座无边无际的囚禁灵魂的“奥斯维辛集中营”。可悲的是，四十年来，中国诗人并未为这一场中国人的灵魂灾难贡献出足以匹配的重大杰作。新世纪以来，朦胧诗一代的诗人严力重新对这一题材发起了进攻，并屡有名作。但我以为，就诗歌内在所抵达灵魂深度，以及精神之严峻深沉凛冽而言，直到任洪渊的这两首诗，尤其是《1967：我悲怆地望着我们这一代人》，才真正算是有一位重要的诗人用“正面强攻”的姿态填补了这个空白，提供了匹配的文本。这是两首带有史诗性质的心灵悲歌，但任洪渊先生又没有将笔力停留在悲歌的阶段，而是试图进入更深邃的沉思、追问与求索。任洪渊是真正的知识分子诗人，他不是那种概念和主义里的“知识分子诗人”，不炮制说法和概念、不巧言令色、大言欺世，他依赖的是心之至诚、思之至深、诗之至强硬，因此他才会为自己，也为一代人在《1967：我悲怆地望着我们这一代人》中留下了这么一幅悲怆的自画像：一座低首、折腰、跪膝的遗像。唯有将这低首、折腰、跪膝的形象深深地刻在心中，并以此为永恒之罪，才能构成救赎之光。

2017|01|08

出版存目说明

此本年鉴的编选逻辑是，所有入选的诗人，每人最多只有七首诗作出现在这本书中，因此如果一个诗人的作品在前一个篇章中已经出现过了，后一个篇章中再出现他作品的时候，都做存目处理。比如，马非的诗作已经出现在了“2017中国年度诗人”篇章里，故当他出现在“2017中国年度十佳诗人”篇章中的时候，仅保留作者介绍和授奖词，他的作品存目不再重复出现；又如所有“2017中国年度十佳诗人”的作品被展示之后，在“2017年度中国最佳诗歌100首”中这些诗人的入选诗作便仅做存目。除此之外还有一种情况，有个别诗人的诗作因授权或内容问题，遗憾只能在目录中做存目处理，在此也一并向他们表达歉意和敬意。

磨铁读诗会

图书在版编目（CIP）数据

中国先锋诗歌年鉴. 2017卷 / 磨铁读诗会编. —
北京：中国青年出版社，2018.7
ISBN 978-7-5153-5200-8

Ⅰ. ①中… Ⅱ. ①磨… Ⅲ. ①诗集—中国—当代
Ⅳ. ①I227
中国版本图书馆CIP数据核字（2018）第137857号

策划出品：磨铁读诗会
责任编辑：彭明榜
监　　制：里　所
特邀编辑：李柳杨　修宏烨
装帧设计：周伟伟
版式制作：书情文化

中国青年出版社 出版 发行
社址：北京东四12条21号
邮政编码：100708
编辑部电话：（010）64011190
河北鹏润印刷有限公司印刷　　新华书店经销

889mm×1230mm　1/32　23.75印张　570千字
2018年7月北京第1版　2018年7月北京第1次印刷
定价：98.00元

磨铁读诗会 已出版书目

中国桂冠诗丛

王小龙 著 《每一首都是情歌》

严 力 著 《悲哀也该成人了》

王小妮 著 《扑朔如雪的翅膀》

欧阳昱 著 《永居异乡》

姚 风 著 《大海上的柠檬》

韩 东 著 《我因此爱你》

唐 欣 著 《母亲和雪》

潘洗尘 著 《燃烧的肝胆》

杨 黎 著 《找王菊花》

阿 吾 著 《相声专场》

磨铁诗歌译丛

001 《吉檀迦利》泰戈尔 著 伊沙 老G 译

002 《新月集》 泰戈尔 著 伊沙 老G 译

003 《飞鸟集》 泰戈尔 著 伊沙 老G 译

004 《我知道怎样去爱：阿赫玛托娃诗歌精选集》 安娜·阿赫玛托娃 著 伊沙 老G 译

005 《一封谁见了都会怀念我的长信：石川啄木诗歌集》 石川啄木 著 周作人 译

006 《大象：劳伦斯诗集》 劳伦斯 著 欧阳昱 译

007 《巴黎的忧郁》 波德莱尔 著 胡品清 译

五卷本伊沙诗集

卷一《车过黄河》

卷二《鸽子》

卷三《蓝灯》

卷四《无题》

卷五《唐》

中国先锋诗歌地图

西 娃 主编 《中国先锋诗歌地图·北京卷》

西毒何殇 主编 《中国先锋诗歌地图·陕西卷》

君 儿 主编 《中国先锋诗歌地图·天津卷》

湘莲子 主编 《中国先锋诗歌地图·广东卷》

三个A 主编 《中国先锋诗歌地图·广西卷》

中国先锋诗歌年鉴：2017卷

磨 铁 读 诗 会